DAO
XUAN
REN

倒悬人

林渊液 / 著

南方出版传媒

花 城 出 版 社

中国·广州

图书在版编目（ＣＩＰ）数据

倒悬人 / 林渊液著. -- 广州 ：花城出版社，2017.3

ISBN 978-7-5360-8264-9

Ⅰ. ①倒… Ⅱ. ①林… Ⅲ. ①中篇小说－小说集－中国－当代②短篇小说－小说集－中国－当代 Ⅳ. ①I247.7

中国版本图书馆CIP数据核字(2017)第008448号

出　版　人：詹秀敏
责任编辑：杜小烨
技术编辑：凌春梅
封面插画：马克·夏加尔
封面设计： ⅃ 厶介设计 │ SIJIE DESIGN

书　　名	倒悬人 DAOXUAN REN
出版发行	花城出版社 （广州市环市东路水荫路 11 号）
经　　销	全国新华书店
印　　刷	广东新华印刷有限公司 （广东省佛山市南海区盐步河东中心路 23 号）
开　　本	880 毫米×1230 毫米　32 开
印　　张	9. 375　　1 插页
字　　数	180,000 字
版　　次	2017 年 3 月第 1 版　2017 年 3 月第 1 次印刷
定　　价	32. 00 元

如发现印装质量问题，请直接与印刷厂联系调换。

购书热线：020 - 37604658　37602954

花城出版社网站：http://www.fcph.com.cn

目 录 ⬡

序：走向情性自我完成之途

陈培浩

　　在这个越来越无趣的世界，很多人对于生命的复杂性缺乏理解力和包容心，他们在自欺中活成一个贫乏的平均数，然后嘲笑那些不在轨道上的人生。所以，生活中有几个有思考有趣味的朋友是幸运的。在我眼中，林渊液便是这样的朋友。她以文学为生命的核心，用文学来表达对生命的思考，并通过写作一步步拓宽对生命可能性的理解。任何有思想活力的人骨子里都是不安分的，所以她早年习字少年有成却主动放弃了，因为感到书法并不能胜任对她思想的表达；她以散文为人称道，频获各种奖项的肯定，在散文格局拓展方面有着自己的心得，可是近年她却左右开弓，在虚构之途上播种开花。这本小说集便是她近年感染小说病毒而进行心灵自救的结果。

林渊液这些小说追问的基本是女性的情、性可能性及生命完整性。当很多人按照世俗的规约循规蹈矩并自以为正确无比地活着时，林渊液看到的是更多的复杂性和可能性。大千世界、芸芸众生，马路上的人来人往、熙熙攘攘也许看不出什么故事，可是当叙事的放大镜进入了女性的内生命，种种情性纠葛的纹路便纤毫毕现了。

这些小说的主角大部分是中年女性知识分子，女艺术家、女教师、女演员，不一而足。这些女性处于某种觉悟前夜，身陷精神困顿之中。小说直击的往往是她们生命之舟在即将搁浅的河段中的心路跋涉，从而引出对情性复杂性的诸多追问。《倒悬人》和《黑少年之梦》的主角都叫提兰，一个喜欢雕塑的女艺术家。小说追问的是女性情欲可能性问题：一个女人是否可能同时爱上两个男人？小藤（提兰是小藤的姨妈）对文科男理智的拒绝和身体上的接受，这种复杂纠结让快感来得风暴般猛烈。小说平视了小藤情欲世界的复杂性，作为长辈的提兰贴近而非拒绝了这个世界，她甚至将小藤作为一个他者内化成自己的一部分。很多读者都和我一样，在阅读中很快接受暗示，觉得丈夫和小藤之间一定存在着某种或隐或现的关系。小说中的提兰更接受这种暗示，无法排除这种暗示无所不在的压迫。非常有趣的是，当小藤跟提兰讲述了她的三角故事之后，提兰和小藤的关系慢慢被改变了，她们被情欲拉到同一线上，她们成了相似的女人。就此意义上说，小藤启蒙了提兰，当然这种启蒙是以提兰的自我启蒙为前提。这种启蒙的核心是对于情欲暧昧性和复杂性的直视而非道德化。

《黑少年之梦》继续提兰的故事，继续关于性别伦理的探讨。提兰，这个在《倒悬人》中已经感到内心危机的女艺术家——心灵历险的践行者发展出一段婚外之情，实在是势所必然的。所以，《黑少年之梦》探讨的便是"婚外情"，只是，它无意讲一个千回百转、扣人心弦的婚外情故事，无意以消费的期待"鉴赏"一段桃色轶事，然后又回到最安全的道德视点予以总结。它要说的也许倒是一种"可能性"，它所质疑的是霸权制的单轨道婚姻的合理性。可是，对于林渊液而言，幻想一个女性主义者在身体自主性意识推动下的化蛹为蝶，并演绎一段美丽的多轨道的柏拉图之恋依然显得过于乌托邦。《黑少年之梦》写的更是女性主义情爱乌托邦的挑战：即使他们相恋的精神基础是如此坚实，可是纯精神之恋既是生死恋的出发点，也是生死恋的致命伤——精神毕竟是需要肉身为依傍的，至少这部小说是这样认为的。他们的危机不是来自于现实物质，不是来自于流言蜚语，也不是来自于对现实婚姻的愧疚或被侦破而陷入客观困境——而是来自于孤独。

《花萼》和《戏病毒》的主角是潮剧演员姜耶，《花萼》讲的是"身体课"——已届中年的姜耶如何在一场婚外情中重新认识自己的身体，不仅是生理构造，而且围绕着它所有的种种文化编码和自我遮蔽。事实上，现实中依然有万千女性并不直视自己的身体及其正当的愉悦功能。所以，私处如花萼这样的写作在今天已经不再惊世骇俗，却依然有待持续扩散。《戏病毒》讲的已经是"酷儿"双性恋了，姜耶在戏剧节上邂逅了北欧女艺术家琼森，后者既以现代舞观念开启了姜耶一直处于中国传统戏中的审美，更内在地将"求真/求美"的艺术观念分野生命化，姜耶和琼森之间产生了某种跨越性别疆界的情愫。

《我来自马达加斯加》写的是网络时代的姐弟恋和野叟、如意这对老年文化人相守相望、冷若冰霜又滚烫热烈的高龄之恋。正如小说所言，人一上了年纪就被直接视为老人，而不再被视为男人或女人。林渊液将性别携带的复杂生命感性再次还给了他们。《签诗》讲的既是一种柏拉图之恋，也是借由远程发生的精神爱欲及"我爱你，但与你无关"的女性主体孤独之爱。《失语年》以失语的隐喻呈现了女性童年经历对自身情性密码的塑造，表征了情性枯竭与身份认同之间的复杂关联。相比之下，《鸟事》《绝处》《花儿锁》几篇也涉及女性及其内心，但写作视点已经由女性主体转换为生命悲悯。只能说，两种写法，一种直指女性复杂内心，一种将个人故事布局于生命百态之中，各具精彩，无法一一道来。

事实上，对小说进行主题分析永远是挂一漏万的。小说里面的氛围、场景乃至于一个词的使用，都可能唤起你对生活质感的感知。林渊液具有对复杂性和暧昧性的准确造型能力，这些小说并不以故事情节见长，可是这并不影响它的小说味。甚至可以认为，作者在短篇小说艺术的营构上已经走在当代小说前沿。关于短篇小说，胡适提出的那个生活"横截面"的说法非常著名，可是短篇小说艺术显然要丰富得多。《倒悬人》中，短篇小说便是以一种装置艺术的方式出现。优秀的短篇小说常常内置某种意义装置，它可能是一盏灯、一条河流、一个馒头、一串项链。它们既是小说中的"物"，更是理解小说的入口、提取意义的按钮、照亮小说的灯盏。这篇小说一个突出的装置就是"倒悬人雕塑"。对于这篇小说而言，提兰只能是弄一个雕塑，而不是其他，如画画、写作。其他的装置不具有对等的意义发散性和自洽性。这篇小说中，雕塑"倒悬人"具有很强的象征性：倒悬是失去平衡之意，它提示着提兰身处的心灵旋涡；雕刻"倒悬人"，又构成了另一种隐喻，那便是个体对于自身困境的凝视、造型和拯救；小说中，倒悬人雕塑的模特从提兰自己换为小藤，又暗示着提兰对"他者"困境的理解之同情。正是此种同情让她自己的精神获得救赎。由是可见《倒悬人》的思想内容和艺术框架是如何如盐化水、丝丝入扣。《黑少年之梦》中的梦、面具、割礼等符号都构成了理解小说的一个入口；《花萼》《戏病毒》中的戏中戏；《失语年》中的民俗、社会调查形成的潜文本；《鸟事》中引入《水浒传》杨志买刀情节来进行的情节暗示……应该说，林渊液对短篇小说技法丰富性的实践是一个相当重要的看点。

在《爱的多重奏》一书中，阿兰·巴迪欧阐发了拉康关于"性关系是不存在的"这一观点："在性爱中，每个个体基本上只是在与自己打交道"，"在性中，最终，仍然只不过是以他人为媒介与自身发生关系。他人只是用来揭示实在的快感。在爱之中，相反，他者的媒介是为了他者自身。正是这一点，体现了爱的相遇：您跃入他者的处境，从而与他人共同生存。"今天的世界普遍存在着爱的虚无症和性的肥大症。以性的方式去确证自身往往会使主体陷入更深的虚无危机。爱和性的危机都是人类的精神危机、哲学危机和价值观危机。显然，林渊液这部小说，就是一部关于女性如何在文化禁锢和自我禁锢中去经验全新自我，并理解情爱多重复杂性的小说。对于女性而言，它或者是一种自我去蔽；对于男性而言，它提供了一种反思的契机，即男性如何避免仅将爱侣视为欲望客体而最终"以他人为媒介与自身发生关系"。

是为序。

2016 年 11 月 21 日

倒悬人

1

电话铃癔病一样发作时，提兰双手都没空着，一手沾满了雕塑泥，一手还拿着黄杨木刀。电话那头是遥远的姐姐，提兰有些久违的惊喜，也有些需要掩饰的惊惧，但她很快释然了，这不只是电话嘛。

姐姐来电话的话题是在晚餐时候提起的。自从提兰开始这尊雕塑创作之后，她与丈夫的晚餐极其简淡。提兰想起以前总是满满一桌的饭菜，觉得有些反胃。不过以前不同，以前儿子还没住校。三个人的晚餐，传统的家的味道还是浓些。

丈夫是犟上了，他说，小藤在大学里没找到单人房间之前，就住家里来吧。人家大姨把女儿送回这座城市，不就是因为有"厝人头"么。这地方，讲"厝人头"，就是有亲戚有熟人，外来者有得照应。提兰心内不以为然：就姐姐那样的人，能是这层意思？当然了，像丈夫这样的榆木脑瓜，姐姐用七斧八斧也是敲不开的。

提兰不是反对小藤住进来。要是在以往，那是一千个一万个没问题。可是现在……

晚饭后，提兰拉开客厅的大幅拉门，她的那个"她"，就咄咄逼人奔她而来。"她"是与她形体等大的，这使"她"的存在更加具有进攻性。"她"分明是静态的，像花瓣舒展的向日葵，像汁液饱满的桃子，但"她"分明又是动态的，像禁笼里挣扎腾挪的小兽，又像那小兽刚刚逃出了禁笼。提兰迎头一撞，内心就嘎的一声当空断裂开来。这种断裂，虽然疼痛，却也痛快。而不是像往常那样，那种隐痛像是被蚕噬的，一小口又一小口。

提兰觉得每天都在塑造"她"，却又每天都在接受"她"的挑战。

丈夫像石英钟一样，午夜十二点准时发出提示。他在卧房里，隔着一个大客厅对提兰嚷嚷：睡了！

提兰知道，他会再等她五分钟，过这五分钟之后，他才把床头书放下，熄灯睡觉。这五分钟的时间，她用来洗手、刷牙、脱掉居家服，虽然匆忙一些，但这是可以办到的。之前，提兰是喜欢跟他一起入睡的，她害怕一个人被抛在黑暗里，她希望在听到他沉睡的呼吸声之前尽快睡去。还有，他的怀抱很温暖，他的肢体叠放的曲度也刚好可以与她的互补。他们的躯体是相向而眠的，这是多年来的习惯。

提兰微蹙了一下眉头，是在犹豫。但她最终没有放下手头的活，只回了一句：

你先睡吧。

丈夫就这点好。他是一个很宽厚的人，从不勉强提兰做任何她不感兴趣的事情，也从不勉强她停下她正在喜欢或者还刚刚喜欢的任何事情。就如雕塑。提兰其实根本不是艺术界中人，偶尔画几张画是有的，但做雕塑纯粹是心血来潮。她明天还得照常上班，做一些养家糊口的常规事情。当提兰告诉他，自己要做一尊等大的人体泥塑时，他虽然有些吃惊，但还是很快就默认了。她把阳台收拾一空，然后像变魔术一样，从网购的快递包裹里拆出各式各样奇怪的用具和材料，一件又一件，一批又一批地摆放上去。他每天坐在客厅里他那把独占的沙发上，静静地看着这一切。他知道她这次玩大了，不过他包容得下。

"她"的泥已经上得差不多了，提兰再把几块泥补上去，然后用双手的拇指把"她"全身的肌肉均衡地撸了好几个回合。提兰是按照自己的样子来塑造"她"的，但"她"与提兰又有所不同。最具视觉效果的是，"她"比提兰更加丰满。提兰抚摸着"她"的双肩，就像抚摸着自己的一样。姐姐的身材其实没有提兰好，姐姐最痴迷的就是提兰的胸部、锁骨和双肩。姐姐是一个很自恋的人，少女时期，有一次提兰无意间在镜子里看到她半裸着上身，自我陶醉地抚摸着自己的肩部和胸前。提兰已经很久没有与姐姐彻夜长谈了。姐姐以前总是怂恿提兰跟她一起逃外面去，她觉得，这地方太闷了，像囚在一个看不见的城堡里。姐姐的活力无人能敌，外人眼里那些纠结的事情，到她手上，咔嚓咔嚓，三下五下就摆平了。比如，早恋、离婚；比如，与一个小她五岁的男人相爱和同居，与前夫成为好朋友和工作伙伴……

提兰的困境，如果由姐姐来解决，不知道是什么样子，但绝对不会是目前如此的消极被动。

提兰与丈夫的感情关系出了问题。或许，在别人眼里，什么问题也没有。但提兰还是觉出了问题。他们还像从前一样，相拥而眠；他们还像从前一样，对对方充满了关切和照顾。可是，提兰知道，那关切里有一些礼节性的成分，还有一些惯性的成分，少了一味什么药，少了一丝什么光。刚结婚那阵子，提兰喜欢临睡前给他讲讲话，呵呵，那当然了，像他这样的闷葫芦，讲话的总是提兰这一方。但他总是听得极细致的，这个提兰知道。他虽然不善言辞，但他有足够的诚意。提兰的想法一经说出，有些他是可以很快就咀嚼了消化了，变成自己的东西。有些看法却是自己并不认同的，大致可归之为男女的不同，他也不反对，在心里随便找一处地方，把它们悉数搁放下来。提兰的口才不错，想象力和结构能力都挺强，经常会讲得春花烂漫，活色生香。黑暗就像一个地窖，把提兰的故事酿得有了酒气，丈夫就开始动了情，用脸颊来亲提兰的脸颊。可是现在，丈夫每次听她讲话总是意兴阑珊的，人的框架还在，心已经不知道在哪。有一次提兰问他话，他还支支吾吾接续不了。听者走神，讲者自然就神色黯然。而且，他们经常是个把月也未曾"运动"一次，他们以往的频率是每周一次。提兰以前从没主动过，频率发生变化之后，她尝试了几次，虽然只是躯体的一点暗示，但都被丈夫抑制住了。他把庞大的手臂搂过来，抱住她就僵化了，什么也不说，一副即刻睡去的样子。

当提兰必须在黑暗中独自面对孤独的时候，幸好有"她"及时来临。

突然，提兰发现"她"有一处突兀，搭架的时候弄长了。提兰不得不动用钳子，把那钢丝钳断。那是"她"的左手中指。提兰右手握钳，左手握住右手，终于把它钳断了，豆大的汗珠爬满了前额。对于钳子这样的工具来说，提兰显得弱小了，力拙了。提兰心里像是有一个什么东西也被钳掉了，血丝拖了满地。

2

小藤的行李竟然有六大件，进门时肋下还夹着一个半人高的公仔。提兰倒吸了一口气才让自己安定下来。小藤的强悍进入，让她自己有些憋屈，却又对小藤的理直气壮充满了羡慕。难怪姐姐说她肯定住不了那四人一间的研究生宿舍。丈夫想必是从接机时就看习惯了，一声不吭地替她当了搬运工。

他们有四年没见小藤了。四年的时间，好像蜕过一层壳，整个人长了一圈，不只高挑了，身体该彰显的地方也毫不留情地彰显了。看起来风情万种，丰熟中又有点青涩的动人。九月的南方，尽管是傍晚，天气还燠热着。小藤只穿着一件薄如蝉翼的孔雀蓝绵绸长衬衫，上下的纽扣都空着，只扣了中间三四颗，低胸看到的是内里的黑色蕾丝文胸。或许是小藤的辐射力太强了，丈夫感到了房间的逼仄，不停地喊天气太热了。

第一个晚上，提兰就告诉小藤，从现在开始，客房就她独自一人享用了，但她的私人化物品，最好也就停留在这方寸之间。小藤的六箱子东西慢慢地整理下来：三箱子是衣衫，一箱子是披肩和帽子，一箱子是挂袋和玩偶，一箱子是书籍和饰品。这么琳琅的东西令提兰叹为观止。姐姐的服饰和生活用品倒是简洁和中性的，这一点母女可不像。提兰还告诉了她，每晚冲完凉衣服可以放在洗衣机里洗，但内裤和乳罩，必须自己手洗，就像提兰自己一样。但很快提兰就发现，从洗衣机里取出湿衣物的时候，小藤的装饰华美的乳罩就纠结在她姨夫的背心上。接着再取，发现小藤的内裤和姨夫的内裤交缠在一起。提兰提醒过小藤数次，她总是随口说：哦，忘了。对不起啊小姨。提兰心中却有了不快，她觉得，这女孩子也太不自爱了，终究会吃亏的。而且，家里还有姨夫在呢，这样子也着实不成体统。提兰有时站在生活阳台上，一会儿眺望远方，一会儿望回一家子刚刚晾上的衣衫，胸口便觉有些碎石在搅拌。不知道那些碎石最终给拌碎了，还是从胸口上爆出口子。

3

小藤去学校办理各种手续，忙了两天，回家倒头便睡。等到第三个晚上，她冲凉完，意气风发的样子，拉着小姨说去阳台上吹风。

该来的总是会来，提兰早就知道这秘密是守不住的。小藤一旦见到了"她"，那么提兰身上的所有衣装也就被剥脱干净。提兰干脆大大方方地把小藤带来见"她"。这是小藤所不曾预料的一个见面礼。她的双脚还停留在客厅里，只有目光似乎历经亿万年的时空，轻柔地向"她"摩挲过来……"她"是一个倒悬着的女子，"她"的赤裸的一双玉足和"她"身上松松裹着的绸布斜斜地飘飞着，"她"的双乳饱满地坚挺着，右手臂把其中一只抚住了，"她"的头颅挣扎着抬起来，还没有真正抬得起来。"她"身上的所有细胞都充满着一种期待的欲望，而"她"的眼神却充满了痛苦。

"小姨……"

小藤的眼光里是怀疑，也是问询。提兰勇敢地迎着她，心想，肉搏战就要开始了。

小藤摇了摇头，口里喃喃有如呓语，却不是对提兰说的：

"欲望的边境在哪里，在哪里……每个人都是倒悬人，谁能够逃脱……离开难道只是回避……"

提兰终于听到了清晰的一句：

"小姨，我想吃冰激凌……"

看来小藤还没开战已经投降。提兰想，裸着的状态，虽然最弱，可它也是最强的。

小藤嗞嗞吸吮着冰激凌，缓过了神，对提兰说：

"小姨，你太令人刮目相看了……"

小藤的意外，提兰是可以预见的。小藤小的时候一直非常喜欢小姨。姐姐把她打扮得很男孩子气，每次随妈妈回老家，她总是觊觎小姨的衣装：小姨，你的裙子穿小了就送给我。她妈和小姨都笑了，小姨再不可能长高了呢。从此之后，小姨与她有了秘密通道，她经常给她寄送裙子和发饰。

但她对小姨的了解不可避免地还来自她妈。姐姐以前一直揶揄提兰，说她是一个幸福指数特高的女子，她的幸福感就像溪涧边的福寿螺一样到处繁殖泛滥。即便在一个普通的日子里，她依然会对着刚刚醒来的晴空大呼小叫：看看，太开心了，今天又是一个晴天！以前提兰和丈夫住的是四楼，春天蚊子多，有一次提兰买到一床满意的蚊帐，每天晚上睡在里面，看到帐外有蚊子在愣头飞翔，便幸福盈盈地说：太好了，怎么有人设计出这么棒的蚊帐，高高地撑挂着，人在里边舒服自在，而不像一只被扣住的苍蝇。她的蚊帐用了有几年了，她的幸福感不断有崭新的补充。她最后一次的开心感叹是，蚊帐底下数十厘米的织造竟然是密实的，即便手臂随意搁放，蚊帐外的蚊子也叮咬不着！每次听她这些小女人的话语，丈夫总是显得特别高大特别像一个胸拥十万重兵的将军，他微颔着头，用充满爱意的目光看着她。

这一切也不知道是何时改变的。丈夫的爱，像一株失水的植物，懈怠、萎顿、低垂着的叶片边缘开始泛出枯黄。而她，每天像这个倒悬人一样，被文火煎熬着。

婚外恋？面对这种情状所有的女人都会这么反应。可提兰觉得，这理解太不对路了。如果他的心里还有另一个人占住，那他应该……提兰有时傻傻地坐着，忽然地吸了吸鼻子，发现什么异味也没有。提兰相信自己的感觉非常灵敏。是的，他的味道还是纯净的。

提兰是在儿子住校之后才发现了不同。之前，每天晚上十一点之前，她几乎没有自己。下班之后上菜市场、做晚餐、吃饭、洗碗、督促孩子做作业、收叠前天的干衣服、洗晾当天的脏衣服……等到十一点之后，已经人困马乏了。这么说来，丈夫的懈怠由来已久，只是由于她把自己分身给杂务和儿子，所以才未曾察觉。这么想来，提兰心里一惊。原来竟然是自己有负了他。小藤尚未到来的那段日子，提兰把记忆一段一段地切下来回放，她沮丧地发现，这种状况已经持续了十四年。自从儿子出生后，她的生命中那个叫作爱的宝库里，碧玺、玛瑙、钻石、铂金、水晶、玳瑁……那些最为珍贵的东西，通通都在各种生活场合以各种样貌送给儿子了。给丈夫的东西，所剩无几。当然，责任是尽到的。可是，作为一个妻子，难道仅仅尽了责任就足够么？提兰换下脑筋继续想，与自己相对应的，她的丈夫呢？这十数年来，他也仅仅是在尽一个丈夫的责任么？提兰觉得，这问题越来越大了，如果他仅仅是在尽丈夫之责，那么他爱她吗？提兰和丈夫是经朋友介绍的。在姐姐的眼里，这一直是一个天大的笑柄。姐姐这种为情为性的女子，眼睛里进不得一颗沙子，她怎么能够忍受连丈夫也是借助媒介而得来的。更可恨的是，提兰记起来了，他们当初结婚，时间那么仓促，那可是为了拿着结婚证到丈夫的单位等着分房子哪……

提兰被自己击倒了。莫非她所有的幸福感都是镜花水月，都是她的幻觉？

"小姨——"

小藤把冰激凌舔得干净，似乎还没餍足。她黑葡萄一样的眼睛里有一种寒冽的暧昧：

"让我猜猜你的故事。"

提兰没有想到，这尊雕像，原来是把自己还原为一个女子本来的样子。因为她的这个样子，连外甥女也把她当成平等的人了。

小藤顾自开始了她的故事讲述：

"你与另一个男人相爱了，你们爱得很深。能够爱得这么深的人，做什么事情都应该是没有任何障碍的。可是小姨，你的修养和观念束缚着你，让你痛苦不堪。你的灵和肉两坨泥巴没有揉捏均匀。"

提兰苦笑着，怜爱地看着小藤。她这么年轻，能够懂得什么叫爱？什么叫作灵与肉？

小藤低声对提兰耳语：

"小姨，你太美好了，你需要有一个男人来好好爱你，姨夫他配不上。"

提兰心里一喜，仿佛这话可以把丈夫这些日子带给她的愁烦一扫而光。只一瞬，她又懊恼起来：

"小藤无礼，别乱讲！"

4

小藤把这里当成了自己的家。客厅的茶几上，有她散落的蓝松石项坠；卫生间里，有她的粉色头箍；沙发上，有她皱皱褶褶长长短短的几条披肩。她的气味无处不有。她的所有东西都是小女人的，但它们一起织就了一张无形的网，网给人的感觉向来就是充满了威胁感。有时，小藤的手机响了，她会倏地跑回自己的房间，顺便把门关了。现在的孩子都这样，提兰巴巴地等到周末儿子回家，还没聊上三句，人家也是这样，砰的一下把门关牢了，还严肃地告诉父母亲，有事情找他得先敲门。可是，小藤不一样，她的眼神儿提兰觉得不太对头，有些闪。这丫头，亦正亦邪的。提兰对小藤的视角甚为复杂，有时是女人的，有时是姨妈的，有时是丈夫的妻子的。丈夫倒是泰山一样岿然不动，小藤的网他视而不见。每天一回到家，就坐定他的"御椅"。遥控器就在他的手边，但他从不调台，电视给他什么频道他就让它停留在那个频道，电视节目是什么似乎与他毫无关系，外界的变幻似乎也与他毫无关系。看样子他是很累，累得不愿再有多余的付出。提兰有了"她"之后，心内似乎经历了一场新的恋爱，也不去烦他，累就让他独个儿好好休憩吧。

　　开学第一周的那个周末，小藤说她要去当家教，得赶时间哪。提兰心内有些疑惑，但给她的评分还是加了不少。从她六大件行李招摇空降过来读书就知道，这丫头花起钱来大脚大手的，没个度。如今看来，她至少还懂得自己赚取一点生活费。提兰本不想管得太宽，忍不住还是问了那户人家的境况。小藤扮鬼脸答道：

　　"任性的女孩子，与表弟一样年龄，单亲家庭。嘿嘿，是她老爸带的。"

　　小藤出门前，扭着腰肢给提兰展示她的衣裳与身体，腰果花的紫红色衫裙在提兰的面前翻飞起来。提兰在心里想：这么个容易发生故事的地方，这么个容易发生故事的女子，千万别发生故事才好。此后每逢周末，小藤去这一程，提兰总是有些走神。

5

周日午后，丈夫送儿子回校，家里只剩下娘们儿俩。提兰还在厨房洗碗，小藤在自己的房间大声问：

"小姨，你网上银行有开通的吧？先借我点钱。"

提兰口里"哦"了一声，手下却停了。她知道，姐姐对小藤的供给向来不少。这个事情，她问是不问呢？

提兰从厨房出来，正用手霜涂擦着手掌，却见小藤冲了一壶花茶在阳台上自斟自酌，一边看着"她"发呆。

"小姨，'她'让我想起了过去，你听听我过去的故事吗？"

提兰惊讶地看到一个不认识的小藤。她的脸，是春天午后睡起般的嫣红，却有着不相称的忧郁。

姐姐把女儿从自己的身边送走，果真不是平白无故的。提兰把雕塑转盘下面搁放的棉麻坐垫取出来，就在"她"的旁边，两人挨着砖墙坐牢了。这样子，天高地阔，山长水远，怎么聊都不为过。聊吧聊吧。

小藤的故事口味有些重。

一开始，听起来不外乎大学校园里的一个三角恋。有两个男孩子同时爱上了小藤。可小藤还有另一句话补充，当时，爱上她的男孩子都可以成一个连了。提兰不得不在脑海里，把这两句话转译一遍：爱上小藤的男孩子何止这两个，问题是小藤也同时爱上了他们，而不仅仅是他们当中的某一个。

世俗的观念不可能波及小藤，这一点，从她妈妈已经开始践行了。小藤对两个男孩子都是认真的。小藤承认了这一点。提兰看着她较真的眼神，也非常相信她。或许，有的人，她的爱是狭隘的、单一的；有的人，她的爱是宽敞的，是多车道的。等等，提兰心里头有各种想法奔涌而来。这世界就这么怪异。一个多车道的男人，他是再正常不过了，他可以有小车、越野车、大卡车、摩托车、公共汽车，或者步行，甚至在另外一个空间上，他还可以有飞机御风而行。在这个四通八达的旅程上，他春风得意，车道转换自如。路边的人看着，眼里净是敬佩和艳羡……可是，一旦这个多车道的人是一个女人，她的人生便如一个原始森林，充满了未知、荆棘和历险，而路边的人看着，却视若怪谲，只配给它以流言蜚语和鄙夷的眼神。

两个男孩对小藤的爱都越陷越深，他们都迷恋上小藤的身体，不能自拔。小藤的讲述既率直又犀利，一刹那间，提兰的脸上腾起两团红色的云。看看小藤脸色如常，它们又急急退了回去。提兰觉得，它们的来去都是如此鲁莽。

事情发展到这个地步，小藤已经读大四了，要做毕业论文。小藤想，我先试婚吧，大家过一段日子，看看日常生活是否会把一个人的真相彻底交出来。而且，她向来不喜欢集体生活，搬出来单门独户地过，做起毕业论文来还更舒适称意。

原来，生活可以这么自在地选择！提兰算是开了眼界。她这一代人，哪里敢于触及试婚的话题。回想当年，提兰周围也不乏男孩子，可她是挺着胸脯目不斜视假装什么也看不真切。同学当中，就有人说她矜持啦，孤傲啦，究其实，她是没有做好与男生交往的准备。几年的大学生活，她竟然连男生的手都没碰过。

两个男孩子中，有一个是高小藤一届的师兄，已工作，有经济能力了。另一个是文科男，刚好被老师带去乡下做田野调查几个月。小藤不知道，这是天意安排，还是她自己的潜意识里首先选择了师兄。反正，师兄很快在学校周边租下了房子，与小藤过起了小日子。文科男回校后看到物是人非，伤心欲绝，几次找小藤要她重新给他以机会。他提出的条件连小藤也觉过分，他要小藤同时与两人进行试婚，每人轮流一天。小藤是有原则的人，她说，既然我与师兄试婚了，那就让我安心试婚的日子吧。

那文科男并不善罢甘休。

小藤的讲述开始变得急促，口唇开始枯焦。提兰斟了两杯花茶，把其中的一杯推给小藤。

有一天下午，文科男以给小藤送论文资料为名，潜入他们的出租屋，来了就赖住了，强行与她发生了关系。小藤讲得有些凌乱，有的话还重复了两三遍。事情就是这样凑巧，师兄那天临时回来换装，要去参加一个重要晚宴。开锁进来的时候，他们刚好已经完事了。小藤不知道他在外面待了多久，即便刚刚回来，他也不可能听不到她的喊叫声。如果是求救声，他或许心内会好受一些，可惜他听到的是她快乐而痛苦的高亢声。

小藤的眼神里是很罕见的无助和迷茫，她说：

"小姨，身体是这么奇怪的东西。那一次我分明没有接受他，我的拒绝是严厉的，但我的身体竟然接受了他。"

后来发生的事情小藤不太了解，那些天，她昏天暗地地写着论文，两耳不闻窗外事。但有一个残酷的结局出现了。师兄在校园里的松林里死于非命，他在与人争吵的时候，不停地倒退不停地倒退，他的后脑被一根尖锐的短树杈插入。而与他同在现场的，只有那个手无擒鸡之力的文科男。已经毙命的师兄满身酒气，一动不动地站立着，眼神凶戾，气贯长虹，而文科男被吓得浑身筛糠一样，抖个不停。

现场无疑是可怕的，即便是事隔许久，小藤讲着讲着还是抖个不停。

提兰抱住小藤，像抱住一个婴儿。

"小姨，我把他们两个都害了。"

小藤说出的竟然是这样的话。这话更像是提兰碰到这种事情时说的。提兰想起一个说法，"红颜祸水"。看看人家海伦，引发了多大的战争，但在整个世界史上，却从来没有谁对她发难过。提兰很惊讶自己可以这样理解，并找出海伦来说事。她感觉，自己的疆界在向外开拓。

提兰本来想安慰小藤，时光可以化解一切的。可是，她觉得这个道理大而无当，它与小藤根本不搭边。就在这时，她有了一个比任何事情都更为重要的发现。这个发现发端于如此悲情的时刻，提兰觉得有些对不住小藤的师兄，但她禁不住心内的那阵狂喜。

提兰定定地看住小藤：

"小藤，给我做模特吧。我对'她'的头脸部不满意。"

小藤把身骨挺直，这挑战对她来说是一剂兴奋药。她把两只手掌往自己的脸庞揉了一揉，似乎是为了确认醒着的感觉，也就是这一揉，她的悲伤像一层手机薄膜，一下子就被完整揭掉了。

6

提兰寻了一个时机，临睡前把小藤的故事小心讲给丈夫听。

她不能让丈夫觉得小藤是一个坏女孩，她寻找着更加温良的字眼，讲述得更加本真和深情。她的讲述想必是在什么地方做了手脚，连她自己也觉得有些失真。事实上，小藤爱上两个男孩子的时候，她是有着很大主动性的，但提兰把小藤的无奈用放大镜放大了。还有，提兰在听到小藤讲述爱的时候，想到了多车道的问题，但她觉得，一个男人，怎么会喜欢女人谈论单车道和多车道的问题呢，她把这个想法删除了。

最后，只有最后讲到小藤与文科男的那次关系，提兰把它放在显微镜下，把精微细节都讲了出来。是的，以前小藤虽然与他做过很多次，但那一次她是拒绝的。可是，她的身体竟然很快被点燃了，他们的身体相互认识、相互熟知、相互喜欢，像磁性相异的两个磁极相互吸引，它们没办法像陌生人一样。甚至，当她拒绝之后，她的身体一旦释放出来，与他强横的进入相互应答，那种快感竟如滚滚风雷，汹涌而又充满梦幻。

提兰有些怀疑，她这是不是在对丈夫进行色诱，这发现使她打了一个冷战。窗外的花枝在净色的被面上晃了过来又晃了回去。提兰看着她们暗夜里招展的样子，有些同情的心酸。

提兰同时还有另一层的担忧，当她的色诱成功之时，小藤也就如一枚小小的楔子，钉入了他们夫妻关系的内部。在以往，这种生活的里子发生了问题，提兰觉得是应该由自己来解决的，但现在，无疑地，外人已经长驱直入。她与身边这个男人再也不可能严丝合缝了。最直接的结果或许是他对小藤产生了性幻想……

提兰讲到这里突然打住，但在这个地方打住本身就是不合常理的。沉寂的荒野上，那棵想象的薇甘菊便蓬勃地疯长起来，顷刻之间，枝枝叶叶藤藤蔓蔓铺满了整个世界。丈夫也不吭声了。黑暗中两个人喘气都不自在起来，幸好，他们谁也看不见彼此的难堪。不知什么时候，提兰才记起，她可以把故事往下讲。讲着讲着，有了悲剧的味道，丈夫也应和了几句，像老朋友聊着社会世情那般。两人终于从难堪里解脱出来。

提兰的这个故事讲得真失败，但有一点尚可安慰，丈夫不仅没有因此对小藤怀有成见，看待她的目光反而更加温煦了，似乎知道了她的隐私就是得到了她的信任。只是，这信任是由谁给予的呢？小藤对此一无所知。看在眼里的还是提兰自己。她发现自从那个秘密的周日下午，自从她在悲伤的小藤的脸上发现了"她"的影子，她就开始爱上了小藤，并且把她当成易碎的水晶瓶，尽一切可能呵护她。

阳台上的"她"塑造得越发精致越发丰富了，如果说，提兰把自己当成模特，塑造的"她"只是欲望的荡漾，以及欲望难以抵达的痛苦，那么当小藤成为她的新模特之后，"她"脸上的表情已经不止这些了，还有纠结、迷茫，通往远方的渴望……那一天，提兰望着一丝不挂的小藤，望着她倒悬着的身体和微仰起来的头，她手里的木刀下得很轻很轻，只怕稍一不慎，会把小藤伤到。小藤的青春胴体，比她手下的"她"，更像一件艺术品。提兰很想放下木刀，走上前去抚摸她，她想象得到自己手下的贪婪。可她忍住了，她的身体里仿佛被灌注上一种魔法力量，她的手指和木刀充满了神奇的创造力。

小藤对提兰与雕塑的缘遇充满了好奇。提兰说那是连她自己都觉得不可思议的。雕塑的种子种在十多年前。那时候姐姐在美术学院读书，她去找姐姐的时候走错了路，意外走进了学院的雕塑系。这个陌生的世界里，一尊尊雕塑的光芒像白晃晃的阳光扎得她睁不开眼。还记得一尊叫作《雅各与天使的搏斗》的青铜雕塑，提兰被它的力量感震慑了，许多年刻印在脑海里，任何时候她都能够立刻把它描绘出来。后来她胆大包天地潜入一个教室，听了一节泥塑人体课，美院的师生沉浸在课业里，根本没人发现她，只是她自己胆怯，下课前偷偷溜出教室的。这事情窖藏得深，连姐姐都没告诉过。比起其他的艺术门类，雕塑在提兰的眼里，一直是高不可攀的，供奉它的，不是厅堂，而是悬崖，似乎谁若是试图接近它，就会坠入万丈深渊，尸首不全。

接下来的事情令提兰一半欢喜一半忧。

先说说这喜。提兰就像在病榻边，发现昏迷日久的植物人手指头有了动静。也就是小小的动静。丈夫在"御椅"上冲阳台望去，看的并不是他所能看到的一切，而是，固定的一个点，那个点就是"她"。是的，他远远地盯着"她"看，入神的，僵硬的面部表情甚至有了起伏。晚上睡到半夜，提兰的右手被他伸过来寻找的左手拉住了，然后他们继续入梦。很久以前，他们也是这样的。提兰心内的幸福感又重新荡开涟漪。

再说说这忧。小藤很快把钱还给了提兰。提兰说不急的。小藤说，她的老板付工资了，付了双倍呢。小藤眼神里又有了那层忧郁：

"上回借钱是因为资助两个大学生的打款时间到了。师兄生前资助的他们。"

提兰皱着眉头，看样子她理解得有些吃力。

"小姨，我不是被道德绑架了，我见过这两个大学生，与他们有感情的。"

提兰锐利地提出另外的问题：

"你老板……"

小藤讪讪地说：

"小姨你狠！从一开始你就预计到了是吗？如果不是我爱，我不可能滥情的，你放心好了。"

秋意渐浓，小藤的碎花牛仔长衬衫外面套着一件敞开的马甲，提兰看着她大片的酥胸，恨不得把她揽入怀里。小藤的身上，天生就有一种蛇的诱惑力。与她对话，没有定力是不行的。她说他们研究生院有一个羞赧的男生，远远地看见她干脆掉头就走。提兰想象得出那个男生的熊样儿，听小藤讲起时，忍不住与她一起恶作剧般地狂笑起来。只是，比他勇敢的还是大有人在。那千千万万的爱里，就如勃发的春草，会有挤挤挨挨的疼痛吧。

在一座没有女主人的房子里，一个男子爱着眼前的这个小藤，他会以女孩子的学习为由展开交流，他付出双倍的家教费博取好感，他这只八爪蜘蛛终会一爪一爪地往她身上爬移。提兰能够放心得下吗？

提兰已经没有办法把小藤从自己身上褪去了。

7

"植物人"一直在好转当中。有时早晨上班前，提兰送他出门，会从后面环腰抱住他，他侧过身来用右臂拍了拍她的肩背，这一拍虽然看起来很随意，但提兰知道他的心在的。有一次小藤开了一句玩笑话，他竟然接茬儿了。事情是这样的，那天，他们已经围在餐桌边吃晚饭，砂锅里还在煲着凤爪，锅里滚开时，锅身和锅盖发出了一种奇怪的声音，竟然特别像压抑着的女子的叫床声。他们仨都愣住了。小藤自告奋勇去揭锅，边走边说：放开点！放开点！丈夫惯常严肃的脸被逗笑了，他与提兰对望着，两个人那憋不住的笑一开始还在相互试探之中，很快地，得到了对方的允许和引导，变得更加放纵。丈夫禁不住对小藤说道：你这是在对牛弹琴呀。

提兰现在的幸福感多了一层，有一个叫作小藤的女孩儿生活在自己的生命里。

提兰的那个幻觉是从何时开始的？

那一天，提兰招呼丈夫一起去超市，他说不去，招呼小藤一起去，她也说不去。提兰只好一个人去。出门时，丈夫坐在"御椅"上看电视，小藤在自己的房间里上网。提兰买了食物买家用，买了丈夫的剃须刀片又买了小藤的珊瑚绒睡袍，大包小包地回到了家。开锁进去，只见两个人影倏地变幻了位置，是丈夫和小藤，他们站在客厅的拉门边，略嫌拘谨地面对着提兰。身后就是她的那个"她"。

提兰把各种物品安放回它们应在的位置，却在心里把他们两个人的身影分别还原了。在他们站着的那个地方，丈夫顺时针旋转九十度，小藤逆时针旋转九十度，他们是什么样的姿势。幻觉就是在这时候开始的，小藤抱住了姨夫的头，姨夫抱住了小藤的腰，他们的口唇慢慢地接近……他们分开了又接近，分开了又接近，分开了又接近。提兰身体里有了一种奇异的反应，胃内的酸和胆汁的苦一齐翻搅起来。似乎是在一只风雨飘摇的小舟之上，提兰用手抓住船帮，不让自己倒塌下去。突然地，整个世界似乎猛烈地震动起来，眼前的山谷裂开了大豁，提兰一下子被送到了一个陌生的境地。在那里，蓝天万里，白云大朵大朵地低垂着，似乎触手可及，万顷草地上，开满了粉粉的小花，是一种开阔的动人和美丽。她禁不住伸展开肢体，躺了下去。这一刻，心内竟然平静澄明。这难道不是自己所祈望的么？这个男子的身体，是她所喜欢和渴望的，而这个女子唯美而充满诱惑的身体，正是提兰曾经年轻的时候，它们难道不该美好地结合在一起？提兰把他们相拥相吻的幻影剪贴在自己的卧房里，不管他们到底发生了没有，她在心里怂恿着他们，要开始就开始吧。这么想着的时候，提兰兴奋得浑身颤抖。这种兴奋，比快感还来得更加惊心动魄。

当提兰返回客厅的时候，丈夫还坐在"御椅"上看着电视，小藤也返回她的房间上网了。一切回到她还没出门之前一样。似乎什么也没发生过。或许，这一整天的事情都是一个幻觉也未可知。

　　小藤几天后回来说，在学校里找到单身房间了，立刻就搬过去住。三个月过去了，六个大箱子已经装不下，她说等她空了箱子再回来取。提兰让姨夫送她，她说不用了，研究生院有同学过来帮忙。小藤按着小姨的手，让她不用再张罗了，又似乎在帮她下着什么决心。很快地，帮忙的同学笃笃笃地上楼来了，一来来了俩，一个比一个帅气。小藤怎么每次碰到的都是俩？提兰想，担心也担不过来，索性让她自由走吧。

　　那天夜里，提兰坐在客厅，看着阳台上的"她"发呆。

　　夜深了，丈夫在提兰身边坐下，温柔地抱住了她。他们像年轻时一样，开始心无旁骛地做起来。这房子真大，小藤不在之后，它才蓦然间大了起来。他们的身体和思想都可以肆意伸张。最后，他在沙发上把她倒悬起来，她与"她"刚好面面相觑。丈夫的激情从未如此凶险。提兰不知道，他是为谁复活的。现在跟他做的，也不知道到底是她，是小藤，还是"她"。

　　提兰倒悬的双眼，扫看了一周，整个世界既熟悉又陌生。电视里的人，她看到的都是他们的脚和下身。他们走路的样子像在进行着不断重复的无聊游戏。提兰倒悬的目光还是回到"她"的面前，只有"她"才是灵魂相通的人。丈夫在开始用劲了，她的手向外抓呀抓，却抓不到"她"的手。"她"对于远方的渴望是什么？或许小藤说得对，提兰有一个相爱很深的男人，能够爱得这么深，做什么事情都没有任何障碍。只不过他在很远很远的地方。提兰依稀记起几句破碎的诗：

> 请你站在十字路口上，
> 阻止我的心奔向所有的道路。
> 可是，你应该知道，
> 风是阻挡不住的。

那个深夜，三条大街以外的人们，都听见一个女子尖锐的叫声。

2013 年 4 月 29 日

黑少年之梦

1

提兰是在一刹那间泪流满面的，脸上却什么表情也没有，就像一尊雕像落满了珠玉。苏打着了慌，一点不敢造次，生怕一动到了她，连雕像本身也会碎成碎片。可是，那些珠玉却不受提兰的控制，不停地滚落下来，川流不息，在枕上汪成一个湖泊。苏打没有泪，那些泪在心里纷披着，也汪成了一个湖泊。

这个女人竟然让他爱到这样的程度，苏打自己也觉不可思议。

回宾馆之前，他们去逛一个文化书店。在书柜前，他们都被各自心仪的书召唤过去，人来人往又把他们相互寻找的目光拦截了。书店快打烊的时候他们才结账出来。书是分头买的，一回宾馆，两人就像饕餮之徒，共同分享起来。

那本小小的书是苏打看中的，也就剩下这么一本了。当然，书的伟大不是以大小而论。那本书分为两部分，前面部分是写脚镣和铁器的，后面部分是写面具的。提兰手头正在制作面具雕塑系列作品。制作这个系列的缘起她给苏打讲过，那是一个梦境开启的。

当时，苏打躺在她身边翻阅其他的书，提兰轻声向他念了起来："面具也是一种真实的面相，它比与生俱来的面相更加厚重，更具可塑性……""戴上面具，就如戴上了盾，只宜战争……""面具也是成长的一种可能，充满了不测和机遇……"这些话似乎是从她心里采摘下来的。提兰不断地向苏打强调着自己的喜欢。苏打却不领会，只是骄傲地微笑着，为自己的眼光。提兰只能直接索取了：

"这书我带回去了。"

苏打是一个嗜书如命的人，他着急了：

"谁说！"

提兰愣了，这个男人曾经说过，连自己的生命也是她的。如今却连一本定价大约 10 元的书都不愿意送她。她故意说：

"要不然，我撕下后面的一半，还你前面的一半。"

苏打的油画作品中，有铁窗、脚镣系列，提兰知道他喜欢的是书中的第一部分。凡所有相，皆为虚妄。虽然撕书不是读书人所为，但也不失为权宜之计。

苏打却受不了：

"你怎么这样不讲理！"

这本也不是提兰的原意，她只是下意识地觉得，话还可以往更高的地方推上去，或许，在那里能够得到更踏实的爱。没想到，苏打把一切都粉碎。她推得越高，摔得越发惨重。

话说到这个份上，提兰便觉得没意思了。她停住了翻书的手，慢慢地躺下去，眼睛空洞地盯着天花板。

苏打觉出了不对劲，撑着手掌半躺起来：

"怎么啦，生气？"

提兰没有回应。一晌的光阴，像拉糖一样被一双看不见的手拉得越来越长，还有了韧性。苏打对这段被拉伸的光阴毫无把握，他抱住提兰的双肩说：

"我刚才说什么了，撤销了好不好。不就一本书嘛！"

提兰这才开了腔，泪珠和词语一起哒哒而下：

"不是的。不是一本书。"

苏打知道，提兰的思绪又到了很远很远的地方。

2

那个非洲黑少年的梦境经常会在提兰面前晃动，神秘的，有着小小的惊惧。黑少年十四或者十五岁了，他被选中去参加割礼仪式，之后他和同龄伙伴还得隐居六个月的时间，回来之后他们就算长大成人。如果愿意，他们也可以爱女孩子了。从一坠地就朝夕相伴的树屋、部落和母亲，渐渐地被抛在身后，他们，被一个戴面具者引领着，穿越原始森林而去。他不知道远方是一个什么地方。黑少年从未见过面具人的真面目。他看起来像一个返魂的祖先，动作迟缓僵硬，声音像在唱巫歌，面无表情。不对，他的表情是固化的，而且被掩藏得很深。他的面具是五百年大树的树根雕刻而成的，雕工繁复有如一顶皇冠。冠前支着七根动物骨刀，后面的两把大羽毛是同一片大树根雕成的，漆着威严的纹路。黑少年知道，这个面具的侧壁，是铭有咒语的。他的不安，像森林中的风卷袭落叶，时而澎湃时而萧疏。

提兰的不安是黑少年传递给她的。那些日子，她总是莫名地心慌，又莫名地对未来充满温情和期待。仿佛等待她的也是一场割礼仪式。常常地，她做家务的手就缓了下来，像被魔法师定了魔法的公主，世界停顿了，多少年后需要有人来把她吻醒。当然，这个人不容易等到，她总是能够自己醒转过来，或早或迟，继续把家务做下去。菜炒得老一些，洗碗池的水涨了起来，衣服快风干了还搁在她手里未晾上架，这些事情都是有的，日子还是依然如旧。

她决定，为黑少年制作一些面具。她知道，自己不是神明不是上帝不是先知，但她可以有祝福，她的心意在，随着她的手指和雕刻木刀激扬纷飞。

那时候，提兰已经与苏打交往了。这话不准确。应该说，他们已经相爱了。

相爱是多么美好的事情，可是，他们爱得不是时候。他们都已不再年轻了。他们生活在不同的城市，过着不同的生活。他们相互的思念像桃树、李树、芒果树一样，每年只结一次果子。

苏打给提兰解过梦，但他解得语焉不详，后来只剩下不断的自责。他对提兰说，她的痛苦都是他给予的，她的生活本来是一个圆，他插入之后，轨迹就变了，变成一个不规则的东西。

是的，一开始，提兰是把苏打推得远远的。

苏打常会把陈年往事揪出来取笑，说他当年托人送给提兰的油画集，不知道被她扔到哪个旮旯里去了。那本集子名叫《冷眼》，封面画是苏打的作品，一只大大的冷调的眼，瞳仁里还有一幅苏打的油画。提兰翻开时，发现扉页还夹着苏打手写的名片。苏打的冷贯穿了整本画集，他的冷不只是色调的冷，而是冷得有了千钧的力量，冷得可以把一个人、把一整个世界封冻起来。这种冷虽然充满了高度和力量，但令人望而生畏。提兰印象里的画家，是阴郁而精刁的，似鹰鸷，又似猎豹。虽然，那些画都是静态的，但提兰能够联想得到的语词却充满了动态的血腥，捕猎、肉食、撕裂……

令提兰心内暗惊的是，在《冷眼》里，她看到了一幅油画，竟然画的就是她。或者应该换一个角度来讲述，她看到的这幅油画，与她的雕塑处女作《倒悬人》十分相似，而《倒悬人》是以她自己作为模特的泥塑作品，表达的是自己最本原的呐喊。提兰看了油画的创作时间，几乎是在相同的时间段内完成的。那时候，苏打还在北美当着壁画师。简直是一个奇迹。生活在不同的经纬度，喝着不一样的水，说着不一样的话，会有一个陌生男子用自己的方式做出近乎相同的表达。

他们的相遇是命定的。

那一年，提兰受一个朋友的邀约，去市郊一个文化景点参加景区雕塑的落成仪式。他叫三海，是这个景区的艺术总监。苏打的油画集正是托他送来的。提兰第一次见到了苏打。后来听苏打说，当时接下三海的这份活计，他心里掠过的就是她提兰的名字。之前他在杂志上看到《倒悬人》，就把她认下了。

苏打像一只天外飞来的鹤，挺拔地傲立在一群本土的猥琐文化人当中。他穿着休闲宽松的恤衫和七分裤，洒脱中透着洋气。海归的身份，为他镀上了一层俗世的光环。所有人都觉得他一直在微笑着，只有提兰看出，他的眼线天生就那造型，至于他心里是否在笑，只有天知道。苏打避开跟踵的人群，走到提兰身边时，她正俯身捡起一片被秋风打红的樟树叶，嗅着它还香不香。樟树下的苏打根本不是《冷眼》的苏打，他宽松平和，随性温婉，脸上还一直挂着一个要命的微笑，那个持续的微笑与他刚才在大庭之下的微笑又不相同。这个微笑是有皮毛的，皮毛下有血管也有末梢神经。

提兰只得筑下更为坚固的墙体，与苏打周旋。苏打只道是她为人内敛不事张扬，却不知道，提兰对太有外观魅力的男子天生怀有一种偏见。然而，她必须承认，他不动声色的进攻是有效的，至少，她不能对此无视，而是必须调动力量来抵抗了。

苏打回到了自己的城市，他开始与提兰漫无边际地Q聊。他们的起点是在现实场景当中的，从一开始，现实的因素就掺和进来。提兰知道苏打的一些生活境况。十多年的海外生活，苏打并没有像外人想象的那么风光。苏打所走的路，是漂泊者之路。一开始他在墨尔本当街头画家，赚点钱后去北美读了几年书，然后一直游走于北美的几所大城市。为了糊口，为了养艺术，他画壁画、3D街画、做公园雕塑，不只是有名的街区邀请他，连富豪的庭院也去。这是工作。然后，他还有一条路，那就是纯粹的艺术。不受流派影响，不受概念绑架，不与商业苟合，他的画通往的是自己的内心。这么多年，他身边不是没有女人，但令提兰讶异的是，他的儿子刚刚三周岁，而他妻子樱桃陈整整比他小了十五岁。

提兰不是没有与其他男子Q聊过。夜深人静之时，Q聊的暧昧度就噌噌噌地飙上去。只是，提兰是有分寸的，一旦人家的话里长出了毛毛的手脚，她就只好使出撒手锏，这武器就是她的丈夫。结婚十数年的女子，没有多少个会在异性面前大秀自己的恩爱。提兰这招可谓所向披靡。可是，这苏打是怪人一个，他不仅没有被击退，反倒被激励了一般，每一个回枪都有了爱意，每一句回话都听得见他心花怒放的啪啪声。

有一天傍晚，提兰下班刚回到家，短信来了，是苏打的：夕阳西下，爱你的人走在大路上。

提兰顿时呆住了，这句话是如此的日常，又是如此的直击人心。

又有一次上班时间，提兰接到苏打的电话：我在你的城市，中午一起吃饭好吗？

提兰愣了一下，他们是 Q 聊到凌晨才分开的呀，这才几个小时。分明是苏打骗人。

的确，这骗人把戏是苏打逗着她玩的，但提兰觉得奇怪了，她怎么就期待他经常来骗上一两场呢。

提兰觉得自己有些矫情，分明已经人到中年，怎么还是初恋心情。似乎时光在往回倒转，而她的一切还是刚刚开始的样子。

提兰经常会问苏打：

"为什么爱我？"

苏打说：

"因为爱。"

黑少年被面具人穿上了白色衣装，红色的披巾斜挂在他身上，金属腰带上饰满了树籽和贝壳铃铛。他四仰八叉躺在树叶床上，旁边的炉火烧得通红，火苗儿一串一串探询着口讯，又缩回火炉里。这时候，黑少年耳边听到打击乐响了起来。有一个人把烧得滚红的火炭球向空中抛了起来，火球尚未着地的时候，他听到施术的师傅说，割礼完成了。打击乐的节奏变得欢快起来。这几乎是黑少年人生中最快乐的时光，他头上的天空，所有的云彩也在应和着歌唱。这一刻，他成为一个备受整个族群祝福之人。他一直弄不明白，为什么所有的男子都是肮脏的，都得经历这样的一场洗礼。如果没有割礼术，他是不是一辈子都得活在原罪和痛苦里。这种内心的彻底解放，把他之前之后的烦恼和顾虑都暂时荡涤干净，他的心灵像一枚雨后的新叶，清泠的雨水顺着叶脉滴落下来。

3

除了爱之外，当然，还有艺术。

苏打与提兰总有说不完的话。他说自己半辈子在别人面前说的话，还不够这段时间在提兰面前说的多。

他们刚认识那阵子，其实是苏打内心极为艰难的时候。提兰觉得他跑得太快了，以至于公众的视野里根本难以看得到他的踪影。

苏打在国内举办了第一场个人画展，算是归来之后的试声。美术界的一个好朋友很是热心张罗了一阵，开幕式那天下午，还为他开了一个研讨会。会上的讨论是热闹的，各抒己见的，美术界因为有苏打油画的介入而有了真正的研讨意味，但颇具讽刺意味的是，苏打本人却失语了。评论界中的人，一看到作品就迅速上升到主题，看到大街、路灯、飞机、起重机，特别是这些东西通过苏打的"冷眼"展现出来，他们谈论的就是工业社会的问题，并且高瞻远瞩，为画家铺设了展现这个主题的更为完备的锦绣前程。

苏打给提兰讲过一个故事，是他在多伦多亲眼所见的。有一个富豪，新建了豪宅，那段日子他去为他的游泳池画壁画。有一天，富豪的朋友给他送来四条大金鱼，据说这个品种叫作猫狮头，每一条都长得巴掌那么长，在这个名贵的品种实属难得。几天之后，这个朋友过来看看，他们把大金鱼饲养得怎么样。那个富豪一见朋友就说：那金鱼肉串味道还真的不错，只可惜这种金鱼的内脏大了，肉薄，不耐烤……

苏打不知道要怎样与这帮人沟通，就像那个烤金鱼肉串的富豪，苏打与他用的是不同种族的语言。他只能告诉他们，画画只能是他的生活本身，像散步、像喝茶，像读书，像做爱，像所有他喜欢做的事情那样。他去做，只是因为喜欢，而一旦他觉得不再喜欢了，他只能停止。

提兰喜欢这样的生命方式，这样的收放自如是自己所难以企及的。提兰喜欢上雕塑，纯粹是小概率事件。当初雕塑《倒悬人》，是因为自己的感情生活出了问题，借此表达一个人的欲望，以及欲望无法达成的痛苦、迷惘，还有通往远方的可能。作品与苏打油画的无意相撞，让她更加意识到，创作者个人的内心体验，才是艺术作品的灵魂。最属于个人的，也最具备了上升为人们普遍经验的力量。

入冬以后，苏打关起门来创作油画。有时只画了一个初稿就急急拍了照片发给提兰分享。有一次，苏打发了一组水仙花给提兰。飕飕寒风的窗台上，几支水仙开得冷傲艳绝，遗世独立。但他毕竟画了水仙花了。那是数天前的晚上，提兰跟他聊过，上班的路上看到地摊上摆着水仙花。又有一次，提兰发现苏打的画赓续了原来的公共巴士系列主题，但竟然在巴士顶上看到了飘落着的三片红色樟树叶，这一点点的暖意在冷调的画面上爆发出一种强烈的冲撞力。

4

提兰经常问苏打，他们会走向哪里。苏打的回答总是这样的：别想太多，相爱已经足够了。可是，相爱怎么可能足够呢？

思念了怎么办？

苏打很忙，樱桃陈作为经纪人，又经常泡在他的工作室。他们的时间非常有限。有时候，提兰在 QQ 上等呀等，等得花儿都快谢了，苏打还不见人影。

提兰的思念似乎只属于自己，与苏打无关。它有时是宽阔的，庞大的，似有万千只蚂蚁被围困在心里头，重叠着，乱窜着，相互碰撞和问询着；有时是尖锐的，深邃的，忽然之间就有一把宝剑拔出了鞘，心被提到了嗓子外，孤悬悬地在天地间舒缩、搏动……凡此种种，她无法说与苏打听。苏打听了一定会难过。可是难过有什么用，它不是溶剂，可以把思念无声无色地化解在溶液里。它只会给思念涂上一层灰冷的色调，让它更具悲剧感。更重要的是，苏打即便听了，也无法改变这个事实。

提兰的心里，藏着苏打的一句话。当他们的爱还在萌芽之中，提兰问他：

"你要什么样的爱？"

苏打回答道：

"不离婚，怎么样的爱都可以。"

从那时起，提兰有了一块心病。他从一开始，就有了预设的路径。或许，苏打说出这句话的当时，对于尚未接纳他的提兰来说，也是一个安抚和安定。但当她完全接纳之后，却发现了问题的症结，一件貌似完美的衣衫，却有一个绕不过去的布结，在那里硌着，不时就硌上一回。

提兰的心里一直有两个声音在叫嚣，最后赋形为两个自己，一个在天堂唱着曼妙的歌跳着美好的舞，一个在炼狱里喝着苦不堪言的酒。她们都有一颗易感的心，以致美好和痛苦都以最极致的面貌呈现。

提兰忍不下去了。她对苏打说：

"我们分手吧。"

苏打说：

"我们已经够难，还忍心再说分手？"

提兰对着屏幕，泪又流了下来：

"我难以忍受。"

万籁俱寂的午夜，屏幕上，只有一行又一行的文字，没有表情也没有肢体语言：

苏打 00:04

没有你，我会重新坠入深渊。

提兰 00:07

以前没有我，你也过得好好的。

苏打 00:09

那是没有遇见你之前。得到了又失去，你知道会是什么感觉吗?!

提兰 00:15

你又不是只有我一个女人。

苏打 00:16

可我只爱你。

提兰 00:18

你只是对我还有激情，等到激情过了，一切就完结了。

苏打 00:19

不！我的爱是一生！

提兰 00:25

我走不动了。

苏打 00:26

我背你。

提兰便在屏幕这端沉默了。

这种对话后来又发生过许多次，有时候，还会更加犀利，似乎她那话里是带有指甲尖的，越往下掐越是疼痛，也越真实。提兰其实很讨厌自己在苏打面前的那个样子，敏感、脆弱、尖酸刻薄。可是，她不是下定了决心，把自己撕破了，让苏打彻底放弃这段情感吗？

苏打从来没有退缩过。然而，提兰也从来不见他会因为思念而痛苦，他的痛苦是第二性的，几乎都来源于提兰的痛苦。她一直觉得，苏打的爱是带有按钮的，不同频道之间转换自如。苏打只是苦笑，不予辩驳。

除了思念，提兰其实还有千头万绪的纠结。

她必须面对的第一个人就是自己的丈夫。提兰还爱着丈夫，在苏打出现之前，她根本不知道还能够爱上丈夫以外的男人。似乎只是一走神的工夫，苏打就钻了进来，进来了就胶着了。在道德上，她是应该自责的。人们习惯用一个词，背叛，可是，她并没有背叛。甚至，她比以前还更加珍惜与丈夫之间的情分。如果有谁看到提兰对她丈夫越发的好，而又知道她同时爱着另一个男人的秘密，这个人肯定会想，她从道德上有亏了，她是在补偿自己的过失。可是，事情的确不是如此，他错了。她是这样想的，她与苏打是这样的相爱，可是，他们却无缘朝夕相处。天底下，像这样深深相爱着却天各一方的人不知有多少，难得她与丈夫还能够每天耳鬓厮磨，这缘分说到底多么值得珍惜。因为有了苏打，提兰对于以前在丈夫生活中出现的风影般的女子，充满了理解和宽容。甚至，她觉得丈夫应该有真正的红颜知己。她一厢情愿地希望，即便是有，也不用让自己知道，更好。

但问题并没有完全解决。与苏打相爱之后，提兰不太敢回应丈夫的热情。她总是反过来，想象出苏打也在床上做出与她一模一样的想象。仿佛她回应了丈夫，就已经对不起苏打。可是，苏打从来没有觉得，她应该为了爱自己而禁欲，相反的，他希望她能够获得更多的快乐。这一点，提兰是将信将疑的。

接下来，提兰应该面对的是樱桃陈。樱桃陈是提兰心里的疼，那个男人不管说过有多爱自己，他身边躺着的永远是这个女子。提兰有时候躺在床上，躺在丈夫的身边，就会想起另一张床，那床上有苏打和樱桃陈。他们有一个孩子，他们的关系坚固有如千年筑修的堤防。而且，她是那么的年轻。年轻的女子天生地拥有更多的女性特征。提兰问过苏打：她美丽么？第一次苏打好像绕过了，谈其他话题，不知道是碰巧，还是他有意避而不谈。提兰后来又问一回，苏打哦了一下，说道：算漂亮吧。苏打看来不是一个会说谎的人，他说漂亮那就真是漂亮了。提兰心里酸得有了醋意。那醋就装在厚壁的陶瓮里，无论什么时候打开瓮盖，那味道都可以立时闻到。还是从道德上来讲，从俗世的角度来讲，提兰是不是应该对樱桃陈有愧呢？苏打曾经安慰过她，第三者这个称呼不应该用来对付相爱的人，如果在三个人当中一定要评定一个第三者，没有爱情的那一个才是，即便她身在婚姻之中。这也是一个道理。那么，她们两人当中，谁更对不起谁？可是，提兰又想，如果苏打的生活里没有她提兰的出现呢，他是不是会把对自己的爱转移一些到樱桃陈的身上？这么想着的时候，她又有了负罪之心。苏打却说，他的内心一直空悬着，没有一个人可以进驻。他曾经多番试探和开发过樱桃陈，最终才发现她根本不可能。空悬着的心？这个意象听起来是如此的孤独，又是如此的迷人！

然而，提兰还是没办法理顺自己的思路，她一会儿从自己出发，发射出若干线条给丈夫、苏打、樱桃陈，一会儿从苏打出发，一会儿从樱桃陈出发，一会儿从丈夫出发，一会儿从自己出发发射出去又折返回到自身，一会儿从其他人出发又折返回到另一个人……在这团乱麻中，她常常被缠绕，被压勒，被捆绑，她身上的绳索不知从何而来。

5

提兰接到三海的邀约，几乎没有犹豫就答应了下来。她这棵树，已经被硕大无朋的秘密压得弯了枝柯。其实，三海并不是一个可以把秘密和盘托出的人。一旦你把自己的私情向一个男子招供，他在成为你的见证人和共享者的同时，也存在着各种分化的可能，或者成为这场私情潜在的破坏者，或者干脆侵入你的领地，成为新的私情主角。提兰没有想得那么远，她只是凭直觉而行。三海是她和苏打共同认识的人。与三海在一起，她感觉离苏打更近一些。如果再与三海聊聊苏打，即便是假装着掩饰着，像聊起一个不太熟悉的人那样，那也已经相当奢侈了。

三海向提兰发出邀约的前一天，提兰刚刚与苏打吵过。每次吵后，他们都元气大损。第二天，经常是苏打先发来问候的短信，像一切都不曾发生过一样，话里不见波澜，提兰也不知道是真是假。

三海有段时间没见到提兰了。他把提兰带到包厢的时候，提兰顿了一下。以他们这样表浅的朋友关系，没有达到单独待在包厢的程度。但大厅里聊天确实嘈杂，提兰却也没有反对的理由。反对的话，也太小家子气。他们的午餐很丰盛。三海话多，上到第三道菜的时候，他开始讲苏打。这才是提兰赴约的缘由。

三海与苏打的合作，一开始是与樱桃陈谈的。苏打只画他的画，有时也接雕塑的单子，还像在国外一样，他把工作和艺术分成两边。他自己从不谈合作，樱桃陈一开始是他的经纪人，后来成了他的妻子。这个提兰听苏打说过。樱桃陈需要一个名分，她还愿意为他生孩子。那个时候，苏打结束了海外漂泊，现实中也需要一个家。三海说到樱桃陈的时候，眉眼生风，手势也潇洒活络。他说，樱桃陈是那种可以养眼的女子。她的着装时尚而亲和，气场不是一般的大，男人女人都会很快被镇住，虽说被镇住了，却没有胁迫感，是春风和煦杨柳拂面的。而她的谈判手腕就在这个时候施展开来。

提兰静默地听着。对于樱桃陈的激赏，现在是来自局外人。在他眼里，樱桃陈就是苏打的翅膀，有了她，苏打才能够如虎添翼。苏打的生活方式是提兰所欣赏的，但显然的，在现实面前，它显得单薄而不堪一击。如果没有樱桃陈，苏打是不是又得被打回漂泊客潦倒的原形。

提兰看了一下手机上的时钟，樱桃陈带着苏打去参加一个活动，按理说航班应该到达那座城市了。没有收到苏打的短信，她有些心神不定。

三海分明觉出了自己的孟浪，在一个女子面前猛夸另一个女子，这也太不厚道了。急忙收了话题，讨好地说：

"你是另外的一种美。"

提兰对着三海回笑了一下。心里想着苏打的好，他根本不会这么拿她来与樱桃陈比较。

饭席接近尾声，三海掏出了贵烟，请示提兰能不能抽，提兰说无妨的。三海说，你也抽一根吧。提兰还真的接住了。她会，但几乎没有抽过。烦闷的时候，或许烟也可解忧。

这在以往，提兰是不可想象的。少女时期，她的领地很窄，任何男人只要进入她两步以内见方的区域，她就充满了嫌恶和警觉。嫁给丈夫之后,她发现自己的领地拓宽了,她可以允许男人再前进一步。而现在,有了苏打,她觉得,男人就在身边穿行而过,她也可以泰然处之。就如三海,他现在与她只相隔一根烟的距离。

三海的话更多了,他给提兰讲了很多童年的故事,他的童年是在饥馑中度过的,他的成长之路也是拜饥馑所赐。显然地,他有些得意于眼前的既得成就。

提兰不知道他为何要给自己讲这些。

苏打的短信终于到了:

"出机舱。你在干吗?"

提兰回说跟三海一起吃饭。苏打追问,为何跟他一起吃饭。提兰有些迷糊了,这是苏打第一次对自己的社交表示兴趣,当然,还夹杂有小小的醋意。

提兰有了新的发现,苏打虽然不吃丈夫的醋,但会吃其他男人的醋。

那天傍晚,提兰与苏打在QQ上还没聊上三句,继续吵了起来。

一开始苏打只是开玩笑,提醒提兰说,三海或许爱上了她。提兰心里不快,回话的语气有些板硬。后来苏打问她,为什么不断地要求分手,是不是心里爱上了别人。提兰冷笑了一下,再也不愿意搭理他。QQ上吵架,能够是吵架吗?相互看不见对方的面容和表情,相互不知道怎么安抚。你要不搭理是吧,伤心的远远不只是一个人,远远不只是一个刹那。提兰有些抓狂，恨这个网络，恨这个时空，恨对面的那个人，当然，更恨的，是他们之间的这种关系。

苏打的话噼噼啪啪地在屏幕上滚出来：

"如果你真的觉得我不值得你爱，你就走吧。我就是一个穷画家，一无所有，没有人懂我，没有人爱我。我心里的痛只有自己知道。你走吧，走吧，走吧。"

提兰站起来，差一点就关了聊天窗口，却不甘心：

"这是你说的吗？你再说一次。"

苏打停了好一阵不再出声。

数日之后，提兰意外出差到苏打周边的城市，他们额外聚上了一回。虽然因为那本伟大的小书，他们又吵上了。但这段空白的时间，是苏打给补充交代的。那天晚上，活动主办方在欢迎宴上劝酒，苏打并不喜欢应酬，樱桃陈却拼命给他使了若干眼色。他勉强喝下一杯，心中却因为惦记着提兰，酒入愁肠，悲从中来。回房间后与提兰Q聊，却发现她对这天与三海的聚首讳莫如深，更加急火攻心。当时，他跑去水龙头把脸上的泪痕冲刷干净，酒才醒了大半。

重新回到了屏幕前，苏打又变回了原来的那个人，对提兰充满了宽容，他说，他终于明白提兰以往的任性了，那都是因为太过想念。

"今晚我就是这样的。"他最后又补充一句。

提兰心里一软。他说过，他以前根本不懂得爱，是提兰在一点一点地教着他。

其实，苏打的直觉非常精准。三海果然失态了。

那时候，三海和她面对面坐着，抽着烟。听完三海的故事，苏打的短信刚好来了，提兰有点心不在焉，三海问她最近看什么书，为了掩盖窘相，她便如数家珍地讲出来。

提兰看的都是什么书?!

她研究的是前人的爱情，只希望可以为自己和苏打找到一种范式。萨特与波伏娃、尼采与莎乐美、罗丹与卡米耶……提兰不可能是波伏娃、莎乐美，也不可能是卡米耶。讲着他们的故事，其实提兰很有些伤感。特别是《卡米耶·克洛代尔书信》，这本书给人带来了卡米耶的视角，她后半生在精神病院的孤寂和寒冷，令人不寒而栗。提兰在别人奇崛的爱情里重温着自己的艰难，她源自生命深处的伤感把三海打动了。他的手绕过缭绕的烟雾伸过来，按住了提兰的手……

提兰没有回过神来。等她回过神来，掉落的烟蒂把她的手指烫炙了一下，场面变得有些手忙脚乱。提兰用另外一只手紧握着炙伤的那一只，脸上冷得有了霜气，对三海说：

"回吧。"

6

提兰有半年没见到苏打了。

这次意外的出差行程，打破了他们的节律。既往，他们的见面都在夏天。提兰说，他们必须在一次聚会中，充下足够的能量，以维持一年的用度。可是，两人的能量机制并不相同。苏打是太阳能天然气，有了提兰的爱，他随时可以自发电能。提兰不是，她只是一个平庸的充电器，经常电力不足，罢工歇菜。苏打怜爱地看着她说，我可以把能量传递给你呀。

他们相爱已经四年。苏打还从没看过提兰冬天的样子。他记得的一直是这样的提兰，她的头发松松地绑在脑后，宽松深领的休闲衫把她天鹅一般的脖颈烘托出来。他喜欢把她拥住，用脸颊贴着她的脖颈，倾听她的呼吸和颈动脉的搏动。

提兰的行李挑来拣去，几乎花了三天才把箱子装束停当。箱子里还藏有一个小秘密。

临行前的那天晚上，提兰又梦到了黑少年。这个梦的结果，也做过很多次了。

黑少年在原始森林里的隐居生活，漫长而难熬，他彻夜彻夜地失眠。他们的生活简约而平静，学习道德，学习爱人，学习性。他们很怀念猎杀、舞蹈和大膀烤肉。黑少年有时想着想着，就会热血沸腾。有一天，黑少年的一个伙伴忍不住了，用一把树杈枪，投中了一头幼熊，还未烤食，却被幼熊的母亲瞄上，凶狠地咬上数口。隐居社区缺医少药，那少年触犯训诫，还是戴罪之身，面具人又低估了伤口的感染力，每天只是为他唱巫歌疗伤。黑少年就这样，天天听着他的呻吟声，直到他死去。那痛苦的呻吟声和巫歌的蛊惑声交缠在一起，从此扰得他夜不能寐，他的眼睛一直半开半合着，他的意识也在这半开半合之中……

这个梦境的结果经常被梦自己修改掉。有时候，幼熊的母亲扑咬上的人，不是黑少年的伙伴，却正是他自己，他虽然痛苦，却带着巫歌安然离去；有时候，黑少年很快成长为一个威武少年，他提着树杈枪，把巫医没能救活的伙伴从病榻上拽起来，说来奇怪，奄奄一息的伙伴像沉溺于一场宿醉，忽然醒转，抖擞起来，抓起树杈枪，一起向森林深处奔去……

提兰的面具已经雕塑了十一个，它们排成一列，陈放在闭合式的阳台上。

出门前，提兰在阳台上踯躅半天，手指从它们身上逐一抚过，似乎在与谁告别。

她取过一个面具，抹开它的发辫，翻出它的内侧壁，那是她用木刀镌刻的一句话：人之生也柔弱。

7

那个意外得来的晚上，提兰本来是藏着一个甜美秘密的。但一场没来由的争吵把人弄得五味杂陈。

夜很晚了。她从行李箱把秘密取了出来，是一大盒香薰的心形小蜡烛。这个日子原也普通，只是提兰想，每一个见面的日子都是新生日，也都是纪念日，应该庆祝一番。

他们把蜡烛全部点上，房间里顿时有了成片的烛光摇曳。他们沐浴、做爱，然后并排躺在床上。

苏打经过一场心灵和体力的双重劳作，很累很累，他睁不开眼睛，但看提兰毫无睡意，他也不舍得睡去。他强撑着让自己打起精神聊天。一开始，他们聊三海。三海虽然被圈在他们爱情的篱笆之外，但也只有他才能够隔着篱笆与他们说上几句话。提兰聊的是三海的童年。苏打突然被触动了，他的童年之门也被打开。

苏打的母亲是一个工作狂，每天一丝不苟地上班下班、加班，写材料写报告。她的话都是书面的，文件式的。苏打似乎从来没见她笑过。苏打两岁半的时候，被送到了奶奶乡下的家，母亲的形象更远了，等到六岁从乡下回城市，他又开始被送去全托。苏打叹了一口气，说，现在回想起来，母亲不是一个母亲，是一尊只供远观的英雄雕像……

提兰听得心不在焉，她在看着火苗顺着落地窗的窗帘攀援上去。刚才，是她用脚趾头把旁边的一盏蜡烛台蹭了一下。

苏打阖着眼睛，睡意蒙眬，带着哭腔还在说着话：

"我是一个没有母亲的孩子。"

他转过身抱住了提兰。

提兰一动不动。火已经燃起来了，越来越旺，它从提兰的身上开始蔓延。提兰刚刚还觉得，真暖和呀，很快地，她身上的皮毛全部被掠过一遍，触电一般，烈焰烤灼起来。苏打抱着提兰的手也被蔓上，他的手毛粗长，烤起来更有声势。他睡梦里以为被什么小动物攫住了，用手甩了甩，却甩不去，这才猛醒了。他看到提兰整个躺在火海里，冲起来，抓住棉被把她抱了起来。

"不！"提兰抗议着。

苏打不明白发生了什么事情。整个房间已经火势汹汹。苏打抱着提兰要冲出房间，提兰却抵死顶住了，她的眼睛在苦苦哀求。

苏打终于恍然明白。他绝望地大吼一声：

"提兰——"

火似乎疯狂舔卷过来，把提兰覆盖了。可是，提兰很惊讶，自己居然毫发无伤，她还躺在床上，还有思想。原来这只是一个幻觉。

提兰并没有如此勇敢。

事实上，她的脚趾头刚刚碰翻了蜡烛台，她就后悔了。她看着已经焚烧起来的窗帘布，回头又看看正在睡熟的苏打，她尝试着把他推醒。他还在带着哭腔说话：

"没有人爱我，你会爱我一生吗？"

火更猛了，提兰用力推他。他终于醒转过来，却不知道身在何处。两人对视大概愣了三秒钟。苏打取棉被去浇水扑火，吩咐提兰向宾馆总台求救。等到人来的时候，火已经差不多灭了。房间里一派狼藉，两个人脸上都是灰扑扑的熏烟。各色人等来了，场面混乱而杂沓，119火警、宾馆管理员、住在临近的宾客……他们要带苏打和提兰出去问话记录……

这个场面简直比死亡还可怕，提兰望着走在前面的苏打，希望他能够回过头来拉她一把，但他顾自走了出去……

提兰用眼角扫视了一下房间，发现一切都还完好如初。她很庆幸，什么也没有发生。原来这也只是一个幻觉。

事情是这样的。

提兰刚刚把脚趾头伸向蜡烛台的时候，听到苏打接着往下说：

"我有时会想起那个小男孩。有一天午睡起来，房间里只有他一个人，房门是加锁的，高高的窗户是加栏杆的，像监狱一般，他拼命喊叫拼命敲打，'妈妈''妈妈'，可是一点回应也没有。他只有哭呀哭，哭得天崩地裂，哭得昏天暗地，哭得声音哑了，人乏了，心冷了……"

提兰心里一阵战栗，这才是那个《冷眼》的苏打。

他痛苦地说：

"孩子不能没有母亲……可我也不能停止爱你。我的苦只能留在心底，自己扛着，不敢告诉你……"

提兰的眼前看到火苗一蹿又一蹿，她心里的跳舞人和喝苦酒的人一会儿融在一起，一会儿又相互分离出去。

苏打最后说：

"告诉你，我有一个毛病。我眼里看到的人与别人不一样。别人看到的正常人，我看到的很多是不正常的。我看很多女人，不是女人，是不男不女。而有的女人，只是一个母亲，脸如杨梅树皮一样皱褶不堪；有的女人，只是一个女儿，脑壳里空空如也只装了半袋子脑浆。有的女人像树熊，只会拼命地往桉树上爬；有的女人像蚂蚁，一直匍匐在莎草丛中。有的女人轻飘在半空中，脚不能着地；有的女人栽在地上生了根，连步子也迈不开……"

提兰吃惊地打量着他：

"那在你眼里，我是什么？"

"你是我看到的正常女人。从樟树下看到就是这样子，正常走路、正常说话、正常生活，像真正的女人那样，爱、胡思乱想、率性、自然……"

他们说话的这当儿，那本伟大的小书不知何时掉落地面。火光突然大了起来，火舌把那本书舔上了，很快焚烧起来。提兰扑过去把它救起，页面已经残破了，黑乎乎的纸窟窿里，只看到一个诡异的面具。

苏打却不知道这一切，他很快就沉睡过去。

提兰耳边突然响起了黑少年每晚听到的巫歌。令人吃惊的是，这一次她不是在梦里听到，她现在是醒着的。巫歌的声音越来越大，竟至于耳边轰鸣。提兰用双手捂着了耳朵，她的眼睛在四处寻找，哪里才有树杈枪？

火光一忽变小了。蜡烛快燃尽了。

初稿：2013 年 4 月 8 日
定稿：2015 年 1 月 18 日

花 萼

1

姜耶出门前把自己的脸糟践了一番，那个妆化得连自己都觉陌生。眉笔不是眉笔，倒像刀子，一笔一画镌刻在那张毫无知觉的竹简般的脸上。镜子里的姜耶，坚硬而充满戾气。

姜耶把车子停在潘云的楼下，刚好听到女人下楼的脚步声。她们没有照过面，但两人都认定了对方。潘云钻进车子的时候有些怯。姜耶看了她一眼，就把眼光放回前方。她在心里想，好像也没那么尴尬，好像也没那么恨她。

姜耶与潘云只通过一次电话。

"明天去吧？"

"好。"

"七点半我在你楼下。"

"知道了。"

默契有如一对闺密。

车子上路了。姜耶要带她去医院打胎。按照丈夫事先编排的故事，潘云现在是姜耶的妯娌，潘云的丈夫是现役军人，回部队去了。小婶打胎，大姆娘来张罗，在潮汕平原，这原是合乎常理的事情。丈夫做事从来滴水不漏，像他做学术一样。他现在应该在澳大利亚的医学国际年会上侃侃而谈了。

丈夫出国前的那个晚上，身前身后把姜耶缠绕了一整夜，最后狂热地把她扳倒了。那激情竟是二十年来未见的。姜耶以为自己会抗拒，却也没有。姜耶心里硌得慌，却也不知硌在哪里，现在她知道了，那个晚上，在一起的不是两人，是三人：姜耶、丈夫，还有这个潘云。

这么说来，这二十年，她与丈夫的床上一直都不止他们两人。之前，当然是姜耶的初恋男友。

姜耶和初恋男友到底有没有做过爱？这事情有些迷糊。丈夫认为是有的，姜耶也觉得应该是有的。这在他们的新婚之夜就达成共识。姜耶是不懂，丈夫是脑子偏拗了。她真是不懂，要不然怎会在与丈夫刚刚缠绵之时就急巴巴向他表白？

姜耶把车子开到了邻市的一所大医院。在这里，认她脸庞的人少。当然，这也是丈夫的周密筹谋。姜耶是潮剧的名角儿，她在《陈三五娘》中扮演的黄五娘，是典型的潮汕姿娘，早就在这片土地风靡了。五娘虽然优柔寡断，男人们却是我见犹怜。

潘云的胎儿打得很顺利，据说出血量很少。护士从手术室里托着弯盘走出来，冷不防把那个不太成形的胎儿塞到姜耶眼前，姜耶呃了一声差点把呕吐物喷了护士全身。回来的路上，姜耶比潘云看起来更加虚弱。

姜耶手里打着方向盘，人却飘忽而分裂。脖颈上分明被什么缠绕着，直到她看见了眼前花一般张狂的蛇芯子。她避过了这个，却又被另一个撞上，原来是一条双头蛇。它们不咬，不吞，不撕，不置人于死地。只是神情暧昧而诡异，看得人莫名惊怵，姜耶心里的活气儿似乎被尘土一点一点埋压了下去，只剩下蜘蛛丝般的一口气在喉头幽幽地晃悠着。

原来也不是蛇，是潘云打下的那个胎儿。

姜耶对那个胎儿的同情是在他们第一次晤面的时候开始的。只是，他的身体被这个世界的第一缕阳光播洒之时，生命已经结束了。他犯的什么罪，竟至难于豁免。凶手排成了队列，医生、姜耶，还有他的亲生父母潘云和姜耶的丈夫，还有……那个叫作道德的蒙面人。或许还有更多。姜耶觉得，女儿可能也算，而且是最强势的那一个。车子急刹了一下，姜耶打着冷战。如果要承担罪孽，她自己就够了，别把女儿牵扯进来。

潘云上身往前磕了一下，迷糊中猛醒过来。姜耶从后视镜中看到了她张皇的脸。她的脸很瘦，只有两只手指并拢那么宽。

姜耶突然可怜起潘云，她把车开得有些温柔。

临别时，潘云对姜耶说：我喜欢看你的戏……你的声音比戏里还好听。姜耶的心里好像有一个人走着路，走着走着突然扑通掉下了，这路上的窨井盖又被偷了么？

2

姜耶碰上小七，是在送女儿参加冬令营的时候。两人的女儿前后一届。

小七是剧团以前的同事，跑龙套的，在《陈三五娘》中，他扮演一个小角色：小七。

那时候，姜耶刚从戏校毕业三年，鲜嫩、素净，如一朵刚开的姜花。海阳市中心潮剧团重排《陈三五娘》时，在一群百合花、玫瑰花、茉莉花，乱七八糟什么花中，她被挑中了：高矮肥瘦合适、扮相古典、声线甜美、基本功扎实、有灵气、可塑性强……这几乎是一个闺门旦的所有素质了。胚子就在那里，看谁来塑。剧院下了大功力，筹措到一笔资金，请来了全国有名的导演，连舞美、服饰、化妆等都有特别的师傅。但有一事卡壳，《陈三五娘》多年前的两位扮演者不肯出山教戏。名导胸有成竹，他三顾茅庐之后，就把"老陈三"和"老五娘"说服了，不只愿意教戏，还愿意收徒，并愿意跟随这个戏一直演下去。名导在戏尾设计了一个拜师环节，帷幕拉开了，一艘月亮船在舞台的东边荡开来，载着"老陈三"和"老五娘"。姜耶和她的搭档就在此行跪拜大礼。每演至此，戏院里总有雷鸣般的掌声。姜耶的名字和大幅的海报，贴满了她生活着的城市。那时，她还不到二十岁。戏迷不用说了，光是剧团里，暗里瞅着姜耶的男孩子就有一打。二弦手、扬琴手、琵琶手、大小唢呐手、跑龙套的、剧务的……还有，戏里的这个形象讨人小嫌的小七。小七是黄五娘家的奴仆，全出戏算下来不足五句台词。有一次在农村演出，姜耶谢幕迟了，大家都已经在外间吃夜宵，姜耶在后台卸妆，却发现身后还有一双眼睛。小七手里的书摊落在膝上，他的眼睛却异常坚定而深邃，在暗夜的绒幕上焕出异彩。若说小七有什么特征，在姜耶的记忆里，全剧团就小七一个人爱看书。剧团搬运行李时，他的箱子总是最重。

小七下海之后，姜耶就再也没有遇见过。二十几年的时光了。

那是这座城市一段辉煌的历史。它刚刚成为全国的四个特区之一，意气风发，下海是所有男人的梦想。姜耶感叹过，所谓的艺术，就是世界的枝头盘曲着的牵牛花，盛开容易，凋敝也容易，身下的乔木灌木倒了，它也跟着枯焦。解放前，童伶制时期，艺人社会地位低下，潮剧演员被称作戏子。解放后，他们这才翻身多少年。这中间，还得剔除了文革前后的十余年。姜耶这一辈人，奢谈艺术也不过七八年。等到了改革开放，经济赶上去，艺术又贬值。安心做戏的，城市没有市场，只有下乡做社戏。不安分的，走穴当花瓶，晚会、选美秀场上来一段，出场费却颇为可观。

且说那些下海者，识水性的游远了，不识水性的，有溺水的，也有扑棱几下毫无章法，只好返回岸上，落魄过日的。据说小七是水性通天的，做的生意之大，那是没人能够估量。

姜耶见到的生意人多矣。这个年纪的生意男人，大都腆着大肚子脑满肠肥。在姜耶看来，小七感觉还不错，瘦长体型，清秀，甚至有书卷气。就这个，姜耶接受了小七的邀请去茶庄喝工夫茶。

小七一点都不见外，似乎那分隔着的二十几年光阴根本不曾发生。人虽离开剧团，但他看过姜耶所有的戏：《谢瑶环》中的谢瑶环、《彩楼记》中的刘月娥、《告亲夫》中的文淑贞、《龙女情》中的龙女……

茶庄里，竹帘儿被轻风掀动，发出噗噗的声响。姜耶的心也被轻风掀动，小七毕竟与普通戏迷不同。

小七很为姜耶的前途担忧。剧团里，三年就有一茬儿年少的演员上来，姜耶老大不小了，闺门旦显然已经嫌老。小七说这话时，姜耶开始感动了。天下人，能懂戏剧演员的苦处者没几个。镁光灯下，粉墨世界，看起来风光也风光，美好也美好，可是，青春呀，如何在舞台上挽留？姜耶看当年的《陈三五娘》录像，对于黄五娘的角色，她觉得人物把握是有缺陷的。五娘出身名门，诗书在身，如果不是心中有着坚定的信念和追求，她不可能把终身私托陈三，最终也难以想象会跟他寅夜私奔。姜耶的五娘太弱了，弱得只能随风摇摆。姜耶想，如果可以重来，她的黄五娘应该是棉里藏刚……在第一场，元宵节灯会遭遇林大鼻这个粗鄙之人时，她必须表现出一种很见个性的厌恶；在花园一场，她遣侍婢前去找陈三前来会晤，她应该表现得心中存有真理……

小七听着，微笑着：

"姜耶你成熟了。只是……"

小七停了好一会儿，接着说：

"残酷！再重排，或许要让你授徒了。"

姜耶脸色微愠。但小七说的在理。

小七说：

"姜耶你需要一个度身定做的作品。一个已婚少妇，介于闺门旦与乌衫之间。"

姜耶眼睛一亮，这是她心里梗着的事：潮剧的行当里，闺门旦是未婚少女，走的是甜美路线。乌衫是已婚妇人，走的是凄苦路线。不过，生活本身证明，行当的编排是对的，女人一旦结婚，不就是乌衫一个！

姜耶道：

"要剧本谈何容易！"

小七皱了一下眉头，这话题就算过去。

3

潘云的家里只有耳背的外婆，父母离异各有家庭，早就不相过问。姜耶每天炖了补汤送过去。外婆冷眼看着这个陌生人，看得人寒气嗞嗞。丈夫这趟出门，电话倒是打得勤快。以往可不。有一次女儿发高烧，姜耶打国际长途问要方子，丈夫说了几句就不耐烦。后来听说他正跟一个国际医学杂志的编委打得火热，人家发表论文看的就是杂志的影响因子有多高。

如果刚好在潘云房间里接到丈夫电话，姜耶说话就不自在，嗔怪不是，怨尤不是，打哈哈也不是。潘云眼里有闪烁的挣扎，她的耳朵支棱着，却不敢造次。姜耶突然想起干旱的大草原上生活着的地松鼠，它们也是这般的眼神，整天生活在惊扰和警觉之中，连吃着美味草籽之时也是这样。看来，丈夫并没有给她足够的电话和安慰。有一次，姜耶把丈夫的电话推给她，她迟疑了一阵才接过去，只听她轻轻喂了一声，连话也没说上，那边已经挂了。她坐在那里发愣，说了一句不着边际的话：

"我自小体弱，特别崇拜医生。"

丈夫在澳大利亚二十多天，潘云的小月子就由姜耶伺候。姜耶只知道潘云患有哮喘，是丈夫专科门诊的病号。只是，门诊的诊治床够躺两人吗。每次，姜耶看着潘云瘦削的身板，想象着丈夫在她身上如何如何。心下便有疑问，他对女人是一贯粗暴吗，还是只对她姜耶如此。不予回应吧，他道是你心中念着小白脸。努力来个快感吧，黑暗里还可见他鄙夷的神色，似乎快感不是他给的，是别的男人给的。

陪伴潘云打胎的那场经历，许多天来梦魇一般挥之不去，皆因它的背后还埋藏着另一个梦魇。

二十几年前，她担心的不就是这样的一个胎儿吗？

姜耶真的不明白，她与初恋男友到底做了没有？

姜耶的初恋男友就是她的搭档，陈三的扮演者。陈三比姜耶大了八岁，在剧团里挨得快凋谢的时候才排得上一出大戏。姜耶说不上喜欢他，爱情小说里让人怦然心动的细节她没有。可是奇怪，他们一旦穿上戏装，就什么感觉都有了。演的是明朝年间的故事。元宵佳节，不曾出过闺门的姜耶带贴身侍婢观灯，异乡人陈三风流倜傥地来了。陈三只在金笺扇后与她对上一眼，姜耶的心头就像含羞草一样被弹拨了，赶紧往回缩去。许多戏迷至今津津乐道，说的是当年黄五娘的眼风，不知可以迷死多少男子。

陈三却是穷追不放了，在台上，他甘愿身入心上人的府邸为佣，度过了凄苦劳顿的三年，最终才博得芳心，在五娘被武举林大鼻逼婚前夕，携手夜奔。在台下，陈三对姜耶无微不至。剧团长年在外，姜耶的生活自理能力并不强，陈三刚好为她竭尽了力量。年长八岁的优势在生活上，姜耶很快就离不开他。

那年夏天，他们去海阳市辖下的一个海岛演出。档期没接牢靠，团长放了他们两天假。天热，海岛是度假胜地。剧团里的花旦在南澳有表亲，她撺掇姜耶一起去找表亲玩。戏里她是姜耶的贴身侍婢，戏外她是姜耶的大姐姐。姜耶去，陈三当然去。花旦去，她那在剧团里当司鼓的老公当然也去。一行四人。

表姐表姐夫不懂潮剧，但懂玩。到了夜晚，他们租一条渔家小船，拉到内海，边冲工夫茶边放钓。大出意外的是，上钓的不仅有鱼、鱿鱼、扇贝，还有许多不知名的壳类，放钓的人心里就长满了蒲公英，似乎风一吹，所有的欲望和梦想都可以飞起来。船上有现成的炉火可烤，一干人吃得嘴角留渣，心内满足。当戏剧演员，嗓子的保养可是重要，平常他们难得放纵一次。那晚，可真是疯了。姜耶、陈三和花旦不只吃烤鱼烤海鲜，还扯开嗓子不断地唱。花旦引几句，姜耶和陈三就顺竿子唱上。

姜耶唱着，心内就生了水，粼粼的，脉脉的，幽幽的，恨不得以身相许了。

凌晨两点，他们才从小舟上撤下。表姐夫早就订了附近的酒店。陈三取了房卡挽住姜耶往前走的时候，姜耶才懵了。这怎么回事？

六个人，三个房间，每个房间两个人。所有人都觉得无可非议。可是，谁跟谁一个房间？表姐和表姐夫不可拆开，花旦和她的司鼓不可拆开，那么问题大了，姜耶与陈三怎么办？

从小母亲不允姜耶到外面过夜，她的理由就一个：姿娘仔人，在外过夜成何体统。也不止母亲，姜耶觉得整个潮汕平原的女孩子，都这待遇。青春期的时候她抵抗过。后来读了戏校，这戒律破了，母亲无法知道，也无法牵制。姜耶看着花旦眨眼扮鬼脸，这才知道，在一个集体当中，有些事情是把握不住的。姜耶对母亲算是服气了，她的逻辑是对的，既然可能遭遇不测，那么，封杀才能万无一失。

没有人在意她的感受。大家都困，各自开房。

姜耶对着房间里的墙纸凝神，陈三先进去冲凉，冲完了出来，姜耶还是那个姿态。

"海风腥，冲凉吧。"

陈三把姜耶推进洗浴间，把门关上之前，深情地说了一句：

"放心吧。"

姜耶和陈三睡在各自的床上，但一直睡不着。姜耶给灌了海风，头有点疼。陈三说，我帮你按摩一下吧。

陈三过了姜耶的床。往常他也为姜耶按摩。陈三的按摩节奏很稳当，是兄长的感觉，姜耶很快睡意来袭。但陈三突然觉得今夜不一样，他忍不住把姜耶抱住了，紧紧地。姜耶猛醒，她的身体碰到了一个坚挺的顽固的东西，像火球一般。姜耶一只手畏惧地推，另一只手却从身后把陈三抱住。这个时候，她已被陈三压在身下，她紧抿的红唇被陈三的舌头撬开了。陈三开始猛烈地撞击她。她浑身都沸腾起来，大口大口地喘气。姜耶突然发现自己很勇敢，母亲的训诫不在，花旦明天打量她的眼光也不重要，剧团里要嚼舌根就嚼吧，戏迷们要羞她就羞吧……她开始跟着扭动起来。

突然，陈三停下了。他从她身上翻了下来，一只手重重地攥住她的一只手，然后痛苦地放开了，趴回自己的床上。

姜耶不知道发生了什么，泪珠委屈地掉下来，大颗大颗地。

陈三说：

"姜耶，我得尊重你。睡吧。"

姜耶一边感激，一边恨。

第二天回剧团，陈三看见姜耶就回避了她的眼光，羞赧，成长，或者愧疚。姜耶却开始了一场旷日持久的梦魇。她不知道与陈三做了吗？那天晚上，两人都穿着三角内裤，可她发现，内裤上有湿漉的痕迹……

姜耶想起小学时候，一个女同学问她孩子咋来的，她说不知道，那同学神秘兮兮地说，男人的手一拉上女人的手，就怀孕了。姜耶从来不懂这个，母亲对此讳莫如深。那个同学顶上有两个姐姐，见多识广。既然她说是，姜耶觉得应该是了，很长时间吓得不敢随便走近男人，唯恐不小心被男人的手拉上。

姜耶长大后，知道男人的手拉一下不会有事，可是，她与陈三这么严重的撞击，会有什么后果？万一有了后果，如何面对严厉的母亲。

姜耶突然对这事眼尖，有一天乱翻杂志，看到一个打胎女子写道：我像一只待宰羔羊，躺在手术台上，最隐秘的私处，敞开在最光亮的灯下。一根大铁棍，突然朝我的阴部插进来，又冰又硬，我疼得痉挛起来。医生说道：嗯，型号大了，换小一号。又一根大铁棍，朝我的身体插来……我的尊严越来越稀薄。

姜耶尖叫了一声，这恶心的描写令她全身发冷。做爱、怀孕、打胎成了一串不祥的连环锁链。此后的许多天，姜耶耳边净是大铁棍相互碰撞的铿锵声。每逢演出，她的声音总是高尖的，神经质的，剧团领导甚至找她谈话了。以往，在外演出，例假是很烦人的，那个月份，姜耶总是惶恐地进出卫生间。看到自己内裤见红的那一刻，她仔细地端详了好半天，那深浅不一的红，极有层次感，像哪一位大师晕染的水墨画。

4

自从见过姜耶，小七经常会发短信给她，家常的，节日的，偶尔调侃一句：今天穿什么漂亮衣裳了？姜耶习惯了男人们的戏谑和艳羡，未觉不妥。不觉春天已经来临。

小区里木棉树的叶子落了，黄不啦唧的。然后，树丫光秃了。屋子里的春天气象倒是摆足了排场，地板一趟趟地出汗，像下过小雨。卫浴室的瓷砖墙扑簌簌流着伤感的泪。

只有一事让人心内跟着回暖，春衫可以倒腾出来换穿了。

这一天，姜耶在一箱春衣里，翻检出一条黑色提花的双层腰裙，一试，腰围竟然吃紧，这一惊非同小可。她发胖……她真是开始老了，离闺门旦越来越远……

小七打来电话的时候，姜耶正沮丧。小七说：

"下楼来取点东西吧。我忙，分不开身。"

姜耶赌气说：

"不缺东西。不去。"

电话里头小七的嗓音大了：

"姑奶奶，先看看好不好！"

姜耶不施粉黛，只换了一条灰紫色的薄呢长袖连衣裙，大 V 领，修身，披一条长披肩，白底，紫色的蓝色的定位花，便摇曳着下楼，走出小区。

小七说：

"八十岁还迷死人呢，叹什么老。"

姜耶扑哧笑出了声。

小七从车窗里推出一个礼物袋，姜耶看了，里边是一份打印稿。

姜耶收过戏迷的礼物，花样百出。最尴尬的一次，一中年男子，手臂里还挽着他如花美貌的娇妻，他送给姜耶一袋子日记本，说是把自己的过去交给她。姜耶翻开了看，是暗恋她许多年写下的日记。

姜耶心里想：小七你别为难我才好。

小七已经走了。

回到楼上，姜耶把小七的礼物堆放在储物柜顶层，打算不再去动它。

到了夜晚，架不住好奇，姜耶偷偷把它取了下来。

姜耶的脸颊蓦地热了。那封面赫然写着：

新编古装潮剧《官梅驿》。

人物表第一栏：

邱恭娘——赵家媳妇，女诗人，介于闺门旦和乌衫之间。

姜耶把剧本通读起来。这原是奢望之中的事，姜耶竟也平静，稳稳地把它读完。读完了，却不平静了，抄过电话，猛拨小七的电话号码。

"怎么现在才看完，是不是整出戏都在心里排过一遍？"

姜耶噎住了，不知道说什么好。

"如果你没什么异议，我明天就找你们陈团长。这是海阳本地题材，剧本写得不错，宣传部门一直在强调文艺题材本土化，你们陈团孜孜以求的就这个。"

姜耶显得木讷：

"谢谢。"

小七只管往下说：

"三天给剧团领导班子讨论，三周给作曲配乐配器，不出一个月这个戏就可以排了。"

　　放下小七的电话，姜耶又呆坐半晌，才发现，想问的话
一句也没问成。回头重新去看《官梅驿》。

　　潮汕地处南海之滨，清皇朝顺治皇帝称帝十年之久，潮
汕人民依然身着汉服，高举抗清大旗。清廷终于下了决心，
命靖南王统率十万清兵围攻潮汕。屠城数日，大批女子被掳
北上。《官梅驿》正是北上途中的故事。

　　姜耶用活五调唱了邱恭娘的一段：

　　　　　十日离乡音已稀，

　　　　　愁眉生怕送残晖。

　　　　　望到故山心化石，

　　　　　听来杜宇泪沾衣。

　　　　　原只愁

　　　　　天涯破镜知谁在？

　　　　　塞外悲笳去不归。

　　　　　谁知道

　　　　　数月不见人依旧，

　　　　　夫君他衣装却已非旧时。

　　　　　裂帛一声山岳动，

　　　　　邱恭娘

　　　　　弱质挥剑斩情丝。

家园被毁，夫婿异志。姜耶唱罢悲从中来。

丈夫回家时，凭着职业习惯，问她是不是病了。病倒没病着，魂是真的钻到《官梅驿》里了，丈夫看到的只是一只蝉蜕。

一如小七预料，《官梅驿》剧本甫一见光，便获追捧。陈团长算盘打得碌碌地响，很快便把该剧申报了省里一个"岭南风物"艺术基金项目，还想沿着当年邱恭娘北上的路途，把这出戏给推出去，直到官梅驿。

每次大戏出台，角色都抢得凶险。这次的主角有四个：女一号邱恭娘、女二号邱恭娘的小姑子、男一号靖南王部将甘风、男二号邱恭娘与之决裂的丈夫。其他的三个角都抢，邱恭娘没人抢。看过《官梅驿》剧本的人，都想到姜耶。

《官梅驿》前几场排得很顺，但与甘风的感情戏，姜耶的进入一直有着障碍。恭娘是海阳一旧式女子，以与丈夫闺中酬唱为乐，家园突遭变故，她真能敞开心扉，爱上另一个男人吗？姜耶对他的情爱，如一朵花到了绽放的时机却总也不放，掰也不是，由着它含苞也不是。

小七约她两次，一直约不到。到了第三次，姜耶请了两个小时的假。

小七嗤地一笑：

"两个小时？"

姜耶说上咖啡馆吧，小七坚持说上 K 歌厅。小七要了一个包厢，跟姜耶的练功厅那么大。

喝了两杯麝香猫咖啡，小七开始离座。

甘风（唱）：

　　甘风微服入海阳，
　　不望战火起桑田。
　　邂逅恭娘心生慕，
　　更信海阳海滨邹鲁民风驯良。
　　靖南王挟私愤，
　　残暴屠城罪弥天。
　　恨我无力挽狂局，
　　英雄气短痛彻膺。

　　在虚拟的舞台上，小七走过左边，说道：这里是清廷狼虎之兵；走过右边，说道：这里是你身受清兵侮辱的小姑子，而你那已着清廷官服的丈夫为了自保前程，眼睁睁看着妹妹受辱不敢声张；小七指着后面划拉了一圈，说道：那是与你同命运的八百名海阳弱女子。小七声调高亢了起来：而在她们身后，是伏尸十里、流血成河的海阳城！……

　　姜耶的泪花喷溅了出来，她不能自已。

邱恭娘（唱）：

　　一样衣装两心肠，

英雄柔德可感天。

……

　　姜耶的眼神开始晃荡，那柔情里却是裹挟着豪壮之心。
小七鼓掌：

　　"对了，爱甘风就从这里开始。"

　　姜耶出了戏，有些恍惚。前后不到一个时辰，她竟灵魂
出窍，成了邱恭娘。

　　小七说：

　　"姜耶你是好女子，好得太窄了，太遮蔽了，你需要
敞开。"

　　咖啡凉了。姜耶琢磨着这话，恭娘就是这样一点点敞开
的。等到甘风私自把被掳的八百名海阳女子释放，赶在靖南
王到来之前纵火焚驿，恭娘对他的爱也就打开完全了。她被
甘风骗出了官梅驿，又重新奔回来，把自己的心交上去。

　　此后，每次演到剧终，姜耶都觉得自己就将浴火重生：
熊熊烈火把官梅馆燃烧，甘风与恭娘相拥站在高台处，八百
名重获自由的女子仰望着他们，内心祈祷着。

5

　　陌生人的电话，姜耶几乎没有接过。奇了怪了，那天她
排练间歇，与同事聊天聊得热烈，电话来了就接了。第一声

她没有听出是谁，第二声，他让她猜，直到第三声，她终于惊讶地认出了他，是陈三。

《官梅驿》献演之前的系列宣传活动已推出大半，市里几份报纸变幻着不同的角度跟踪报道。再怎么不同的角度，邱恭娘都是女一号。无妆的彩排、带妆的彩排，各种大帧剧照早就把沉默多时的姜耶带入了千家万户。

陈三翻呀翻着报纸，就坐不住了。

陈三说：

"聚光灯是属于你的。只有你坚持下来。"

如果说，接到陈三的电话，姜耶心中半点没有波澜，那一定是说谎。这个在她的生命中第一次点起激情的男子，久别之后乍听他的声音，姜耶心内还是充满了惊喜。只是，他说出的这第一句话让姜耶有些失落。原来对于陈三来说，他与姜耶最重要的关系，竟是可以相互比较相互竞争的搭档或者对手。

姜耶淡淡地问：

"就为了这个……?"

陈三说：

"你真美。你也很幸运。"

说起陈三当年，也是运交华盖。当演员演小生之时，姜耶的母亲不待见他。经济大潮的冲击之下，即便陈三这样的年轻台柱，也对潮剧失去了信心，他与小七几乎同时辞职下海，只望能够顺风得利，但姜耶却对其感觉疏离。后来生意做得不顺，便越退越远，与姜耶闹过几场别扭，大家都情意阑珊。姜耶真正下定决心与他分手，却是因为他所开的小工厂中有了一个崇拜他的女孩，模样可人，性格却极彪悍。她带着辣味的爱在帮他管着工厂。陈三离开姜耶时，眼神忧郁而绝望，但似乎已经别无选择。

这么些年，在丈夫无休无止的冷暴力中，有若干次，把姜耶推到了寒厉而危殆的悬崖边，陈三既是他们夫妻关系的导火线，他当然也是她一个人想象当中的港湾。海岛上，钓船中，三角内裤，当然，还有他们在《陈三五娘》中的当天明誓"海枯石烂情不尽，地老天荒志不移"。

不过，每次关于陈三的想象相当短暂，它对姜耶的疗治效果也相当差。姜耶想，或许，那是因为她和陈三毕竟没有做成了，似乎她对当年两人能够真正做成抱有深长的期待。这么想着的时候，她既有罪恶感，又有莫名的快感。

陈三终究没有把关于爱情的片言只语表达出来，这让姜耶如释重负，又怀有更深的遗憾。他只在最后道出了离开的原因，他患上了反流性咽喉炎。

姜耶排戏，每天很晚下班。有几次回家颇感意外，丈夫早回，或者带了外卖或者亲自下厨，这在他行色匆忙的医生生涯，简直是奇迹。

姜耶问过丈夫，反流性咽喉炎是怎么回事。他说，顾名思义就是由于胃内容物反流到咽部，刺激损伤咽部黏膜并引起相应的症状，很容易误诊为慢性咽喉炎。

如果说慢性咽喉炎，那姜耶是知道的，陈三有一段时间嗓子不好，医院医生就是按慢性咽喉炎治疗的。但治疗效果不得力。陈三说，好像总有一只乒乓球在喉头压着，压得人难受，当时姜耶还取笑他，这不都癔症了。

　　这么说来，他离开剧团离开潮剧结束自己的艺术生命，竟有难言的苦衷！

　　丈夫变得越来越模范。有一个周末，是女儿从学校回来的日子。姜耶进门听得女儿哆哆地问：

　　"爸爸，这葱切长切短？"

　　爸爸忙活着应道：

　　"葱花。"

　　姜耶第一次吃上女儿动手做的菜，即便只切了几根葱。

　　那晚躺在床上，丈夫欲言又止：

　　"潘云嫁了，很远，那地方没有她的致敏源，哮喘不会发作。"

　　潘云是谁，怎么丈夫会在床上郑重提起？

　　姜耶回过神来。

　　她应该吃醋。他暗里依然还与潘云有着联系，藕断丝连。他是因为潘云出嫁心有惆怅？他依然会用潘云来自慰？她应该歇斯底里地嚷起来……或者，她应该欣慰。他终于把潘云撵走，自觉的，不掺和她的意志。她应该攀过去吻他的脸，眼泪滴在他的眉心。她用手捶打着他的胸膛。他把她紧抱了："姜耶，一切都过去了。我们重新开始……"

姜耶根本没有反应，她比自己以为的更冷。

丈夫失望的一声"唉"还未叹出，她却用冰冷的唇轻触了他一下，说："睡吧。"他一凛，打了个寒噤。

6

《官梅驿》距离献演只有一周，陈团放了姜耶的假。现在她只有一个任务：睡足，保声。

小七说：

"你终于有一段不止两小时的时间了。"

姜耶说：

"唱多了，连话也懒得说。"

小七把姜耶带往市郊的一处溪心洲。正是退潮时节，不用撑船车子还可驶过。一开始，走的是荒芜之地，停车之后，就见到一畦畦新鲜的蔬果，矮的是空心菜，高的是玉米丛。若隐若现的，是小七的一落房子。"荻汀芷岸"，门楼上写的倒也应景。

小七在厅里一阵闹腾，说：

"调两杯鸡尾酒吧。"

姜耶说：

"酒，不喝。"

从考入戏校，母亲就告诫：做戏的女子，不能喝酒。喝了，就低了。

小七不管：

"鸡尾酒不算酒。我调一个'红粉佳人'，配你。"

姜耶看他手里拿的是石榴红的原液，配出来的竟然是粉红色的，呷了一口，果然酒味很淡。

大幅的落地玻璃窗外，是狗尾草成片的蓬勃，太阳金金地镶着边。窗内，素净的几案前坐着一个素净的女子，她穿着藏蓝色的长裙子，腰间系着一个蓝玛瑙的坠子。小七纳闷，她也不穿金戴银，也不穿红着绿，如何就把整个屋子点亮了。

"耶，你家男人好福气。"

小七本来想发文艺腔的，话一出口变成这样。

姜耶幽幽地说：

"他，每天在书房里对着一具人体教具发呆。要不，上电脑，整理资料给学生，等学生交上论文，就给他们审核，然后冠上自己的大名。医学论文都成筐了。"

姜耶本来想夸一下丈夫的，在人前一直如此，话一出口变成了牢骚。本来她应该打住，可是，她继续说下去：

"他眼里只有疾病、数据、论文、课题、基金，与女人无关。"

当然不是无关，姜耶想到潘云。

潘云是女人的指代吗？

不。她是处女。

姜耶突然明白，丈夫需要过这一关……而已。

小七走过去开了音碟机，是黄五娘的唱段。

相思味浓，姜耶惊觉已是两重天了。

"我感觉，这屋子很熟……"

姜耶终于说出疑惑。

"如果我说，它都是为你而存在，你信不？"

姜耶眼光移向了窗口，步子也移了过去，打一个冷笑：

"开玩笑了不是。"

小七跟上来，扳住她的双肩：

"是真。"

姜耶被他带着，穿过走廊，来到了一个大房子门口，写着"若耶溪"。大门推开，却似一个舞台。红色的绸布层叠悬挂着，不知道是帘帷还是布幕，小七把一幅扯了过来，把姜耶裹在其中。他抱住姜耶狂吻起来。他的舌头有指导性，她被牵着往深里走。

"宝贝，冲一下凉，啊……"

姜耶醒了，下意识用红绸布把自己裹得更紧：

"我的身体很普通。还有，剖宫产刀痕。"

"我的身体也普通。身体不在身体本身，身体附着在爱上。"

姜耶不懂。

姜耶的胴体被他擦干之后，还用红绸布包住了，往"若耶溪"的宽大床垫上放上去。

他把红绸布慢慢打开，像打开一件秘密的礼物。

整个屋子连流尘也不见，只有红色的绸布，和绸布上洁净的人的身体。姜耶用他的眼光，看红绸映衬下自己的曲线，开始怜爱自己。

"耶，我想了你二十几年。可我只是小七，不是陈三。"

姜耶闭上眼睛，心头发疼：

一个女人，站在聚光灯最亮的那个地方，是不是所有的男人都想与她做上？

"宝贝，我会好好爱你。"

姜耶等着他扑上来，他却温文地吻她，从头一直吻下去，直到脚跟。姜耶等着他回来，他却直奔她的隐秘之所。他小心翼翼地打开，发出一声惊叹：

"好美！"

姜耶全身抽了一下筋，所有人都以为肮脏和万恶的地方，丈夫半眼都不敢瞅的地方，他说美。

"宝贝你自己没见过，它像一朵花，花萼打开之后，是娇嫩的粉红色。"

姜耶深吸了一口气，她对自己一无认识，竟然是一个陌生男子来告知，她身体的深处藏着什么宝藏。是的，他就一陌生男子。她只知道他爱看书，他扮演过一个讨人小嫌的小七，后来，他献出一个来历不明的剧本《官梅驿》，二十几年未见，他还有一段颠扑不明的发家史。他让人放心的唯有他当甘风时的那双眼睛。

姜耶突然很爱他，觉得他是自己在这个世界唯一爱着的人。即便是初恋，即便她和陈三隔着三角内裤猛烈地冲击过，她也未曾如此感受到刻骨铭心的爱。或许，爱情也可以从性开始。

他不只欣赏，口唇开始吻，轻轻的，他的舌头往下探，他开始吸吮花蕊。像一只棕柳莺一样，把头探到风铃草花朵的深处。他说：

"耶，这是你第一次对吗？有没有人这样爱过你？"

第一次？一个女子的第一次是什么。第一次两个躯体动情交织一起，第一次剥脱所有的衣裳相互进入，第一次被一个男人翻开花萼，露出美丽而隐秘的花？这躯神秘的身体，是不是还有很多第一次在等待开掘？

在自己的男人那里，姜耶已经被虐二十年，莫须有的第一次。她心内有怨毒：我要把花萼打开给他看。

姜耶被爱得波涛律动，她这朵花并不是在陆上，是在大海的烟波里。这朵花或许不是风铃草的花了，是珊瑚花，而他也不是棕柳莺了，是穿梭其间的小丑鱼。

姜耶受不了，她要爱他。她终于抓住了他的臂膀，把他拉上来，口对口、心对心。她自己把红唇送上去，她前后左右把他的身体吻了个够。

邱恭娘（唱）：

甘郎，我来了——
知君用心如日月，

知君高义薄云天。

数日浮生经沧海，

韩江水照见恭娘女儿心。

莫道是恨不相逢未嫁时，

红罗襦妾把明珠双紧系。

风雨如晦前路断，

官梅驿却见秋梅着蕾一枝枝。

海阳女儿踏归路，

恭娘我也该赴归期。

鸾凤翔翥高千仞，

白云深处有梧枝。

得成眷属何辞死，

来来来，

甘郎携我

双双飞过碧云天。

    恭娘的心灵独白回旋在姜耶耳畔。恭娘就生长在姜耶的身体里。水退去，官梅驿的火燃烧了起来。

    姜耶突然明白，陈三早就知道的，离开了潮剧，势必也就离开了姜耶。他们的爱情只停留在戏剧里。

    而姜耶与这个男人不同。他们的身体绞在了一起，他们痛苦地、快乐地在火海里腾飞起来。

    他们平躺在红绸布上，手牵着手。

姜耶身上的每寸肌肤，都是饱满的、餍足的。丈夫现在哪里，还在实验室吗？他一路读着大学、硕士、博士，然后做主治医师、副主任医师、主任医师，但在情感上，在精神上，他依然还是一个那么贫穷的人。姜耶可怜他。

　　姜耶转向身边的男人：

　　"抱我。"

　　她惊讶自己还会撒娇。

　　男人抱住了她，用胸膛亲她的脸颊。

　　"耶，谢谢你。我从未做得如此之好。"

　　男人继续说：

　　"在进入若耶溪之前，我也不知道会这么爱你，爱得什么都愿意。之前，爱的都是二十五年前的你。"

　　姜耶觉得二十五年的光阴没有白过。过去是黄五娘，现在是邱恭娘。她相信，能够把《官梅驿》演好。

　　"没有一个女人像你这么美，从外表到深处。"

　　男人用右手掌抚摸着她的左鬓：

　　"二十五年了，你一直在远处，在人们的焦点里。我只能在身边一个又一个女人中，寻找你，等待你。"

　　姜耶停住了，仰起脸看他。她的记忆组接起一个镜头：有一次排练，陈团长一边对着剧本感慨，一边自说自话，我以为他只会赚钱只会泡妞，没想到，还能给好剧本。

　　"怎么啦？是真的只爱你，现在更爱。"

　　姜耶霍地坐了起来。男人急了：

"我是喜欢与女人上床，她们比我还愿意，也就一起发现身体的快乐。但我的爱是真的，不管我与多少女人做过，真正动心的只有你。"

"十个?"

"二十?"

"三十?"

……

姜耶的脸变得越来越傻，傻得有了笑意。

最后那场大火，没有把两人送上碧云天，而是天各一方。

检点自己的衣裙，装备完毕，姜耶走出了若耶溪，走出了荻汀芷岸。男人急得快哭了，他的动作不利索，衣衫总也扯不拢，在后面追过来。

姜耶说：

"谢谢你。"

男人说：

"我爱你。"

姜耶重复了一遍：

"谢谢你，给我上身体课。"

涨潮了，通往陆地的那片沙地开始漫上了水。

姜耶脱了凉鞋，提着蹚过去。

男人在水后面，大喊：

"耶——"

喊声和水声混杂一起。

姜耶没有回头，只是直直哭了一通。

也只是哭，没有伤。

7

姜耶辗转回家，挺直了腰杆开始做晚餐。她打定了主意，要为过去的二十年复仇。她要讲一个身体深处关于花萼的故事。它会是一把匕首，把他刺得血流成河。

客厅与餐厅只有一个隔断，丈夫与女儿的对话，突然入耳。

"爸爸，获奖的试卷你要看吗？"

"爸爸累。"

声音疲惫，无生机。

"我帮你捶背吧，爸爸。"

"小妹，以前爸爸叫你长大当医生，别了吧。"

"哦耶！！！"

姜耶切萝卜的手抖了一下。

"爸爸碰到了一件事，对医学事业突然有了怀疑。人类可能就如实验室里的小白鼠，医学可能永远都是缺憾和扭曲的。"

声音很低，不像说给女儿，倒像自语。

姜耶把萝卜片推过一旁，站在炉旁发呆。

"爸爸明天开始休假，说吧，你想去哪里玩？"

他也有疑惑的时候？他开始知道了自己的贫穷？他会停顿下来听听看看？他的世界要重新整饬和规划？

姜耶有点怀疑，她所看到的每一个人、每一件事，是不是都只看到了花萼。

望着眼前的那把匕首，姜耶不知道是否自己把它吞下。

初稿：2012 年 7 月 14 日

定稿：2014 年 1 月 12 日

戏病毒

1

严亲相迫离兰闺，
骨肉从此各纷飞。
纵是饥寒相煎逼，
一出朱门誓不归。
转身来，劝郎君，
劝郎君莫忧虑，
从今后夫唱妇随。

舞台上，刘月娥剥去相国小姐的花冠彩帔，犹如一株删繁就简的三秋之树，她跟随着从彩楼上联诗选定的夫婿吕蒙正，正奔赴在返回寒窑的路上。她的眼光和执着为这个世界所不容，一夜之间，她从一个相国小姐，变成一个穷儒的妻子。

这一出经典潮剧,姜耶不知道演过多少场次。她很喜欢这出戏,也很喜欢刘月娥。刘月娥不只有风骨,风骨里还带着爱情的柔媚。每一次唱到"劝郎君"的时候,姜耶的心内是既有温情又有豪情的。

但是,今天不同。

今天,姜耶演的并不是潮剧《彩楼记》,而是颇有现代精神的话剧《关于宋朝的一段爱情》。

不是闺门旦的装扮,姜耶的脸打过底、上过颧红、描过眉眼,她的头梳过水鬓,勒过头带,贴过水钻头面,但她并没有穿上刘月娥的刺绣罗裙,只是穿了一件戏服打底衫,是经过特殊处理的,为了舞台效果,白色的合衽棉衫都滚上了红边。只有双脚是浓墨重彩的,穿的一双大红绣花鞋。姜耶的师父,是潮剧演艺界的泰斗。这双绣花鞋,是师父传给她的。粗看起来,也没啥特别,但穿鞋人一旦在舞台上走起碎步,腰肢便摇曳了,水袖便脉脉含情了,眼风便欲放还收了。很多戏迷说,姜耶的足下,似有香风阵阵,令人迷醉。这双绣花鞋在潮剧植根的潮汕平原,被传得神乎其神。最经典的一种传说,说是绣花鞋的鞋垫下,有一种特殊的装置,像铁骨兰花一样,身上携有"香包炸弹",不经意间,香包就会爆炸,香在无心处。

这双绣花鞋能够被姜耶重新拥有,从海阳市一路带到KING岛国际艺术节,还得说起一个人。时光被切回到出发前那天的傍晚时分。

姜耶望了窗外一眼，薄暮的树叶上，有一层流光。明澈静好的人看来，要疑是兰陵美酒的琥珀光了。姜耶把第二个菜下锅之时，门铃响了。

他们已经有了这样的默契。

他把外衣敞了敞，还是觉得闷热，去里屋换了家居衫。

他从身后把姜耶抱住时，她还在煮着汤。姜耶的前胸和双手动弹不得，只得把头脖往上抻了抻，耳边听得到的是他贪婪的呼吸声。看看汤水就滚开了，她胡乱抓了一袋牛肉丸倒进滚开的汤水里。

"咿呀——！"

听到姜耶的尖叫，他赶紧松了手，有些着慌。

姜耶扔到汤水里的原来不是牛肉丸，是独瓣蒜头。一袋蒜头就算废了，一锅原汁汤更是废了。这一场晚宴，他们的汤水清得可以照得见人影，当然，也可以照得见人的肚肠。

这一天，并不是周末，女儿还在寄宿学校。看女儿，并不能成为冠冕堂皇的借口。他干脆直截了当地说，他是来陪姜耶的，明天她要出门嘛。

这个人，姜耶不知道把他叫作什么才算合适，丈夫、前夫、孩子她爸爸，还是情人？似乎每一种叫法都是对的，又都是荒谬的。姜耶决定还是叫他名字吧，他叫张铭。

姜耶和张铭离婚也有五年了。正是从离婚那当儿开始，姜耶对过去的生活萌发了各种厌倦，三年前，她终于带着盛名离开潮剧团，答应加盟陈氏剧场。

那天，张铭看她行李箱还未整理停当，饭后主动请缨去洗碗。姜耶一个人在房间里收拾衣衫。暮春天气，乍暖还寒，姜耶只得把长长短短的都收拢了，满满一大箱。张铭进房后站在她的身后，悄悄地伸开左右手把她围住了，他手里的东西捧到了她的胸前。姜耶心里一动，是她的绣花鞋。当初姜耶提出离婚，张铭死活不让，他提出的条件甚为苛刻，他要姜耶让出这双绣花鞋。似乎拿走了绣花鞋，也就取走了她的命根。如今，绣花鞋终于回到主人手中了。数年不见，这双绣花鞋似乎多了一层釉彩。

　　周围的世界暗了，聚光灯打在姜耶的身上。恍惚间，还是那天晚上，张铭站在她的身后，而她紧攥着那双绣花鞋。场景却已经是转换了的，姜耶还在台上表演，她不知道自己是刘月娥还是姜耶。灯光在剧场横扫的时候，她的眼角突然瞟到一个人，嘉宾席上端端坐着欧洲米尔剧场的首席演员琼森。这个发现令姜耶有些吃惊。琼森的脸有一种山海一样的严峻，看不出她是喜欢还是厌倦还是不屑。姜耶心里头掠过一个奇怪的感觉，难怪古时候有海誓山盟之说，原来男女盟誓之时就非得是琼森这样的无情。

　　姜耶在心里急速思量了一下，接下来是该为她而演呢，还是把她彻底忘记了。但她还得不到答案，就被演出推着往前走下去。

2

琼森山海一样严峻无情的脸庞,姜耶昨夜里在南戏园子已经见识过了。当然,见识过的还不止这个。

艺术节有三大板块的内容,一个是特邀剧目表演,一个是讲座和对话,一个是国内会演。前面两项都是国际性的。在姜耶看来,这一次的汇报演出,也就是凑趣而已。艺术节真正的主角是那些外来的大神。如果说,陈氏剧场这次参加艺术节,是为了在重要赛事中获得好名次,好回去向家乡父老抖一抖的话,那么,姜耶却是奔着这些大神而来的。

南戏园子的这一场对话,主题是"导演与演员之间",对讲人是米尔剧场的创始人哈代和演员琼森。米尔剧场以实验剧著称,更因其训练严苛有如军队,在欧洲乃至全世界戏剧界声名大噪。南戏园子是老式的戏园子,有一个高高在上的戏台,戏台上种柱,柱上架梁,梁上放檩,檩上置椽铺瓦,看起来古色古香。而投影布幕上顶天立地的艺术节 King 徽标,却是现代感十足。

姜耶从右手边花几上端起青花瓷盖瓯呷了一口,有清爽之气从喉头漫流下去,嘴尾有丝丝甜香的气息。掀起盖子一看,杯子里漂荡着两朵胎菊、三五枚桂花。南戏园子是一个可以让人忘乎所以的地方,姜耶暂时把烦心事一层层地包裹起来,搁置在触手不及的角落。

哈代是一位面容清癯而活力四溢的老头儿，他额上的横纹皱褶姜耶数了数足足有十二道。陈氏剧场的创立其实就是受到米尔剧场的影响，算起来哈代就是他们的祖师爷。哈代的讲话很提神，姜耶听得忘我，不自觉地咽着口水，似乎他的话里也有一注胎菊桂花茶。哈代说，训练一个演员如果只是教给他们技巧，那是下策，只有教给他们以思维模式，才是上策。这一句容易记住，也容易传播，但它还是太抽象了。哈代接下来的话，令姜耶更觉振奋。他说，要教给演员怎么对别人的提问说是或不是，教他怎么像一棵苜蓿植根于舞台这块土壤，教他怎么留住青春、提升灵魂，怎么成为自己的主宰……

琼森就是在此时被推上焦点的。哈代请她离座，脱鞋。对的，琼森要进行裸足的表演。哈代开始给琼森的两只脚命题，第一个题目是，怎么样表演一起枪杀案。琼森的一只脚抬起来，定位瞄准，另一只脚在懵懂中倒伏，突然地，许多脚匆忙而混乱地在逃窜和穿行，整个世界像是末日来临……哈代沉思着，说昨天刚刚在艺术节上观看了中国戏《西厢记》，那么他给的第二个题目是，如果左脚是张拱，右脚是崔莺莺，他们幽会的时候是怎么样的。琼森的左脚开始既腼腆又热烈地奔向右脚，而右脚更加腼腆地欲迎还拒，左脚继续进攻，比先前大胆了一些些，右脚羞赧地转过身去，却又回头看了一眼。几个回合之后，他们开始缠绵在一起，琼森的整个身体慢慢地在升高，两只脚开始进入天堂……台下的观众高仰着头，看得有些茫然，有些不知所措，很久，很久才回过神来，掌声在南戏园子里爆起，持续，回旋。

那个搁置着的包裹，是谁恶意打开的。在这个令人亢奋的时刻，它竟还铿锵来袭。姜耶终于知道，它根本是包不住的，像流水一样，它会沉下去，沉下去，然后顽强地冲决出来。

进入南戏园子之前，姜耶在南大街十巷临水的菜馆吃晚餐。母亲的电话声响起，她的声音有些喑哑。张铭打电话的时候，姜耶正在会演剧场彩排，关了手机。他病急乱投医去找母亲，母亲的急是由他传染来的。姜耶把母亲安抚一顿，却在心内生起张铭的气。从会演剧场出来，姜耶开了手机，八九个未接电话和短信就一票子蹦跶出来。电话都是张铭打的，还留了短信叫她看到了一定回电。姜耶当时看了一眼时钟：18：30。这个时间，他不是与娇妻幼子在一起吗？姜耶不知道打还是不打。后来决定发短信吧。几个短信往来，正如她所预料的，张铭确实不方便电话了。姜耶没办法抹杀掉一个现实，那就是，他心里头的记挂和着急是真实的，但他把她撂在这里为电话而为难这个现实更加残酷，她没办法掐灭自己心头的幽愤之火。

这个男子，姜耶一直没有把他搞懂。当初要离婚，他还死活不肯。一旦离了，不出数月就与那个狐狸精结婚了。这第二次婚姻也就维持不到一年，孩子是事先怀上的，挨到他六个月大，两人就散了。现在的妻子已经是第三任。就在他像换衣服一样换妻子的时候，他却也从未停止过回家，从未停止过面向姜耶的爱。

张铭与姜耶在婚姻期内其实都有过短暂的失身史，那时候，他们更像是相互报复相互消解。姜耶原以为，她会像接种过水痘减毒活疫苗的孩子一样，轻轻发一下烧便过去了，终生对此免疫。可她错了。张铭与婚外的女人有染之后，身体就像打开了另外的一道门，再也遏制不住欲望的洪流。姜耶不是没有耳闻，但百闻不如一见。当她目睹了那个现场，她还是疯掉了一般，她的尖叫声里似乎飞出一群又一群的蝗虫，到处扑咬。当时，他们正在最高的状态之中。男人是她的丈夫，女人是她的粉丝和追随者。她经常来家里找姜耶学戏，"刺绣罢，闲步上庭阶"。她不只学着姜耶唱，学着姜耶走路，连床也上了属于姜耶的那一张，连婚也逼着姜耶的老公一起结。姜耶恨过这女人一阵子，后来慢慢同情她了。她年轻，不知道自己要的是什么。

可是，姜耶知道自己要的是什么吗？母亲有一次很伤感地对她说，外头是怎么传闻的，人家的男人包二奶三奶，他们家的张铭是包大奶。姜耶一听这个"包"字，在母亲面前虽然不动声色，但心内已经气得肝颤，鼻息里透出的热气，都是带毒的微尘。

不过，姜耶企图否认的是什么，张铭不是每月有两个晚上过来陪女儿吗？他们父女情深。可是，他仅仅是陪伴女儿吗？姜耶经常在外演出，这个家里的水电费、电话费甚至姜耶的手机费不都是张铭在交。姜耶抗议过，可她自己对这种事情就是记不牢，用电被停了还可勉强应付，有一次被停了水，正是周末女儿回家的日子，连冲凉也没的冲，女儿打过电话找老爸，还是他先后从楼下提了两桶水过来给她们解围……

姜耶的泪不知为何滴落了下来，滴落在一碗上汤小桑芽上。

张铭不来的日子，她身心孤单，可是，他来的日子，她难道就充盈了吗？从离婚开始，她拒绝过他三年的时间，但后来迷迷糊糊就接纳了。每次与他在一起，她总有强烈的不洁感和虚弱感。张铭不管什么时候进入她的身体，她都觉得自己正在月经期。张铭是医生，算起周期来比她还准。他说女人的生理周期有四个阶段，月经期、卵泡期、排卵期和黄体期，他来的时候不是卵泡期就是黄体期。况且，他在一个月里来两次，不可能两次都在同一个时期。可姜耶听不进，她依然感觉那就是月经期，从来不见经血的月经期。她觉得身体软弱、毫无防备能力，她觉得有什么东西从身体里崩溃，剥脱，鲜血汩汩流出。高潮，也会有。但那高潮就像遭遇暗礁的渔船，挣扎的喧闹过后就是沉船的死寂。

掌声在南戏园子回旋之际，姜耶瘫坐在座位上。听一场讲座，竟是如此亢奋，又是如此疲乏，像把整个人掏空了一般。身体的这种消耗程度，也只有做爱可以与之比肩。

琼森把披肩往身上一披，雍容华贵而又风情万顷地从旧木台阶上款款下来。姜耶希望她的眼光会眷顾过来，就扫上一眼也可，但她的眼睛像老虎一样，毫无旁骛，在翻译的陪同下匆匆离开讲座现场。

刚才琼森怎么说的，她打了一个比喻：观众离开之时，他不一定知道发生了什么，但我们把病毒侵入了他的身体。姜耶确认，自己一定是被某种病毒感染了，发病刚刚开始。

3

舞台上的灯光骤然熄灭了，只一瞬间，姜耶从刘小姐的身躯上灵魂出窍，强光重新打在她的脸庞上：

"我能够得到爱情和幸福吗？我的眼光很长远，在一个流落街头的穷酸小子身上，我看到了他平步青云，金花斜插的那一天。为了他，我抛弃荣华富贵，我抛弃椿庭萱堂，我抛弃了生我养我十八年的那片土壤，连根拔起，重新栽种在一片荒芜的盐碱地。寒窑，这是我们新婚的家。我每天必须弯曲着自己的身体，像一只流浪狗一样，才能钻进去或者钻出来……"

姜耶分明入了戏，刘小姐在现代眼光观照下的艰难与姜耶自己现实生活中的艰难是如此不同，但它们同样可以赋予人以沉重和悲情。姜耶听得到自己充满磁性的颤音。

《关于宋朝的一段爱情》是为姜耶度身定做的，是她的独角戏。但陈氏剧场碰到了一个难题。潮剧使用的是潮汕话，而话剧使用的是普通话，这两者之间如何水乳交融。这个问题，陈氏剧场的导演和灯光师给做出了处理。灯光是舞台的生命，把两种境地赋予不同的灯光，也就成就了两个不同世界。姜耶因此得以在两个世界中进出自如。

陈氏剧场并不是一种建筑，像米尔剧场一样，它是一个有着全新理念的艺术团体。表演剧目以话剧和音乐剧为主。它的理念，是要面向现代观众，让戏剧与观众做一种平等沟通。而姜耶以前所从事的潮剧事业，还是道德教化、娱乐与主情的，也不是没人听没人看，但那些观众，多半是在剧院里寻找和缅怀儿时的记忆。姜耶受的是戏曲程式化训练，投身陈氏剧场，她需要脱胎换骨。姜耶向来深受潮汕话浸淫，她的普通话不可避免地带有方言残留的口音。更甚的是，潮剧素有"四两曲，千斤白"之说，也就是说，念白比唱曲需要花费更大的功力。姜耶对于潮剧人物的塑造最为注重念白，既莺啼燕啭，又力拔千钧。但这个功夫到了话剧这里，却成蛇足。就如一个练就了走钢丝的人，突然之间不知道如何履行平地。语言的转换还真不是省心的事情。姜耶请大学里一位汉语言专业的教授指点了三个月，慢慢地才矫掉了。姜耶的声音原是极甜美的，中年之后，音域宽了一些，有了磁性，听起来更觉韵味无穷。语言净化之后，姜耶重新进入排演，顿觉焕然一新，似乎连心头的感觉也是过了水的，有着一种莫测的新生力量。

"我像一根孤藤，攀援在我的夫君这棵孤干上。他若端直冲天，我的触须便在他的躯干之上肆意伸张，他若志气凋零，我便匍匐在这个世界的脚底之下……我以为，我勇敢地走出华庭，走向我心中的理想殿堂，可我最终还是原路折返……金碧辉煌的府邸，门口的石狮子，漆红缀金的大门，长长的走廊，水光潋滟的池塘。这是一个既富且贵的地方，荣耀像一只小兽高踞在这座府邸的屋脊之上。可是，我依然只是一根孤藤，永远成为不了一棵树。这，才是我的宿命……"

姜耶不知道，自己的宿命是什么。

传言，姜耶是可以不管的。可是，她的生活还得继续下去。

出门前的那一个夜晚，在姜耶又一次遭遇沉船之后，张铭对姜耶说，一周后就是他母亲的七十岁大寿，希望她带着女儿同去祝寿。孩子们是一定要去的，场面大，怕照顾不周，还是自己的妈妈带在身边妥当。姜耶心内便笑，那笑是浮在海面的，笑到后来便有了波澜。奶奶生日，做孙女的前去祝寿当然应该。她姜耶向来与婆婆关系不错，虽然离了婚，还有旧情谊在，一同前去也无不妥。可是，这事情一旦放在一个更大的情景里，便是这样的描述：张铭的母亲生日，他的三任老婆分别带着孩子前去祝寿。不！在传言里，那便不是三任老婆，而是三房老婆。场景如此恢宏，张大医生和张老太太福气无边哪。

琼森是不知道这些的。她沉迷地看着舞台，看着姜耶的眼睛、身段和步法。但她有时会突然地停顿下来。有一次，姜耶看到她把身子稍微后仰，然后借助反向力量，身子突然前倾过来。又有一次，琼森鼻翼扇动了一下。姜耶有些迷惑，她是闻到了传说中绣花鞋的香气吗？这双绣花鞋的味道，姜耶原以为它仅仅属于潮汕大地。只见得琼森又摇了摇头，似乎在认真地否定什么。

在姜耶的眼里，琼森是一个不可思议的存在。无疑地，她已经很老了，介于花甲与古稀之年的一个女人。老人、老女人、胖女人……在演艺界，如果拥有这些称号，这个女人还有什么前途吗？况且，琼森长得一点也不妩媚，脸部的骨头、肌肉和皱纹一起构成一幅立体的世界地图，斑驳的头发在风中瑟瑟发声，甚至，女人的形体中最受歧视的桶状腰她也未能幸免。这要是在中国人的审美里，也就大妈一个了。可人家不。琼森的着装很出彩。一整套衣裙主色是深草绿的，线条简洁的衬衫，下面是 A 裙。点睛之处在于腰封，腰封拼的是花布，深粉底的布面上，开着成团成簇的秋香色玛瑙花，间或可见深绿色的叶子。而她披挂在交椅上的大披肩，也与腰封一样的色系和花纹。当然，更神的是，她在舞台上一站，她的身体一旦动起来，年龄于她就失去了意义，没有人会用老女人之类的称谓来形容她。她就是琼森，一个表演者，一个优秀的有思想的表演者。

姜耶巴巴地想，即便只有琼森一个观众，她的这场表演也就满足了。可是，令人揪心的是，她摇头做什么呢？

4

行走在北大街的夜，姜耶觉得，它的风也是有风度的。这一片海湾其实离海阳市不远，只是，家乡的风吹起来硬了些，咸了些。

King 岛由中轴街划分为两半，南大街那边是古老建筑，北大街这边是现代建筑。令人惊讶的是，两种迥异的风格在 King 岛上和谐并存，你中有我，我中有你。

"Hello！"

北大街上人来人往，会演刚刚散场，这阵子正是人流汹涌。

"Hello！"

姜耶慢慢觉知，这由远及近的招呼声是奔她而来的。她停住了脚步，脑海里快速搜索着记忆中的声音数据库，这是——

对的，这是琼森！

姜耶立住了，等到琼森跑到面前，她才开始打量她脸上的那张世界立体地图。姜耶的英文很烂，从来没有人告诉过她，唱潮剧的人需要懂得英文。幸亏大家都是演员，眼神、表情、肢体等都有代替语言系统的功能。琼森会一点中文，虽然话说得干梗、脆弱易折，但每个字的音调都是弯弯的，听起来倒像在唱儿歌。她连比带画告诉了姜耶，很喜欢她的话剧，还指着姜耶怀里抱着的那双绣花鞋，说喜欢她谢幕时说的那些话。

演出结束，姜耶回到台上谢幕时，是赤着脚的，那双绣花鞋被她攥在手里。面对着台下的喝彩声，她有些哽咽：

"这双绣花鞋，是我师父临终前送给我的。我师父从童伶制时期开始学戏，它陪伴了师父整个人生。师父一直以为只有我才能光复潮剧。可是，我是潮剧的叛徒，我没有能够完成她布置的课业。我的脚已经长大了，鞋子还是老样儿。我不知道，这是谁的错?!"

艺术节指派给琼森的翻译小妹此时才气喘吁吁地赶到，却被琼森打发了回去。琼森说，她喜欢只有两个人在场的说话。

乍听这话，姜耶心内有狂喜，也有惊怵。此人的气场如此之大，即便一言不发，只是默然面对，姜耶也能感受得到其辐射过来的艺术能量。可是，此人的个性却是如此陌生遥远，因为语言问题，姜耶需要吃力地听，使劲地揣测和拼凑，这倒在其次，令姜耶无可适从的是她的城府不知到底深几许。

琼森开口说的第一件事，是看姜耶的潮剧表演之后，她借鉴了一种精神，要做什么动作之前，先往相反的方向去做。她虚拟做了一个要把姜耶抱住的动作。姜耶会意地笑了笑。她说道，潮剧的生旦角都是如此的，"欲左先右""欲上先下""欲出先收"，一切身段动作都有程式规范。琼森怎么也听不懂"程式化"这个术语，但这并不妨碍她的聊天兴致。

这么聊着，姜耶就把惊怵放下了。她忍不住告诉琼森，她以前是扮演闺门旦的，二八佳人，青春娇娃，她的所有美感都应该在年轻上。而年轻，任是谁都不可能一辈子留住呀。

琼森心里有些明白，姜耶放弃戏曲，走进陈氏剧场，与此也不无关系。年龄这件事情，是她一直焦虑的。琼森忍不住喟叹道：

"中国的文化是美，我们的文化是真。"

姜耶按照自己的理解，给予补充：

"你的意思是，中国的文化是唯美，你们的文化是唯真？"

琼森竖起拇指夸奖她，接着说：

"唯美，就必须受限。"

琼森的手指不停地画着一个又一个的方框。

姜耶还在对着空中的那群方框发呆，忽然被手机铃声吵醒了。

又是张铭。

姜耶脸上对琼森抱歉一笑，便去应付张铭的电话。

张铭是来祝贺演出成功的。姜耶有些失望，悲凉之气萧萧透出。这个人没懂我呀。可他也没错，演出可不就是为了成功，满世界的人都这么认为。张铭说他妈妈刚才打电话给他，托他一并向姜耶问好和祝贺。话锋转到前婆婆那里，姜耶就沉默了。果然，张铭绕这么大的弯子，还是因为他妈妈寿诞的事情。他妈妈年纪大了，每天就惦着这事。当初离婚的时候，前婆婆说她是认媳妇和孙女的，儿子认不认无所谓。这话让姜耶感动了许久。可人情不是这么还的。姜耶不愿意把话题接续下去，告诉张铭，她正忙着跟欧洲的朋友切磋技艺。张铭问：男的还是女的？语气里五味杂陈。见姜耶不愿回答，便接着说：King 岛上好风光，不要随便切磋到床上去才好！姜耶冷笑道：你有资格吗！生气地把电话撂了。张铭又打了三次，都被姜耶挂断。

转身看到琼森还在身旁，姜耶很觉失礼。琼森怜爱地看着她：

"不要轻易生气。"

琼森的眼里有一些升腾的雾霭，很宽大，很氤氲，很具包容性。姜耶忍不住想哭。琼森走过来揽住她，她便真的哭了起来。

琼森说：

"我不知道发生了什么。当你委屈，不要把自己放进去。把这个事件当成舞台上正在表演的一出戏。你自己站在台下观看。"

这注定了是个失眠之夜。回到宾馆，姜耶怎么也睡不着。琼森像一个奇迹一样，驾着一根蜘蛛丝，只在她一眨眼的工夫，就乘风飘到了她的跟前。琼森的一切，都是那么的可望而不可即，但现在，似乎就近在身边，甚至，钻到了心里头。

离婚之后，常有失眠的时候。有时是根本就睡不进，有时是睡浅了，半夜醒过来后再也接不下去。她只有把自己弄得更累一些。经常是，穿了绣花鞋，练起功来。曲儿是不敢高声唱的，只能留在喉管里。脚步也是不敢重的，每一个脚印都踩在自己的心坎上。这一番折腾之后，如果睡梦的世界还不肯接纳她，那么她就只有自慰了。她的自慰很潦草，虚拟的男人就是现成的张铭。虽然张铭真正进入她的身体，会有类似于月经期做爱的不适，但奇怪的是，在自慰当中，张铭是干净的，毫无污点的。

这个夜晚，张铭被姜耶拒绝在想象之外。她努力想起若干个曾经走过她生命的男人，那些对她好过，有过一点瓜葛，或者只要她愿意就可能发生瓜葛的人。也许，想象也是一出戏。琼森说得对，她可以站在台下观看。她可以把这出戏想象得比现实中更加猛烈。可是，她一直也没有成功。她还穿着束脚的宽腿棉裤，脚上还穿着绣花鞋。她躺在床上把双脚舞弄起来，这个功夫却不是闺门旦的，是刀马旦的。那双红色的缎面绣花鞋，裹着她皙白丰盈的小脚，任是谁，看上一眼都会被勾住了魂。她爬起来，贪婪地抚摸着自己的脚，身体里的火山开始升腾喷薄。她这只翻云覆雨的手，她这颗震颤的心，甚至她的快感，也不知是自己的，还是虚拟当中的男人的。

平静之后，姜耶吃了一惊，快感来临的时候，想象中的那个人竟然变成了琼森的脸。

5

姜耶和琼森开始了一段非同寻常的情谊。King 岛的清晨很安静，很迷人，新游客还没有来到岛上，老游客夜来泡酒吧，看戏谈艺术，正在酣眠。她们相约了六点起床，去南大街，从一巷走到十一巷，然后在临水的回廊坐下来，看风景。正是枫杨树花开的季节，琼森是第一次看到枫杨树，姜耶是第一次看见它开花，稚黄中带点新绿，竟然是长长的一串又一串垂挂下来，倒映在水里，像是簪花发辫从谁的头上、肩胛、腰间，一直往下探，探到看不见的未知深处。

她们的聊天总是从表演艺术开始。

姜耶很惊讶，同样作为一个演员，琼森心里头的想法怎么那么多。姜耶像小时候收集邮票一样，把琼森的想法一枚枚地收集起来，等待来日慢慢地品鉴和反刍。

琼森说，对于一个演员来说，地板就是他的禅宗大师。事实上，每一个演出的舞台，我都认真擦过地板，有时是一擦再擦。

琼森说，静止并不是什么都不做，相反的，它是有生命力的，有一切的可能。

琼森说，通常的，面部表情是我们做出来的一个最终结果，但它是从我们的身体吸取了力量。

琼森说，演员更有机会创造角色的真实性，每个人都应该是角色活化的原创者。

琼森说，所有的训练都必须保证"我"的在场，此时此刻，保证它是必需的，而不是装饰性的。

琼森还说过自己的一段声音训练经历。其实琼森的声音是有缺陷的，有一个地方卡住了，发声不够明亮宽广……琼森说她也懊恼过丧气过，她回家关起门来勤奋地做起声音功课。

姜耶先天的声音条件非常优越，她像一个得意的牧人可以随意把声音放牧出去，又召集回来。不过，姜耶看过戏剧界的很多前辈，先天条件的缺憾，反倒迫使他们另寻与其自身条件相契合的表达方式，自成一家。几乎所有的剧种都有例子可举，京剧的程砚秋、周信芳，越剧的范瑞娟，都是。

那天早上，她们走在南大街九巷，在一排木房子的东厢停住了，爬山虎葱翠的叶子爬了满壁，只留出了一个拱形的大门。

琼森蓦然有了一种声音表演的亢奋。她开始唱一首节奏重复的英文歌。姜耶只觉得，声音一会儿宽，越来越宽，越过了拱门的两边，越过了爬山虎爬满的整壁墙。很快地，声音开始变窄，越来越窄，越来越窄，最后收到了她气管中央的那个点。声音高，高过额窦，高过头顶，袅袅直上蓝天；声音低，低到地底下已经钻了进去还有沉闷余音。声音在前，直向姜耶逼冲过来；声音在后，它就穿过拱门而去，邈远无穷。声音强，如雷霆、如虎豹、如铁塔、如关中大汉；声音弱，如垂柳之姿，使人顿生怜念，几欲前去搀扶却无从下手。

姜耶发现，与中国戏曲流派的名家们不同，琼森并不拘泥于声腔的训练，她是让整个身体、整个生命来带动发声。有时，她会将声音推送到身体的各个部位，或者像水流走过河床，或者像藤萝蔓延，悄然开花。

不知什么时候，南大街九巷集聚了若干围观的游客，琼森的表演一结束，他们便发自内心地鼓掌，吹口哨，放出飞吻。

姜耶为此沉迷不已。她捂着自己的胸口问：你愿意成为这样的人吗？我愿意！我愿意！我愿意！姜耶蓦然之间明白了，她放弃了自己在潮剧界的声名，独自跋涉于荆棘小道，原来就是为了与琼森相遇，为了在她的牵引之下，在艺术上走得更远，离自己的内心更近。

6

米尔剧场在艺术节的首场演出，是在姜耶和琼森相识三天之后的夜晚。

姜耶对这个夜晚充满了期待。而最终，这个夜晚却给了姜耶重重一击。

这出实验音乐剧的名字叫作《红线记》。谢拉和法勒斯的故事，姜耶之前一无所知。只在海报上看到了剧名由来的介绍，说是取自一段圣经故事。他玛怀了双生子，分娩时，一个男孩想要先出来，伸出一只手来，收生婆用红线做了记号，指明他会是长子。然而，另一个男孩先他而生，收生婆呵责他说，你为什么抢着出来呢。他成了长子，名叫法勒斯。戴着红线的那个男孩，成了弟弟，名叫谢拉。

可是，整出剧自始至终并没有出现这样的一对兄弟。这个剧名或许只是一个象征，一块引发生死风波的饵料。

一整出戏，是十二位人物自始至终在表演，说不清他们到底是演员还是剧中人物。虽然姜耶听不懂他们的歌词，但她能够看懂的是，有人在相爱、在努力、在读圣经、在遭受猜忌、在自伤也伤及他人、在相互违背中痛苦和挣扎、在分离、在彷徨、在孤独、在遭受强奸、在裂变、在荡涤灵魂、在成长……是的，她看不懂故事，她看到的只是很多很多的碎片，像一只名贵的瓷碗，跌落在地，发出动人心魄的声响。

整个剧院静谧得像个教堂，琼森的高跟鞋，姜耶听得见它们的鞋跟敲击地板的轻微的嘎嘎声。而她在某一个节段唱到最后的那个喉音，也分外清晰，仿如天籁。这个剧院只有六十名观众，姜耶与他们一起，傻傻地听着看着，倾注着全部的精神和爱。

有一瞬间，姜耶的思想游离出来。如果说，那个作为观众的姜耶还在凝神倾听，那么，那个作为演员的姜耶已经悄无声息地站起来，躲到无人瞧见的门后去。

这个小剧场是如此之小，中间是一个长条形的舞台，两边是长长的观众席，一张流水桌，铺着垂地的红色天鹅绒，各配三十张椅子。流水桌上点着两列蜡烛，摇曳的烛光与头顶的探照灯两相辉映。舞台与观众席是同一平面的，往常那种镜框式的舞台表演被推翻了。更奇怪的是，整个舞台也就一排练场而已，没有背景，没有道具，没有伴奏乐队。乐队是有的，但居然是由三两演员兼任。小提琴、手风琴还有若干简单道具，必需的时候就用上，不必要的时候就搁放在观众桌上，似乎这就是他们的后台。观众可以好奇地瞧见他们前面和背后的一切。姜耶可以预测得到，这六十名观众，有一半以上的人看不懂这出戏。语言和文化的隔阂，艺术和思想的跳跃，有如万重关山，道路阻且长矣。那么，是什么原因，使得这么多不懂的人，愿意抛弃自己的理解力，坐在这里如痴如醉。他们难道仅仅是因为不愿意被视为看不见皇帝新装的蠢人吗？不，当然不是。

掌声把姜耶那个游离的灵魂带回了座位。观众席上，大家欢快地举起了高脚红酒杯。还在演出之前，导演哈代已为观众斟满。演员们谢幕来了，琼森走到姜耶的面前，再不肯迈动脚步，边唱边跳，邀她一起加入，姜耶被动地跟着她的节奏舞了几下，虽是不同风格的舞姿，却也和谐，引得剧院里众人注目。琼森从精致的玻璃水果盘上，捡起一颗樱桃，送进姜耶的嘴里，就拉着她从后门走出剧院，把狂欢的人群丢在身后。

姜耶问：

"为什么叫作《红线记》？所有的事情都是上帝拣选的结果吗？"

琼森答道：

"不要单一地理解，把它当作一个病毒。"

对的，第一次听琼森的讲座，她就说过这样的话。从那个时候开始，姜耶就知道自己被病毒感染至深。可是，她却在今晚骤然明白了，也绝望了。她不可能成长为琼森那样的一棵树，她不知道去哪里寻找合适的土壤。她怕自己像刘月娥一样被连根拔起栽种在盐碱地之后，又得原路折返……

"你病了？"琼森不无担心地看着她。

姜耶说：

"我们去四方码头吹吹风吧。"

她们沿着中轴街一直走，月亮圆圆地顶在头上，一走就走到了四方码头的沙滩上。脱了鞋子，她们走下去坐在沙垄上。月亮在海面投下了影子，波光粼粼，海中的月亮似乎比天上的月亮更妖娆更勾人。

姜耶是在这个时候讲起张铭的。她边讲边觉出自己的窝囊，在琼森的鼓励之下才能够继续下去。

琼森问道：

"在你生命里，有过其他男人吗？"

姜耶翻检了一下，说道：

"对我好的男人多了去，但我看不到真心。只有一个男人给我上过身体课，他说，花萼之下，我的私处是一朵花。"

琼森大声说：

"他爱你。"

"他可以与很多很多女人上床，然后还说，只爱的是我。我必须坦言，他走得太快，我跟不上他的步伐。"姜耶停了一下，补充道，"那时候，我和张铭还没离婚。"

琼森便不再说话了，她看着姜耶，希望通过这段对话她能够明白，与张铭的这段关系，其实是她自己的选择。

看着姜耶脸上淡淡的哀婉，琼森说：

"给你讲一段我的秘密。"

二十五岁的那年，年轻美丽的琼森被人强奸了。姜耶一听强奸这样的语词，鸡皮疙瘩像风疹一样爬满了全身。当时，琼森随米尔剧场在北欧一个小镇演出。散场之后，琼森意外被一群粉丝留下签名，走出剧院时，同事已经走远了。就在回宾馆的半路，她被拖到山毛榉树林中去了。事后琼森才知道，原来那段日子，周边城市的阿拉伯裔移民指责警方种族歧视，与警察发生冲突，肇事者用土制的炸弹对付警察，部分人员被捉捕归案，另外一部分人逃离现场，到了小镇，碰到年轻女子就实施报复。

琼森说，那正是她心气特高的年龄。她的身体被一个外族人、一个陌生人死死地钳住，她要高喊却失声了。她拼命地抵抗和折腾，却使得那人更加凶悍和顽强。她当时怎么知道，对于一个亡命之徒来说，征服就是他最后的尊严。除此之外，他已一无所有。

那场伤，琼森用了很长的时间来自疗。她每天起床，都必须告诫自己，把气提起来，再提起来。她怕自己一不小心就会陷落到无边的黑暗之中。在无人的地方，她也会高声痛哭，用泪水把心里的积尘冲洗出去。没有人知道这个秘密，包括她的导演哈代，包括她的丈夫。

二十年后，哈代导演《红线记》，就如姜耶看到的，其中有一节是强奸的戏，哈代问琼森，如果你遭到强奸，你是怎么样的？琼森默默地表演了一组动作，这组动作的逼真、痛苦和蕴积的力量让哈代甚为震惊。哈代紧皱着眉头无限痛苦，他抬起头的时候，琼森向他微微地点了点头。这成了他们共同的秘密。《红线记》后来成为米尔剧场的保留剧目，长演不衰。

姜耶蓦然有了一些奇怪的联想，章鱼断了触手，第二天就可以愈合开始长出新的；片蛭不管截断的是头部还是尾巴，都可以重新长得完全……可它们都是低等的动物呀。琼森本是看着姜耶太过沮丧，给她讲一个自己的不幸故事，可琼森强大的自我修复能力，让姜耶更加自惭形秽。

她们从沙垄上起身的时候，姜耶才想起，看完演出，手机依然忘记打开。现在，囤积着的短信和未接来电又一票子来到跟前。自从那个晚上，挂了张铭几次电话，之后，张铭来电她就再也不接。她觉得，是到了该把他们的关系理顺的时候了。这次的未接来电，除了张铭的几个，还有一个是陈氏剧场的同事的，姜耶向琼森致意之后，就给回拨过去。

姜耶愣了半天，才朝电话里大声质疑：

"你开什么玩笑?!"

电话那端她的同事却是正色的：

"谁开的玩笑。张医生找遍了整个 King 岛，都找不见你呢。"

姜耶的脸色比四方码头的月光还白泛，像是突然之间被判处了什么刑罚。她告诉琼森：

"他来了。"

琼森伸手握住她，给她力量：

"去吧，该来的就让它来。"

7

张铭坐在窗下的那张沙发，一言不发只是抽烟。其实他以前很少抽烟，他自己就是呼吸科医生。

在四方码头，姜耶给他打过电话，他居然在电话里哭了。他说，他煎熬这么多天，奔波这么远，到底是把人找到了。人也快到五十，他终于知道自己爱的是什么。姜耶从未见过他如此的失态。张大医生向来就是严谨理性，滴水不漏的，他今儿是怎么了。

姜耶这一天，经历了太多的事情，身心俱累，回到宾馆，冲了一个澡就斜挂在床上，再也动弹不得。仗是不经打了。她说，天大的事情也等明天吧，这个晚上，她没有力气做任何事情了。

　　一个人的时候，天天失眠，现在眼前多了一个人，人却困得像被抽去了主神，似乎要把这些天的睡眠彻底补回来，说完倒头便睡去。

　　张铭回到宾馆后，口便被缄住了似的。这会儿看她睡去，倒像有很多话要说。只是现在说了也没人听，只得憋回去，憋到半夜，几近内伤。他坐起来，看着床尾的那双陪伴过几年的绣花鞋，越看越爱。这双绣花鞋，比身边这女人还好，半点没有脾性。他在被下摸索着，把姜耶的脚抽出来，轻轻为她穿上绣花鞋，硕大的手掌轻握着她的一双小脚……

　　姜耶是在半夜被他弄醒的。他的身体和动作实在是太熟悉了，她似乎没怎么抗拒就顺应下来。可是，他往下吻她的身体时，她猛然醒过来了。

　　现在是在哪里？King 岛。这个男人是谁？张铭。

　　姜耶霍地坐了起来。

　　张铭下意识地把她往下拉，却发现她已经定住了。

　　张铭抬起头，仔细地看那张脸，她竟然是那样陌生。

　　"张铭，对不起，我们已经完了。"

　　她的拒绝坚定而坦荡，她的语气淡定而诚恳。令张铭心惊的是，她没有了往日言语里的负气。

"我们重新开始。"

"不可能!"

"没有什么是不可能的。脓疡可以去除,疤痕可以消解。我们会回到过去。"

"回不去!"

"女人都需要一纸婚书是吧?我们复婚。"

"现在不是了……张铭……"

张铭听得见她的心远去的声音。他疯狂地扑上来,抱住姜耶。他急不可待地撕扯她的衣衫,他要赶在她离去之前,与她结为一体,永远把她留住。他的动作越来越粗暴。

姜耶像被拖进了山毛榉树林,头顶上浓茂的树叶遮天蔽日。那是一个外族人,一个陌生人。琼森受强奸的幻觉移植在她的身上。她抓住左侧的床头柜,双脚一阵乱蹬,把自己从那个人的控制里拉出来。跌撞着下了床,来不及取下外披的衣裳,她趔趄着夺门而走。

连姜耶自己也不知道这半夜三更的要奔往的是什么地方。她跑呀跑,直往一个宾馆而去,穿过大堂,顺着电梯,跑过长长的走廊,终于在一个房门前停了下来,猛按门铃。

姜耶急切地等待着,一边望着走廊,似是怕人追杀过来。

琼森睡眼蒙眬地开了门。姜耶才恍然明白,原来潜意识里就是找的她,再没有别个了。

姜耶扑在琼森的怀里,把自己的心安定下来。琼森去饮水机上取了一杯水，却听到了又一次的门铃声。

姜耶眼里本来还有惊惧，看着琼森高大的身躯一步步走向门口，似乎心内有一股气正慢慢地把惊惧驱散。

毫无悬念的，门口站的正是张铭。

"你来了。"

琼森的语气很平静，似乎张铭就是她正在等着的人。

张铭的气度却没有那么好，他对琼森有着敌意。他的目光只向姜耶：

"我以为爱上的是谁，原来是一个女人婆。"

姜耶现在不是惊惧，是愤怒。琼森没有听懂他的话，却听懂了他的嫉妒。

张铭说："如此说来，我们还不是没有可能。"

"张铭，你死了心吧。我已经不是过去的我，我，没有可能了。"

"这个地方都是疯子。你不可能一辈子都在艺术节，你得回到生活里。"

"张铭，你不懂我。"

张铭转过来面对着琼森，身体晃了一晃，像是喝醉了：

"你行！是你把她改变的？"

琼森依然还是那么淡定：

"她知道自己要的是什么。"

"她要什么？"

"你如果知道，问，是不必；你不知道，问……"琼森摇了摇头，"白问。"

张铭嘿嘿嘿笑了几声，笑得越来越像哭泣：

"疯子！疯子！"

一场哭，像表演一样雷厉风行。在生活中，姜耶想象不出，还有这样的哭。人生的最真实处，莫非反而更像表演。张铭哭完了，又笑了笑，说：

"那好，我走了。"

他的手指在空中戳了又戳，像在画着什么符咒：

"姜耶，你好自为之。"

张铭掉头就走，在门口又折返回来。姜耶怕他后悔，又做出什么过激行为。哪知道他指了指她脚上的红色绣花鞋说：

"你也用不着了，把它送我吧。"

与上一次不同，姜耶毫不犹豫地把鞋子褪下，塞到他手里。

他这回真的走了。他的最后一句话，令姜耶相信，他终于明白了她。

琼森在对面坐下，把姜耶的长绺头发往两边分开。姜耶投入她的怀里，嘤嘤哭泣起来。琼森也不安慰，抱着她就由她一路哭下去。

姜耶哭得累了，就停住了。放眼望去，阳台上已有微朗的天色。

姜耶颇觉抱歉，问琼森道：

"为何对我这么好？"

"我是看你表演的时候喜欢上你的。中国戏曲对于欧洲人来说，像观赏一个青花瓷瓶子，只是觉得美、觉得精致，却没有感动。而你不一样，你的心是在场的，我听得见你的心有力的搏动。"

琼森显然进入了自己的境界：

"我需要一个学生。一个人在某个时间段，他需要一个导师和一个学生。哈代是我的导师，我看中了你当我的学生。"

如果这样说，姜耶是可以理解的。

早知道米尔剧场有一个迷人的理念，他们乐于与其他国家、其他民族进行艺术交流，他们去世界各地演出，带着训练技巧、街头表演、即兴演出，然后把当地人的音乐舞蹈、地方说唱甚至宗教仪式、丧葬仪式中的艺术样式学过来，就像集墟上，挎一篮子的土鸡蛋去换回一袋芋芳头。他们的表演方式也愈加丰满愈加多变。只是，所有的集市也就一天半天瞬间的交换，像琼森这样与姜耶几乎天天腻在一起，这在米尔剧场却是绝无仅有。

姜耶当潮剧名角的时候，也是有着不少追随者的，当然，最恶劣的那个就不再去提她了。姜耶每次给她们讲戏，便觉得自己的思路也在讲学的过程当中理顺了。一个导师和一个学生，在导师的身上看到自己的未来，在学生的身上看到自己的过去。这艺术的道路，便绵延如水，生生不息……

琼森却在此时欲言又止。姜耶暗想，难道琼森也有为难之时。

琼森只简单说了一句：

"可是后来，我爱上了你。我是双性恋。"

姜耶被当头一棒。

她记起了某一天早上，她们走到爬山虎满壁的那个拱门，琼森做了一场声音表演，当她表演声音强的时候，如雷霆、如虎豹、如铁塔、如关中大汉。当时，姜耶心中一凛，似乎有着一种什么预感。后来，琼森的表演招引了若干围观的游客，琼森顺手把一位游客臂弯里的休闲西服和矿泉水瓶捞了过来，做了一场即兴表演。她的衬衫是粉色的，游客的休闲西服是深灰的，套上去竟然匹配得天衣无缝。那个醉鬼一边喝着酒，一边骂骂咧咧，他的女朋友被人搞大了肚子，他没有钱去供她把孩子生下，他坐着公交车去向朋友借钱，却惹来一顿臭骂……姜耶当时很是把琼森多看了几眼，她发现，琼森的眼里竟然就是男性的光芒。

这个镜头很小，很小，但留在姜耶心坎上的烙痕很深，很深。这些日子，各种事情纷至沓来，以至于她还没有静下心来思考这个问题。琼森的那场醉鬼表演，让姜耶有些恍惚，她心里其实潜藏着一个疑问：琼森到底是女人，还是男人？或许，这本来就是一个极具表演天赋的男人，他长期在生活中扮演着女人的角色，所以，他误认为自己就是女人，而我们大家也都把她当成女人了。之前，琼森已经足够让姜耶吃惊，在这个人的身上，年龄、相貌，通通都是不起作用的。它们都与她无关。可是，性别也是吗？当她强大到性别已经难以把她装下，她是不是已经不必拥有性别？或者说，她应该被上天赋予的性别已经不止一种？

琼森只是安静地坐着，再不愿多说一句话。姜耶也只是安静地坐着，不知道该说什么话。

她们都在等待着什么。

天色又亮了一层。姜耶穿着睡衣，她不知道，这个样子如何走出琼森的房门。

初稿：2013 年 6 月 12 日

定稿：2015 年 2 月 3 日

我来自马达加斯加

　　如意与野叟的碰磕，我是第二天才知道的。

　　第一天如意打来电话，问我与野叟联系了吗。第二天又打来电话，询问相同问题。我以为她老糊涂，缠沓的原话又复述了一遍：

　　那天晚上我电话联系野叟，他已休息。电话是他儿子接的。我隔天早上重新找到了他，谢谢他的画集，还讨要了他的确切地址，你知道的，我要寄紫砂壶。

　　我与如意住在同一座城市，野叟住在邻市。野叟和如意如今都独处了，有闲，也有自由。我与野叟很少直线联系，如意乐意当他的代理人。自从快递公司在网购行业中成长起来，他们的联系也结束了冬眠状态，开始享受春天的草泽和阳光。野叟的画论和诗词书稿，基本都是如意整理的。有一次，我送如意一盒猪肉松，她巴巴地给分成两半，自己留一半，另一半搭在书稿里，快递给野叟。野叟此次的画集，也是托如意送我的。当时我告诉过她，要送他们一对紫砂茶壶，一人一个。年轻情侣喜欢穿情侣装，佩情侣饰品。他们不同。他们一句情话也不曾说过。山高水长的，那情愫，只好用一对情侣壶远远来表达。

如意前后两天，把我的话字斟句酌，又问了电话里野曳的诸多细节。

如意顿了顿，才抖出她的包袱：

最近心情不好，与他恼，不给电话了。

不给电话是真，想要得知他的消息也是真。

丫头不在，这事我还真得管了。

六年前，丫头嫁一美国人，远渡重洋去了，她说最放心不下的就我和如意，因此把我们俩牵到一块。

我是丫头的闺密，如意是丫头的嫲嫲。潮汕平原的人才叫嫲嫲，其实就是祖母。

丫头说过，如意与一画家相爱，很深，但他们没能在一起，画家住在汕阳市，虽与我们海阳市毗邻，相距也有数十公里。

我撺掇丫头：

二十一世纪了现在都，把他们弄一处吧。保姆只是照顾他们生活，精神上满足不了。

丫头说：

不可能。两边儿女都盯着，牛眼睛睁得大大的。他们开始相爱时，六十好几了，各自的老伴还在。二十年了，儿女们的怨生了根。我去做这事情，爸妈的关首先过不了。

丫头幽幽地接着说：

还有更大的障碍，画家的儿女怕人跟他近身，他的画很值钱。

天下名人同悲哀。想想当年萨特临终之时，波伏娃也不是连见上一面都难。他们倒好，障碍是自己设置的。相爱是吧，终生不入婚姻的俗套是吧，晚年就这下场。

为了不蹈波伏娃的覆辙，我倒是挺想有一个人让我进入婚姻的。只是命乖运蹇，第一个碰到的男人比我小七岁，第二个碰到的男人比我大二十岁。

丫头说得没错，我与如意会成为闺密的。

我与小弟分手时，百无聊赖，寻思着去看如意。潮汕人看望老人，得有"手信"，就是手里提点什么，作为礼物。我喜欢甜食，提了一小钵朥糕。如意看着保姆烫着工夫茶具，对我说：

正好配茶。

她的眼光毒毒地：

失恋了是吧，吃甜食可缓解心绪。

被点中了穴道，我哑了，把朥糕钵打开，插上两把银叉子，自己埋头先吃起来。

朥糕其实又甜又肥腻，现代女孩没几个敢吃，现代老人也没几个敢吃。我与如意都例外。我们相差刚好五十岁，半个世纪了都。

那时候，我与小弟刚刚断了。我们谈了四年，刚好是他整个大学时代，也刚好是我的创业年代。

　　小弟是我在一中的学生，我教美术，他考美术专业，算我一手带出来的。他上大学时，我恰好辞职了。学校有两点让我难受，一是坐班制，一是不能抽烟。我在网络上逛了一圈，决定在淘宝开店，自己设计服装。淘宝那个时候人烟稀少，什么费也不收。把东西晾出去，这店就算开了。第一次尝试的是手绘T恤，笨笨的，连相片也没拍好。不出二十四小时，竟被一个江苏人拍下了。敢于在一个毫无成交记录的店里买东西，这人大概像我一样冒失而冲动。我坐在屏幕前开心地咬着自己的手指头，傻笑，赶紧翻寻了最美好的包装袋和丝带折腾一番，像寄给知己那样寄出去。

　　此后一发不可收拾，我正儿八经做起个性女装。从选料、设计、打版、裁剪、缝纫、熨烫、拍照、上架，这繁多工序，只有一个老裁缝帮忙做着技术活，其他的都我一人撑着。小弟不吭声地看着，哪里有坑就往哪里填，很快把自己安插进来。还经常会在我的抽屉里放上一盒520，我喜欢的是薄荷味，这点他明白。只要把盒子打开，一颗颗红心就挨在烟嘴那等我把它抽取上来。小弟的学校离我工作室有半小时车程，前后还得走一段，一程一小时不止。可人家活力四射，根本不在话下。他成了我的御用摄影师，连带的，还是电脑制作师。网店与实体店大不相同，姑娘们对衣裳摸不着、穿不到，就看几张图片，我们卖家要做的，就是在这方寸之间给风韵、给气质、给细节、给描述。小弟巨给力，他之所长恰好是我之所短。我只爱设计的快感、做成后爱显摆，那不都是云里雾里的事情么。小弟爱摄影，因为镜头里有我，他总是把我拍得味道隽永，眼神晃荡，与衣裳浑然天成。后期的制作更见功力，他从来不给美化，但会随着新款的风格给予柔化或锐化，有时会打一下灯光，把图片上静态的东西都唤醒过来。等到他把图片上传了，把每一件新衣的描述都搞定了，我就坐享其成，一边看美轮美奂的图片，一边写煽动人心的诗句和感悟。我的买家都成了我的粉丝，她们自称为"加粉"。对了，我的网名很长，叫作"我来自马达加斯加"，粉丝们昵称我"小加"。我的原创服饰，人称"小加衣裳"。这网名源于小弟启发，他说我不像潮汕女孩，根本就是来自马达加斯加。就像我们海阳的市花金凤花，她每年那么浓烈地开着，开得深入人心，可人家那就来自马达加斯加。马达加斯加，我喜欢这个非洲岛国国徽上几个铿锵的词：祖国、自由、正义。

有一期，我的新装主题是"云卷云舒"，全部采用砂洗的本色亚麻。亚麻给我的感觉很植物，充满了生命感。改良旗袍和旗袍款上衣，包边和如意扣配上藏蓝颜色；宽大的袍子和蓬蓬腰裙，却纤尘不染，只有细瞧了才知道，那裙幅上有大片的本色绣花。潮汕老人对本色麻很不待见，说像重孝，不吉利。我从小被挟制住，心中的渴望却窜得更蓬勃。做"云卷云舒"的时候，我投入了极大激情。临了，意犹未尽又设计一款男式休闲圆摆衬衫，配成情侣装。拍情侣装的时候，没有男模特，小弟自告奋勇顶上了。我后来反思了生命过程的这个重要情节。这男式衬衫到底为谁设计的，它难道仅仅是空挂着的一个躯壳，被小弟捕捉到了钻了进去。那晚，修葺相片的时候，我就坐在小弟身后，妈呀，两人手牵着手、两人眼神对望着、两人一站一坐望着远方、两人一前一后走着的背影，还真是那么回事。小弟转过身来抱住我，我别过脸，他只吻住了脸颊。

不过，那天晚上我并没有躲得过，我冲完凉在躺椅上睡着了，困是真的。小弟做到深夜，中间冲了几杯咖啡，等到完工，人却精神了。他在躺椅旁，边吻我边等我醒来。朦胧间听得有人喊我：

小加。

我努力睁眼，对小弟纠正道：

叫姐姐。

他不再吭声，只是把身体给了我，也让我把自己交出来。

虽然这感情从一开始就不被祝福，但小弟说，能够摒弃年龄之类的外在因素，那爱才更加纯粹。这话也不是没理儿。小弟正是青春勃发的时候，我们的爱很简单，说说傻话，做做爱，生活像在真空中。说来奇怪，大学时期，我看同龄男生总觉他们幼稚，现在身边的男人竟然小了我七岁。不知道这年龄差要是调个过儿，我们是否可以走得更加长远。那时候年轻，还有劲儿，人家看不顺眼，我偏偏拧着。

那四年要说感觉，还是有点玄。小弟在我面前扮大哥，可不小心就露馅。有一次，他说他们宿舍几个哥们儿在比，比那功夫，哥们儿几个跟着上床的都是小丫头片子，纸一样的人儿，劲都不经使。我一听暗自掐了自己大腿一把，死的心都有了，他这还不把我出卖，小样儿。

丫头第一次见到小弟，就把眼白给他。看出他的贼胆丫头比我还早。可她拗不过我的命，我还是跟小弟走了这么一段。过程和结果都如预料。

我与如意的深厚情谊，就在那个脊糕钵见底的时候确立了。我从开吃就噼里啪啦地讲，抖豆子一般。如意始终微笑着鼓励。我讲得极好，有悬念有转合有细节有反思，好像讲的不是自己，而是自己的某个熟人。讲过之后，感觉好好，像大雪过后，整个世界都刷了一遍。如意说：

这下午茶吃多了，晚餐可要挤对了。

可不是，就这么一个胃。

如意的晚餐，也是这么没条理。

丫头以前给我看过如意的江南游片片，很是惊艳。腮若桃花，言笑晏晏。丫头说她当时七十五岁了。我心想，妖精了都。

丫头说：

与野叟一起去的。

我坏笑：

那就怪不得了。

丫头说，同行的还有几个同龄朋友，什么事也没有的。可她爷爷吃醋了，离家出走了好几天，说是去找初恋女友。

我当时一听，没笑得岔气。我承认我错了，我以前把七十多岁的人，一概笼统称作老人，这是不应该的，他们依然是男人和女人。

也不是所有老人都能够被我们还原为男人和女人。他们得自己愿意，自己希望，然后，他们还得放下身段与我们开诚布公。

撇开年龄因素，我和如意就是一对杠杠的姐们儿。

我把心窝的话都掏给她，她也把心窝的话都掏给我。

我的表达是直线的，她的表达七里八拐。

怎么拐，都拐不出野叟的名字。

我很小就知道野叟。在潮汕平原，大凡学过画画的人，都不可能不识野叟。读初中时，有一次去文化馆看画展，野叟的大幅国画就挂在展厅入门的照壁上。展厅的布置一般都从右向左，前面的位置比较抢眼，除了题词，就是大家名家。野叟的画放在这地儿，根本就乱了章法，印象那个深刻。那幅画是六尺的横幅，轻工带写。画心是一落潮汕平原的四点金民居，右上远景的民居一落落连绵不断，自近至远，墨色渐淡。空白处，是一株株高大错落的木棉树，红红的木棉花开了一树，还有一朵正坠落在半空中。民居的瓦楞上，落满了木棉花，鲜活如在枝头。屋前的空地上，一个又一个的圆筷匾，正装盛着木棉花在晒太阳。窗台上，挂着的也是铁绳串起的几串木棉花。一个红裙子女孩，在树下捡落花，兜起来的裙子不够装了，有两朵正在往外掉……这幅画的名字叫作"天人同工"。小时候，我也常常被父母指使，像这小女孩一样把木棉花捡起来，串成一串串，晒干了备用。大人们说，木棉花是大药母，用途多着呢。果然，一年当中，总有谁家孩子的肚子坏了，过来讨上几个。野叟这幅画，很潮汕，很大气，很哲理……许多年后，我心内的审美殿堂，依然有那么一块照壁，供着这幅画。如意对我的赏识态度非常满意，但对我的描述不以为然。她说：凌乱了，它有内在的规矩。为什么天人同工？天工在哪里，人工在哪里？

如意给我爆过野叟的故事。

野叟年轻时遭过灾祸，从年龄推算也可感知。土改时，他养母家被划为地主，农会的人把她两只大拇指拴住，吊在祠堂的大楹梁上。这种折磨虽痛苦却不致死，只是，夜晚来临之时，她用白天的那条绳子上吊了。当时，野叟已入伍，被通知回来领尸。这是人生的学问。要平步青云也不是没有途径，你可以鞭尸，与地主阶级划清界限。可是野叟他不能。他把养母收殓，竖了一块小石碑，碑上养母的名字是自己的书法。他还为她流了几滴泪。这罪大了，他成了"地主阶级的孝子贤孙"，顷刻之间就被踢出门外，然后又被踩扁。那时，他只有二十几岁。"文革"之时，这笔老账又翻检出来清算一遍。那段时间，他喜欢画白描。在更深人静的时候，握住一管笔，把心力付诸笔端。收入画集有几张木棉花的白描画，线条淡定而高古，画面丰硕而宽厚。外人只道，这该是心境平和时候之作，看到创作时间，却正是罹难之秋。

如意说：

幸亏有画。他在画里修行。

有一次在如意家里，她拄着拐杖颤巍巍地站起来，指着墙上一幅古典仕女人头画，让我仔细看，看她是谁。我定定地看着如意，想在她脸上寻找答案，却失败了。

如意神秘地说：

是野叟自己。他长得真美。

那仕女的长发飘呀飘，掠过了我的脸庞，我的心被触动了：

原来，只有如意才是他真正的知音。我眼前的如意，身体是如此的老态，但只要一说起野叟，她的眼神就如少女一般。

如意说，她经常会搜罗一些潮剧的行头、女性的装饰品送给他。他神闲气定的时候，便把自己装扮起来，画自画像。

如意的话自来不多，只是，留白更多。

担负着如意的使命，我去汕阳市拜访过野叟一次。那次，是大叔开车载我过去的。大叔就是我的第二任男朋友。满满的二十岁，可不就是大叔一个。

那段时间，野叟的子女们忙于为他出画集。一幅画，一旦收入画集，身价大不一样。它的正品地位首先确立起来，而且，它还是画家的代表作。搜集画作、拍照片、电脑排版、确认和核实创作时间，某些画作需要补题，说啰唆也够啰唆。还有，铜版纸、全彩印，自费印刷价格也不菲。可是，这投资一本万利。

当然，利益问题，都是身后事，与画家本人无关。

那天，如意心急火燎地电话我，说道野叟病了，本来心脏是有问题的，声音弱得不行。这可怎么好？我一听心里犯急，连忙主动请缨，怕去迟了连人都见不到。

我与野叟虽然尚未谋面，但已有些交往。一段时间，他那些在省城的儿女轮番回来，簇拥着，如意每天电话也不方便，需要我来打平安电话，探探口讯。这事令人啼笑皆非，八十多岁的老太太，听起来就是十八岁少女的爱情遭遇。

说来凑巧，我正在向大叔发愁，一时未能备好送给野叟的"手信"，浙北那家笔庄的快递就到了。我来不及拆开包裹，让大叔先带我去见如意。

这事有些时日了。我曾在电话里向野叟提过"天人同工"这幅画，表达心内的滔滔景仰。说到画，野叟就成话痨。后来，说他画了几十年木棉花，那段时间正在寻找更好的软毫笔，画写意。传说中的鸡毫已无迹可寻。鸡毫笔我是知道的。在各种笔材中，鸡毫最不名贵，农舍前后谁家没养几只鸡，哪只鸡没长几撮绒毛？可是，鸡毫笔的制作工序烦琐，而且，更重要的是，它非常不可掌控。传说中只有苏轼中年时期用得应手。没人能用，也就无人愿制。野叟说，他想把木棉画得"典雅恣肆，荡气昂然"，这话把我说动了。我调动所有能量，去网络上狂搜，找到几家笔庄的电话，几个回合谈下来，没有愿意接单的。后来，在淘宝碰到一笔庄代理，旺旺聊了几句，这人闲来无事也爱糊弄几笔，便自我陶醉引为知音，我也懒得戳破他，反正他是答应了，说是笔庄生意淡下的时候，会按要求给我去定做，但催是催不得的，只能等。这事我不敢告诉如意，省得她整天念想。可现在笔来了，我不能不先送她过目。

大叔看我冲动有如魔鬼，冷眼说：

是不是这么严重?!

这句是质疑野叟的病情。

我剜他一眼，觉得无话可说。

大叔又说一句：

这不是赶着看病人吗，又折腾？

这句质疑我出远门前还去找如意。

我又剜他一眼，觉得他面目可憎。

他不知道，如意看这一眼，陪伴野叟的这盒笔就是她认识的了。

如意拿着这盒笔，不敢激动，不敢把它留在手里多一秒。赶紧翻出自己的包装袋，重新包装满意了，交回给我，催我上路。

这份礼物带着她的手泽。

我做好了一切心理准备，野叟可能很羸弱，半躺在床上，或者正在输液，或者已经昏迷过去，我祈求他不太严重，如意的问候可以送达，另外，也不至于让如意伤心。一路上，我突然对我的"手信"无比沮丧，这都什么时候了，这破鸡毫有什么用？

房门打开的刹那，我傻了。野叟的状态根本超出了我的预期。当时我的脸肯定是哭丧着的。我承认，我很不厚道。我期望他比现实看起来的样子更严重一点。

野叟坐在客厅里谈笑风生，他的身边围坐着儿女孙子，半点看不出病态。

大叔看我失态，手肘捅了我一下。

幸好，幸好有鸡毫笔。当我把一盒大小七枚鸡毫笔送上去时，野叟高兴得像个孩子，那感冒的破症状，早就见鬼去了。他说，快，快开笔吧。

等到笔开了，画室案几上的宣纸也铺开了。野叟第一笔下去，我才知道那是生宣。以鸡毫对生宣，绝对冒险。鸡毫蓄水性强，生宣沁水，这稍不谨慎，就成"墨猪"。野叟用笔迅疾，画得却很慢，经常停下来，心里再瞄一通，似乎每一笔都有出枪的目标，锱铢必较。他的表情好丰富，有时，凌厉有如鹰隼腾空，有时，呈现的是孩子气的小得意。画完了即兴题上七绝一首：

> 初写红棉黑发时
> 新题画笺已白眉。
> 无名风雨任来去，
> 春到岭南十万枝。

野叟是一种境界，我去之远矣。

野叟把鸡毫试笔的这第一张木棉花送给了我。

大叔只看到画，看不到野叟。

当然，更看不到如意。

一坐上车，我赶紧给如意电话，一切都好。如意把细节盘问半天，终于放心。

这谜在我心里搁着，解是解不开了。野叟在电话里，究竟给如意说过什么，以至于她是那样的情态。他在她跟前撒娇示弱？还是，如意只听风声，便成雷雨？

我与大叔一直交往不顺畅。照我的德性早该把他一脚踹了，可人家自我感觉良好，咬定我等待的就他那样的人。

我的工作室规模大了。小弟走后，工作室遭遇重创，是我收拾心境，强撑过来。地儿换了三趟，作坊现在有十几号人。我慢慢从俗务抽身，回到设计上。小弟当年与我最大的分歧，就是他想把网店做大，商业化操作，他看到了滚滚商机。我不愿。我的设计只为自己的内心，为谁俯就，于我都是痛苦。我的设计里，有我的骨血，每一个细节，都是成长印记。我的坚持，也不是没有回报。网店已经升了三皇冠，"小加衣裳"，在网上是一个响亮的原创品牌。每半月一次店里上新款，加粉们都早早等着刷屏，更甚的，猫在我们的群上，像过节一般聊天和欢呼，比赛着谁下的单更狠。可是，我来自马达加斯加？我何尝自由过了。我常常在画着设计图的时候，忽然停住，叼上一根520，抬头望墙纸上那抽象的远古文字，心中充满哀怜。这"小加衣裳"就是一魔咒。魔咒说道：你选择了小加衣裳，你就没有爱情。

我与大叔认识，是在市非物质文化遗产陈列厅。那段时间，我喜欢上剪纸的阴阳纹效果。准备把海阳颇具特色的民间剪纸做成定位花，印制在特别的亚麻布匹上，做一期叫作"刀工"的主题女装。LV的自制花纹布，垃圾着，我横竖看不上眼。剪纸定位花的设计，一下子令人心潮涌动。大叔研究过海阳剪纸，第二天便抱着他的收藏品过来找我。我得承认，他的藏品很诱人，很开眼界。我色迷迷地看着，那组无名氏的作品更令我长涎四垂。据说那是他在乡间买到的一本旧版书，里边夹带的。推断起来应是民国时期的作品，表现题材都是当年的白字戏故事，也就是后来的潮剧。我不爱听潮剧，咿咿呀呀听不明白，但这些剪纸有一种朴拙的力量，直达人的内心。

大叔就这样走进我的生活。离婚男子，饿鬼一般。等不及我上一次新款的时间，就把手向我腰间揽过来。我屏住呼吸不给回应。他说道：

不是第一次吧。

坦白说，他年龄虽不年轻，但长相很年轻，身体也很年轻。

而且，很有气质。

大叔很会过日子，生活条理，社会关系良好，办事得力。

更重要的，他很娴熟，把人服侍得通体舒畅。

但我，闻不惯他的味道。

我嗅觉的记忆库里，只有小弟的味道。那其实是汗味，带有一种舒张的青草的气味。小弟没有技巧，只有本能，就像春草一样，天然的，向上的。每次我们都能够一起很high。我后来寻思，小弟那四年的成长，其实我一点没有掺和。这事没有做错。每个人都有自己的路子要走，我掺和了，他被同化，于他这是悲哀的。他不被同化，分道扬镳也是迟早的事情。

"刀工"主题推出之后，网上小小风靡了一阵。盗版创意者更多，加粉们经常给网上客服提供盗版链接地址，希望我们去打击。我哪有那个闲工夫。我信奉一个宗旨：永远被模仿，无法被超越。

这个剪纸纹，后来成为"小加衣裳"的徽记，被我用来设计标签、衣裳的包装袋、店庆时送给加粉们的手工礼品。

大叔开玩笑说，这版权费他要收的。见我凤眼轻扫过去，他的话只吐一半就收回了。

如意何故与野叟较上劲，这事情有点严峻。我还没来得及寻根刨底，右脚就崴了。

我依然是"小加衣裳"最合适的模特，换了几茬儿小模特，加粉们都不满意。有一批新装出来，我要试试样衣，然后去海滨路拍照。撞邪，平山平地的，刚出门怎么脚就崴了。现在，拍又拍不得，时间又搁不起。我想了想，就拍室内照吧。

我坐那儿，一动不愿动，工作室里的几个小妹轮番扒掉我的衣裳，然后又装上新的样衣。这一期的相片，拍得很见禅意大概。

中场休息，忍不住拨了如意的电话，套她的话。

我的天，老太太这是吃醋。

不知哪里跑来的新人物，我第一次听说。是这么一个女人，单身，五十二岁，跟着丫头的爷爷学琴三十年，直到大前年爷爷过世。算来，她刚学琴时还是二十岁女孩。就这人，才歇上两年多，又折腾去拜野叟为师，学画。

是个人物！够狠。

且住。我不是没听说，这人一定是先前出过场的。

我与如意聊过爷爷，她说道：

我与他没缘。他见我没多少话，见着女弟子话倒是澎湃。

听见？听见？

她有结。

这结是那女子打的，还没有解开，又继续跟进打上一结。

她们是上辈子的冤家。

或者，是闺密也说不定。

我问如意：

野叟怎么说？

老太太回答：

我跟他说，这人没天分，学了三十年的琴也不长进，学什么画！

野叟不以为然，还是把人家收了。

我先把自己当成野叟。我已经八十多，孩子们大都在省城，隔一段时间才来看我。身边虽有弟子来往，终究寂寞。有年轻姑娘来拜师，莺声燕语，毕恭毕敬，干吗不收呀我。

如意说话如果像我，事情还好办。我直统统地说：我很生气。我恼恨这个人，你偏偏收她为徒，是何居心？儿女们若不在，孤男寡女的同处一室，日久了……你要真收她，一刀两断……

咳。

如意怎么可能是我。她说的话犹抱琵琶半遮面，能听得懂吗老先生。

现在我能怎么着？去把这层纸捅破？人家把徒弟都收了，还能收回成命？

如意一定度日如年了，前两天接连打电话给我，问的都是细节。还问的，他儿子啥时候走人……

晚上，大叔来的时候我还在郁闷：

恋爱中的女人好可怜。

大叔说：

我就没见你可怜过，像骄傲的公主。

我嗤了一鼻，我在恋爱吗？

大叔说：

你被宠坏了。

电话铃声是在这时响起的。

野叟。

我语无伦次：

我这脚都崴了，没出门呢。

话都没过脑门，你没出门关人家啥事。

哪里知道，这事还真关乎了。

野叟思索不足三秒：

明天，我过去看望你。

我内心尖叫起来：就这破毛病，犯不着。而且，你不是多年未出门吗。从汕阳到海阳……

慢来，他这是看望我吗？

我的眼睛滴溜溜转来转去，好像在寻求救命稻草。转到大叔那里，他比我更懵。

我说：

我没能去看如意。

老先生抓住了话头：

把如意也请过来……

我明白。我明白。

我立刻拨通如意的电话。

她的声音没气力，没嚼头，听起来真像屋子没开灯。

我说：

野叟打电话给我，听说我崴脚了，明天过来看望我……

这话明知是个套，还得原话讲给如意听，让她自己去
咂摸。

我接着说：

野叟请你一起过来。

如意负气说：

我不去。他的电话我都盖了。

如意盖了人家的电话，这还是野叟的，她真会？

老太太这次是犟上了。

我的眼睛滴溜溜地又在寻找救命稻草，怎么还是大叔在
那儿。

我跟如意说：

老先生在乎你呢。要不，你好好睡一觉。一切都明天再
说哦。

大叔被我早早遣回，他明天需要在家听命。野叟的车进入我们市区时，他就去把如意接过来。这事我说了算。如意睡一宿或者思想一宿，都不打紧，她就得来。明早我打电话给她，给她台阶下。大叔还得把时间控制好。野叟前脚来，如意后脚到。

　　作坊里这都过的什么节，十几号人造反了都。我把自己的房间让给野叟和如意，她们倒好，活也不干了，偷偷跑去墙根和窗台下听什么听。一乖觉小妹颠颠跑过来告我：

　　他们什么话也没讲，你瞅着我，我瞅着你。啧啧，他们是不是连手也没牵过？

　　又有一小妹跑过来：

　　小加姐，老先生说"她父亲与我是朋友"就再没话了。什么意思呀这是？

　　野叟千里迢迢，就为了说上这句话？野叟的一句话，就是解释和承诺？如意再给一个眼神，就是理解和会意？

　　我没好气的地说：

　　干好你们的活。

　　一个小妹是网店客服，随时都有买家上线找她。另一个小妹负责发货，她案头的发货单厚得像一本《圣经》。

　　她们睃了我一眼，不情愿地回到岗位。

　　我一个人去后面打开仓库，看布料。与别人家不同，我的仓库修整得十分美好。我喜欢在仓库里抖布料，抖着抖着，设计灵感就来了。

窗扇打开来，我把手上的 520 掐灭，架放在烟灰缸上，移到窗台上。我不喜欢布匹沾上异味，它们应该保持自己的味道。余烟卷成一缕，飘出窗外。

有两匹提花暗纹的棉麻料，一匹灰粉一匹灰蓝，进料之后一直没用上，搁着也有好长时间。我把布料一滚一滚拉开来，那个提花真美，以前怎没注意，特像金凤花的花瓣。这两个颜色配得也真绝。

一套情侣装的款式自动浮现在我眼前，只要取过炭笔，我立马可以把图画出。

问题是，为谁设计？

谁？

我吓了一跳，从未有人敢在我上仓库的时候来捣乱。

大叔从后面抱住了我。

他吻着我的脸颊，他的胸前从未有过的滚烫。

大叔说：

小加，你看看他们见面时那眼神，都流出蜜汁来了。没见过的人怎么相信。以前我听你讲，总觉得是你幻想的，瞎编的。

大叔把我抱得更紧：

小加，我爱你。趁着年轻，我得把该说的话说了，把能做的事情做了。

大叔这一次挺本能的，好像年轻了不止二十岁。仓库里没床也没椅，他居然冲动得起来。那个我闻不惯的味道，被布料的自然香味冲了。可是，在一起的那两躯身体，是我和他吗？躯壳的里边，我们都被替换掉了。我的热情是如意的，我把我们想象成如意和野叟。他们连行动都是颤巍巍的，可心内的火山随时会喷出岩浆。我突然想起一些问题，毫不搭边的。如意说过，野叟已故的那个太太巨反感他的女人扮相。换我，我会喜欢吗？还有，野叟和如意如果在一起，相互之间的味道他们能够习惯吗？

走出仓库，大叔的味道肯定还是那个味道。

大叔整理好衣装，从裤兜里掏出两张票，讨好地说：

今晚的电影，你的故乡——《马达加斯加》。

我瞥了一眼，窗台上的520还在如丝似缕。我走过，再次把它掐灭。

我一瘸一拐地下了几挂面条，我和大叔陪如意和野叟在房间里吃。他们吃嘛嘛香。野叟坐在桌子南边，如意坐在桌子北边，两人正对面。野叟其实有点耳背，我平常得高声与他说话。如意话轻，他们电话里不知怎么沟通的。见面了倒好，话是不必的，脸上的肌肉和细胞，每一个细微变化和颤动都是语言。

午饭后，野叟就走了。他的弟子准时过来载他返回。把心爱的人和自己的灵魂安顿好，他可以返回艺术世界了。野叟的步伐很慢，上车时我扶了他一把。身体与他碰触上的刹那，我有一种奇怪的感觉，仿佛我这株芽根碰触到了大地。

《马达加斯加》，原来是一动画片。电影院里净是孩子的人头。我和如意小心走着，生怕被撞到。如意难得出来一趟，我把她留在工作室。电影票是从大叔那里讨来的，我执意要如意陪我看。大叔很反对，一个年过八十，一个瘸着脚，没一个站得稳。我不理会。我们相互搀扶。

如意坐我右手边。那些卡通动物在屏幕上一只只出现了，它们的形象和对话很逗乐。如意开怀发笑的时机，是与电影院里孩子们同步的。

那原来是一个关于自由和豢养的故事。那只亲爱的斑马忍受不了人类豢养的生活，她逃离了出来，奔着原始森林而去。她的朋友们追逐而来，辗转来到马达加斯加。他们自由地奔跑和撒野，自由地唱着自己的歌。可是，在原始森林，他们根本没有生存能力。在饥饿面前，斑马的肥臀被她的狮子朋友幻想成西餐厅的一块肉扒……

我突然忍不住大哭。好像三十几年的委屈都积聚在这里。眼前的影像模糊了，整个世界都不存在了。只剩下伤心的一个我。我为什么做"小加衣裳"，我为什么碰到小弟，我为什么又与大叔在一起，我为什么就爱在520的烟雾中胡思乱想，我为什么结识了如意和野叟。

我哭呀哭的，眼睛都眯缝了。

如意搭住我的手背：

傻孩子，看电影的时候就看电影。

等到孩子们都退出影院，我和如意才相互搀扶着走出来。

正是金凤花盛开的时节。车场旁种着一圈的金凤树，都有些年岁了，一株株各有形状。花儿大红的，成片成片，像树上流动的云。我的童年记忆，几乎都是金凤花的场景。我们女孩子，喜欢在金凤树下做游戏，从金凤花取材。有一款，取的是雄蕊，两个女孩各执一根，相互勾斗，谁的雄蕊头掉了就算输了，比的是运气和眼力。还有一款，用的是花萼，金凤花有五片花萼，分给五个人，花萼是双层的，把它揉搓开来，吹成一个口袋，越薄越好，越大越好，比的是耐性和手工。第一个游戏我常输，第二个游戏我常赢。

我给如意讲了很多童年故事。我们走得很慢。

我一定是在拖延。

金凤花有一个特性，它很容易让人做出决定，并付诸行动。

我知道，大叔就在车场边上，等我。

我和如意，没一个能够站稳。

初稿：2012 年 8 月 4 日

定稿：2013 年 4 月 14 日

签　诗

1

　　母亲的双手原是极笨拙的，楠叶不知道，她掰莲子心为何动作却那么利落。常常是，楠叶刚刚把莲子掰为两半，她倒已把莲子心剔出来了，莲子噗噗两下也顺势落在竹篾箕里。母亲把莲子买来，掰好了，分为几小袋，放在冰箱速冻柜里，楠叶每次取食一小袋。日子是一个人过的，母亲便把她当成没长大的女孩儿。母亲来得勤，在楠叶这里走过的每一步，如蜗牛一样，都会留下亮闪闪的光带。她的脚步从来也不曾停歇，那光带便缠绕着缠绕着，混为迷糊的一片，充斥了整个房子。

　　母亲喜欢唠嗑。楠叶懒于社交，家里三亲四戚的信息几乎都来自她的转述。但母亲唠嗑的话题，楠叶都得扫描一过才敢回话。

　　母亲的话题跳跃性很强，一会儿是三叔与大女婿的关系出了问题，一会儿拣起新线头，说的是二姈的亲家母发了纠结，在两房儿子之间吵闹着居留的问题，外人听来只觉得这关系远了，其实，她大媳妇就是楠叶的表妹。

楠叶意兴阑珊地听着，偶尔抬头，发现母亲的身后似乎长出一棵冠盖如云的大树，楠叶听得见它庞大的根系一寸寸地伸往更深的土层。

"阿茹的两个孩子都那么大了！"

阿茹就是楠叶的表妹。母亲这一扯，楠叶便觉出了异味。她走开去找水果刀。她的手指甲太短，掰莲子费劲。

母亲却不理会，眼睛盯着她的脚步走，眼神苦丢丢的，又是充满压力感的。

楠叶明白了，她所隐隐担心的问题还是滚掷过来，她千般躲闪万般回避还是难免。

为什么？为什么所有的话题都可以归结到楠叶这里来。她犯上的这桩罪多么大！她没有结婚，她没有孩子，她今年已经三十几岁了。在这个慢了半拍的小城里，她的罪行被母亲和亲友们无数次拿出来放在投影机上投影、放大。

楠叶把莲子一个个切成两半，她尽量把动作做得平稳如常，如果把手指切出血口子来，那她在硝烟还未弥漫之时就已告败。

战争如期进行。原来母亲手头又蓄积了两张王牌，待婚男某甲和某乙。母亲虽没文化，但做起文章来是有起承转合的。看看铺垫已经差不多，她开始发起进攻。她一边观颜察色，一边把莲子掰得更快。嘴上吧啦吧啦，讲得上天入地，讲得石破天惊……母亲的口才原来极不错哦，楠叶心里被刺了一下，莫非这能耐竟是她逼母亲训练出来的。楠叶身上起了疙瘩。

一个重大决定几乎就在这个瞬间做出。楠叶想，事已至此她必须赌上一赌了。洗了手，她拉过手机划拉开来。母亲歙合着的两片口唇停留在一个仰角的状态。在母亲眼里，楠叶的手机不是手机，而是一个陌生的大世界。母亲很尊重文化，在楠叶办正事的这当儿，她是可以鸣锣收兵的。她等得。

楠叶打开一个网页：观音灵签。一个晃头晃脑的签筒出现在屏幕上。下面写着：抽签前双手合十，默念"救苦救难观音菩萨"三遍；默念自己的姓名、出生时辰；请求指点，如婚姻、事业、财运等。母亲求神拜佛的那套楠叶从来不吃，但事到临头，她总会来网上观音这里占一占。她也从不按屏幕上的指示文字行事，只是闭上眼睛在心中洒扫一下尘埃，让心思凝聚起来。这就足够了。

楠叶抽中的是第六九签。

第六九签

吉凶：中签

典故：梅开二度

宫位：辰宫

诗曰

冬来岭上一枝梅　叶落枝枯终不摧

但得阳春悄急至　依然还我作花魁

签语

　　此卦梅花占魁之象，凡事宜迟则吉也

解签

　　一箭射空，当空不空，待等春来，彩在其中

　　母亲把小竹簸箕里的莲子心拿去阳台晾晒。楠叶从屏幕上抬起头，对着母亲的背影说：

　　"你不就希望我嫁出去吗。今年就把这事办了。"

　　母亲的背影动了一下，她还站在原地，是哪个部位抽搐了。转过身来，她的脸像一只刚刚漆过桐油的木桶，泛着一层僵硬的蜡光，连笑容都是凝固的。

　　楠叶于心不忍，喃喃地说：

　　"如果一定要我去看，就从某甲看起吧。"

　　楠叶的话里有很多漏洞。她知道，母亲是不管这些的。只要楠叶愿意去相亲，她就满足了。在她眼里，每一相，都可能是一个完美人生。

　　"啥时？"

　　"今晚。"

2

长途客车爬上高速公路之后，楠叶竹节一样的心先放了一截。她独立远行的记忆只有十年前那唯一的一次，之后一直都是跟的教师旅行团，一帮人像规模化生产线上的白羽鸡一样，统一吃饭统一上车统一如厕统一被宰。如今是，闭门推出窗外月，一任梅花自主张。她不得不张大了眼睛四处瞅瞅，生怕什么被遗漏了。上车时，她专门跑去安置在客车中间的临时厕所察看一番，尿骚味和洗涤芳香剂相互敌对而又相互缠结的气味，把她熏得干呕起来。

但那一苗好心情还是开始跳跃。楠叶准备车到后门的时候，才给余歌通透消息。楠叶居住的澄城是一个小县城，余歌居住的花城却是一个大都城，两地相距将近六小时的车程。后门，就是从澄城到花城的中点站，长途客车多在后门服务区停歇、用餐。

"梅开二度"。楠叶想着签诗上的典故，心内的疑惑重新漫漶起来。

签诗问的当然是姻缘，但并不是某甲某乙。有一个细节不为人知，刚好就在昨天上午，刚好就在母亲进门之前，楠叶收到了一个人的问候短信。短信很寻常，但它到来的时刻很不寻常。母亲强劲的勒迫向来充满了爱意，楠叶忍着忍着，忍成了内伤。发短信的人名字叫作余歌。他正正撞在枪口上。楠叶的签诗问的就是他，当然，还有她冒险的花城之行。"凡事宜迟则吉"，这桩拖延了十年的情感，不知道算不算迟。

楠叶答应过母亲的事情一定会践行的。昨晚她去见过某甲。某甲在澄城经营着一家竹筒饭餐厅。楠叶以前和闺友去那里吃过。据说，其竹筒都是从云南西双版纳空运过来。他的第一场早夭的婚姻也与此有关。当时在西双版纳洽谈甜竹子生意时，他与一个云南妹子拌上了。但云南妹子嫁过来不足三个月就撒腿跑回去，说是水土不服。其实，这个水土不服既是坐实的，又不只是坐实的，还有风俗上的意义。

一开始，介绍人在场，楠叶坐在那里，很淑女，不苟言笑，像她往常在人前那样。她穿着一件碎花棉麻连衣裙，上身紧致，带蕾丝花边的，裙子是蓬蓬的，长长的，腰间的裙带有撞色的设计，整个人看起来温文恬静。某甲喜欢得不得了，话多，却每一句都结巴。介绍人很快撤场了。某甲慌乱地给楠叶添了茶水，坐过楠叶这边的扶手沙发。沙发是两位的，楠叶被激灵了一下，缓缓地转过身，对着某甲好一阵端详。某甲戴着金丝框眼镜，楠叶从他镜片上看到了自己的样子，一开始，她是笑语晏晏的，慢慢地，那笑里有了一种故作的暧昧，到后来，她听到了自己淫邪的笑声。某甲是老实人一个，从未见过这阵势，杵在那里不敢动弹。最后使得他落荒而逃的是楠叶说的一句话：我不相亲的，要结婚就直接上床。

某甲绅士风度尽丢，匆忙离去。楠叶手握着茶杯，泪珠簌簌地滴落下来，却又忽然失声大笑。

笑够了，楠叶回家收拾行李。心里怀着余歌，半睡半瞌之间，天已微朗。

母亲打电话过来臭骂她，相亲的那桩恶作剧游走了一圈，回到她这里。母亲从未如此生气，似乎她做的是令整个家族失去名色的事情。潮汕人讲究"名色"，从字面上也尽可知晓，这个词强调的是一种很表面化的东西。楠叶一面顶撞着，一面却对某甲有了怜恤之意。

在后门，楠叶受到了一个不大不小的打击。这个打击当然也在意料之中。余歌不曾外出远行，楠叶是旁敲侧击过的，但他这几天并不在家。他组织和主持着一个盛大的文学活动，每天二十四小时都在会场顶着。余歌说，他可以派一个学生给她送钥匙，她就先住下来再说。电话里听出他很忙，就在他与楠叶通电话的这当口，身边还有人在问话，在打招呼，在摁电梯上下行按钮，嘈杂有如一个人头攒动的超市。电话突然断了，连一句道别也没有。楠叶不知道他是立刻忙上了，还是进了电梯间。当然，进了电梯间以后，他一定还是立刻忙上了。因为此后，再没有他的消息。

在忙碌的掩盖下，楠叶听不出他的语气和态度。他的声音是散乱的、坚硬的，没有情感曲线。似乎，他在某个地方稍稍迟疑了一下。

楠叶认识和亲近的余歌是在他年轻十岁的时候。那一年，他们同时参加《花城日报》副刊部的世界读书日征文大赛，作为获奖者受邀参加颁奖活动和笔会。余歌当时已是省内知名诗人，他以一篇洋洋万余言的读书笔记获得了一等奖。在夏夜的星空中，余歌成了那个笔会最璀璨的一颗星星。读得懂、读不懂的女孩子们羞赧地、故作娇媚地接近他。但他不为所动，却对矜持的楠叶眷爱有加，临别还主动留下通联方式。

他写的是阅读丹麦哲学家、诗人索伦·克尔凯郭尔的感悟，题目就叫作《我只有一个朋友》。这个题目语带双关，它源于克尔凯郭尔几句有名的诗句。

我只有一个朋友，
那就是回音。
为什么它是我的朋友？
因为我爱自己的悲哀，
回音不会把它从这里夺走。

我只有一个知己，
那就是黑夜的宁静。
为什么它是我的知己？
因为它保持着沉默。

3

小魅来到眼前的时候，楠叶还心存侥幸，她希望这个女孩跟自己半点关系也没有。可是，小魅却掏出钥匙在她跟前摇了几摇。悲剧感这才在楠叶心里扩散开来。

这么些年，余歌的身边不可能没有女人，但楠叶没有料到，她必须第一时间来面对这么一个女孩，而且是在还没有见到余歌之前。楠叶就像是一个高一学生，不得不提前参与高考。

她们相互之间先看了一眼，那些必须相互了解的女人都从这里开始。小魅身穿的撞色格子衫非常大胆，格子大得超过了圆润的一只乳房，颜色是明黄和翠绿。楠叶想起小时候玩的跳房子游戏，不禁莞尔。只可惜，两个颜色的调子太鲜了，显得浮浅。小魅也在看着楠叶，她穿着彼得潘领子的本麻色长衬衫，宽臀窄口的牛仔裤，蹬上一双八孔的灰蓝色马丁靴，肩头挂着一条牛仔蓝印花披肩。小魅看不上她。这么简单的装束，很难提得起她的兴致。但她又隐隐觉得自己哪里错了。小魅又回头瞧了她一眼，就噔噔噔在前头带路。爬过几个台阶，转入电梯间，在七层停下了。她取出钥匙麻利地打开了一套房子的门。小魅对这房子的熟悉程度，不亚于一个女主人。楠叶跟在后头，不知道自己拜访的是谁的家。她千里迢迢来到这里，难道就是为了接受这么一个女子奇谲的款待。

进得门来，小魅径自进入厨房，打开冰箱，说：

"冰箱里有面条，有肉，饿不着。"小魅的口气，像电脑录音员一般，听不出情绪，负气、嫉妒，还是公事公办。说完，又瞪楠叶看一眼，加了一句："余老师这三天都不能回来。"这一句，有敌意也有得意，还有期待。她期待楠叶突然改变主意，提起行李箱走人。

楠叶却像一个正在听着宣判书的女犯，因为经历过漫长的折腾，现在倒是心安了。

小魅有些失望，把钥匙丢在原木几上，甩门走了。

楠叶坐在沙发上，看着眼前的这一切。阳光像一潭水汪汪蓄在原木几的脚边，楠叶看出了它的涟漪，一波又一波的……这夏天的阳光如此美好。楠叶决定，必须马上把小魅的阴影清扫干净。也就在此时，她发现自己口渴难耐。

楠叶尝试着寻找煮水的器具，却到处找不到。她找着找着，找到了卧房。余歌的房子装修很奇特，只有一个宽敞休闲的客厅，一张大大的原木几大概聚餐的时候是可以派上用场的，但餐厅被节省到了最小，只有一个吧台和两只高脚椅。穿过一条小走廊，就是余歌的卧房了。第一眼看到卧房，楠叶觉得自己好像对谁侵犯了，下意识地后退出来。但只那一瞥，她却发现，煮水壶确实就在卧房的床头柜上。她走过来取壶，却在床头坐了下来。落地窗外，看到的是隔壁小区小高层很有拜占庭建筑特色的楼顶。更远处，除了高楼还是高楼。

这地方，楠叶是如此陌生，甚至，在她的梦里，也从未来过。

那个十年前喜欢着克尔凯郭尔的男子，难道不也是陌生的吗？

恍惚之间，楠叶听到手机响了。是母亲打来的。母亲劈头问她哪里去了。她本是有话要说的，但发现女儿不在家里，这比她原来的话题更让人抓狂。

楠叶这才想起，她与母亲还是一对战争中的敌人。有道是兵不厌诈，她胡乱编了一个借口：

"我出来参加学习班。"

"多长时间？"

"一周。"

楠叶拖过行李箱，先把居家服换上。却在这时，她听到了一个声音。这个声音于她来说，不是大喜则是大惊。楠叶选择了后者。

谁在打开门锁?!

4

陌生男子进门的时候，只看到楠叶从门框探出来的半个身子。事实果然也选择了后者。

陌生男子也愣了一下，显然地，于他来说，这个意外也是有些分量的。他倒是很快稳住了阵脚，对楠叶点了点头。

他把厚重的双肩包卸下，用带着粤语的普通话问楠叶：

"歌子还有几天才回吧？"

楠叶胡乱应了一声，身子从门框迈出来半个人位，似乎这半个人位的距离足以让她看清余歌与他的关联。

陌生男子穿过客厅，从阳台绕了过去。原来这套房子还有另外一个房间，房门是从阳台进入的。

楠叶印象中，陌生男子穿的是紧身花衬衫，开襟处扎了一个结，他的头发是理发师打造过的，有形有款。那口带着粤语的普通话，与余歌口音仿似，粤味却更浓。

余歌的口音，本来就是楠叶通往余歌之路的一个障碍。楠叶说的是潮汕话，与粤语出身的余歌似乎来自两个不同的国度。现在倒好，陌生的国度又来了一个陌生人。

本来，即便余歌未曾露面，一切都还是明朗的，奇石峻峰都有定数，可是，陌生男子闯入之后，这个房间变得云雾腾腾，是神是妖，楠叶对他毫无感知能力。

阳台上有一株梅枝，楠叶猜，它的主人也曾倾力照拂过，但架不住时长日久，新鲜感没了，耐性没了，它的魂魄便销蚀了，生命便塌陷了，只有一簇梅枝还以锐利的姿态站立，诉说着前尘往事。楠叶用梅的眼睛陌生地看着自己：在两名独身男子的居室里，她穿着粉粉的居家服，不合时宜地站立着。她转身返回房间，正要关上房门的时候，陌生男子的声音从客厅传来：

"歌子从没带过女人回家留夜。看来，真命的天女来了。"

楠叶倚着门板，弱弱地不敢与他对峙。这前后两个句子在陌生男子看来是连贯的，有因果关系的。但在楠叶这里，它们是各自存在的，有着多种指向。

陌生男子面带鼓励：

"放心吧，小蜓已经是过去式了。"

楠叶对他颔首示意，然后，任由身后的门板慢慢地阖上，最后，只有她的身子卡在门框和门板之间。

陌生男子顺水推舟对她说：

"你休息吧。"

适才楠叶第一次闯入余歌卧房的时候，分明有一种误闯私人领地的尴尬。可是，不到一晌的工夫，所有的感受都必须急遽地改变。陌生男子进入之后，她的活动空间由一套房子紧缩为一间卧房。没有时间也没有空间允许她慢慢地适应。在余歌缺席的这三天里，她必须在这里独自度过。楠叶开始把自己想象成为一个受到隆重邀请的人。

可是，楠叶再不能对着一间空无一人的房间正襟危坐了，倦意风潮已经全面来袭。她向着大床奔过去。

床很矮，上面只铺一张树叶毡。楠叶接触到床的时候，她的小心和不安卷土重来。

这张床，有一个男人的体温和欲求。

小时候，楠叶记得小城一度流行偷偷地看三级片。邻里几个男子，有老的有少的，聚在一起，看得兴起。有一次，老爸招呼巷里的几个年轻人，神秘兮兮地进入了他的小书房，母亲吩咐了，他们做的事情，小孩儿是看不得的。弟弟还小，被母亲一哄就走开了，楠叶却是最犟的，瞅了个空档，偷偷揭开小书房的布帘。楠叶并不记得当年偷窥到什么镜头，或许她还未偷窥到已经被大人觉察了。但她永远记得她猫在小书房的布帘后屏息静气却又蠢蠢欲动的那个境况。她现在的心情，就如当年一般。小书房的布帘是蓝绿底的，层波叠浪掀动着，有如一个诡谲的海洋。

很快地，楠叶觉得不对，她更应该是这个房子的主人。她把那个男人的气味和秘密远远推开。

楠叶像这个房子的主人一样，敞开身子，睡了过去。

睡梦里，楠叶还在一抠一抠地思索。首先，是关于小魅的。楠叶是到达小区之后才给余歌发送短信的。小魅到来之时，楠叶还没有把小区里的石椅子坐热，前后不过五分钟……楠叶突然明白，余歌是从她在后门的时候就掐好了时间的，并提前委派小魅上路。三个小时从后门到花城，十分钟在车站排队等的士，四十分钟从车站到余歌小区……这充满了变数的路程，余歌是如何掐准的？楠叶在心里重新把余歌的行为掂了掂，她发现，余歌以一段最短的时间来迎接她，这是否意味着，自己能够以最短时间到达，正是余歌的心愿？而万一行程受阻，小魅在这里等候那也是应该的，来人并不是小魅本身，而是他派来的使者。楠叶在梦里把小魅一脚揣了出去。

可是，又有一个声音接踵而来：

小蜓又是谁呀？

5

丁凡叫外卖的时候，敲门问过楠叶是否多要一份，楠叶沉默了一下，答应了。这顿晚餐，就算是丁凡请客。楠叶因为知道了丁凡的名字，其作为陌生男子的身份终于被揭下。

晚餐吃得有些尴尬。不曾出场的余歌像巍峨的山搁在他们中间。当然，还有其他。

这本是意料之外的事情，楠叶不是没有与陌生男子近距离共处过。那一般都是她的学生家长。她一直觉得，教师是一个表演性很强的职业，上课是表演，下课之后还是表演。但这个表演的难度系数也不是很大，就像一个做乌面行当的潮剧演员，把行头化妆好了，穿上戏服，架势摆出来，已经像了几分。但现在，她与那个表演者楠叶是不同的。楠叶看来，在自己跟前，丁凡根本就是弟弟一个，他们的情性应该是相背的。怎么说呢？小时候学校里教习书法，欧体的结体是相背的，险绝而有个性，颜体的结体是相向的，圆融而富人情味。要形象地看出差别，写一个"同"字，看看这两种字体各自怎么布摆两个竖画就是了。

楠叶吃着丁凡为她点来的乌冬面牛扒，觉得咽部有些干有些沙，她这才记起，坐了那么远的长途车，水当真是还未喝上。丁凡倒是细心异常，赶紧把配送的大杯冰镇可乐推过来。楠叶说自己喝不惯，起身去煮水。

丁凡三下五除二就把牛扒吃完了。楠叶有一个重大发现，丁凡近距离面对陌生女子还是会拘谨犯怵，这倒是出乎她的意料。他的双手放下刀叉之后，就不知道它们能有什么作为。后来，他把两个手掌合在了一起，左手的拇指腹不停地搓拭着右手的拇指甲，似乎那是一件银器，非如此搓拭不能使它光华熠熠。

到了后来，楠叶才知道，原来丁凡刚才的搓拭是在预谋着一场演讲。

他本是何等聪明之人呀，即便余歌是座巍峨的山，即便山与山之间隔着一条天堑，他也可以凿山搭桥，引索飞渡。

丁凡讲的是五年前的余歌。凭楠叶的直觉，小蜓就在这个故事里。

楠叶是诗歌的局外人，丁凡的故事讲的虽然是五年之前，但于她来说，依然鲜活如在枝头。

丁凡问，你认识白首顽童吗？听丁凡的口吻，似乎白首顽童是一个人人闻风丧胆的江湖大盗。楠叶想起小时候，母亲总是吓唬说：你再闹，今夜老贼就用布袋把你套住扛走。等到母亲带养了孙子，还是这么一句话。楠叶突然觉得，不认识白首顽童这个老贼，委实太对不起讲故事的丁凡了。

白首顽童的江湖就是互联网上的诗歌论坛，一切皆缘于他扯起大纛弄了一个诗歌垃圾运动。歌子正是那个时候与白首顽童结识的。顽童有想法,歌子有理论基础,两个人整出了一份垃圾流派。歌子对顽童最重要的补充就是,"崇低"。

楠叶虽然对诗歌不曾涉足,但她觉得为了与崇高唱反调而整出一个"崇低",这怎么看都像是一个求异心极强的愤青做的事情。如果是高中生,像自己的学生那个年龄,她是蛮欣赏的。

歌子认为,崇高只是一种非人本的理想,他多少年被折磨惨了。我们人类的本质就是崇低,只有崇低才是真实的,诗歌只有真实才能活命。崇低崇低,崇到了最低处,可不就是垃圾。说到底,人,也就是垃圾一堆。崇低也不是我们这个时代特有的产物,它伴随着人类一起发展,这漫长的岁月,崇低都处于不自觉状态,算是第一阶段。人类在二十世纪末进入后工业时代,进入信息化时代,人类生存资源重新裂变整合,变成多中心结构,崇低像冬眠的熊一样,开始获得了觉醒的条件,这是人类社会的第二阶段。而第三阶段,也就是崇低的理想阶段,那是未来社会哦,不是我们有生之年可以目睹的了。目前,我们正处在一个崇低的觉醒期,我们有责任唤醒这个时代的崇低意识。歌子使用的比喻让很多人振奋不已:春天已经来了,早醒的熊们,大家一起去岸边捕捉红鲑鱼吧。

丁凡的讲述,带有一种革命的激情,似乎他也是捕捉红鲑鱼的信男之一。令楠叶好奇的是,他并不是诗歌界人士,但他似乎很追捧五年前的余歌。更令楠叶意外的是，丁凡讲述完成之后，他却面带一丝轻易察觉不到的轻蔑。

楠叶收拾餐后垃圾的时候，丁凡接着讲顽童。顽童在圈子里大家都知道有四好。好诗歌、好朋友、好女人、好酒。他有很多经典的桥段。他与老婆每次做爱，到最高潮的时候，面前总会浮现出他一位英年早逝的诗友的面孔，然后痛彻涕零；有一次，他喝醉了酒，年轻的情人扶他回家，就在他老婆的面前为他洗擦污秽之物；顽童的老婆有一次忍受不了，提出离婚，顽童想了想，说家里的积蓄都投在股市，要离也得等到牛市才离呀……

丁凡已经回到客厅了，楠叶放慢这手头活儿的节奏，耳朵却在等待着。再讲下去，该是歌子的桥段了。

哪里知道，丁凡不讲了，只是问了一句：

"你没看过歌子的自传体小说吗？"

他补充道：

"那是他最火的时候。"

6

楠叶根本想象不出来，花城之行还有一个站点是在医院。而她在医院醒来看到的第一个亲人是丁凡。是的，那个时候丁凡的脸庞根本不是陌生人，不是粤语口音浓重的时髦青年，不是见到了陌生女人还会犯怵的腼腆男子，他就是她的亲人的模样。

楠叶不知道究竟发生了什么。

护士拿来体温计，指了指楠叶的腋下。她自己还在发愣，丁凡麻利地接了过来，把它往楠叶的领口里塞。

护士是一个满脸风霜又满脸世故的中年妇女，笑着说：

"你的小叔子真尽心。"

她把楠叶床尾的被子掖了掖，又喃喃自道：

"有的人就是命好，丈夫体贴还不算，连小叔子也这么好。"

楠叶狐疑地看着丁凡。一夜之间，她不只有了丈夫，还有了小叔子，这都怎么回事？

丁凡只拣了重要的一条来回答：

"歌子昨天下半夜过来给你陪夜，刚走的。他今天得陪参会的诗人去粤西采风。"

他来过，来了又走……

昨夜，到底发生了什么事情。

楠叶与丁凡共进了晚餐，然后，丁凡给楠叶讲了白首顽童的桥段。哦，是了，她一直在等，等不到余歌的故事。但她从丁凡撕开的一个口子试身探了进去，她终于迷路了。

楠叶全部记了起来。

回房之后，她开始打开手机，搜索余歌的自传体小说。

余歌的小说，题目叫作《吃饭，或者喝水》。每章都分为两个部分，前面部分是回忆性的，后面部分是他与小荷蜻蜓的 QQ 聊天记录,具体到年月日时分。

余歌出生于一个粤西山区,小说从他的祖宗十八代说起,说到日寇进犯粤西的时候,他爷爷被人雇佣去炸过日军进入山区的一座桥;说到他的家乡解放那年,他父亲只有七岁,懵懂听到村里人喊"解放了解放了",以为是游神的节日到了,赶紧奔出门去;说到他小时候老是尿床,有一次,尿渍形成一个好看的图案,他母亲看了半天,说:人家尿出一只凤来,当上了皇后,你这尿得像一个大头乞丐,将来可怎么好……当然,这些都是在楠叶还没看到聊天记录之前,当歌子与小荷蜻蜓的聊天记录出现之后,小说的正文都被楠叶划拉着跳将过去。

楠叶不敢复述余歌的聊天内容。

是真不敢,不是矫情。

约略说来,那是一段类似于动物发情期的对白,但它冠于人类的对话之下。

故事发生的开始,女的还在骄矜,欲迎还拒,男的一副我是贾宝玉虽然我女人无数但我有真情……女的开始动了情,午休的时候上来聊,傍晚下班的时候上来聊,晚上更是长江滚滚聊。五年前,确实还只能用电脑来上 QQ。终于,他们有些难耐了,他们约定了,凌晨两点的时候,他们要一起做爱。小蜓跟她的丈夫做,把他想象成歌子,而远方的歌子自己做。那个时候,歌子在小说里写道,他还不知道小蜓是谁,网络上诳人的故事多了去,小蜓到底是男是女,是胖是瘦，是委婉是铿锵，他一无所知。他对这个女人的所有想象仅仅凭的是"小荷蜻蜓"这四个字。第二天，歌子有一首诗写的是他的凌晨两点，如何迸射自己的激情和精液。他说自己从未做得如此之好。而小蜓给他反馈的另一半信息，无疑地，把两块破碎的玉佩重新拼成完整的一块。她在幻想成情人的丈夫身上获得了前所未有的高亢，歌子说他认了，即便怀孕了他也认。这也是一种气概。他们的关系由此升级，他们的谈话无所不至。从一场虚拟的做爱开始，他们谈各自的性器长短宽窄、阴毛疏密粗软，他们谈各自的性经验以及体验性诗歌。

　　这么赤裸的聊天，不会不是真实的。它们就像暗室里生长的豆芽一样，只有水分就足够了，每天可以长出扭曲的一截。其实，阅读小说的时候，很奇怪的，楠叶只是一个旁观者，而歌子是一个小说中的人物，与楠叶并不构成关联。这是否也说明了，歌子小说的结构和情感都是紧致的，容不得外人掺和或者破坏。可是，楠叶即便单单只作为一个旁观者，她也还是被震到了。她发现，歌子与小蜓的聊天，自始至终，并没有谈及身高、长相，至于他们各自的经济收入、他们的社会地位、他们的住宿环境，更是一片空白。带着这许多留白，不出两个月，小蜓向歌子私奔了过来。

　　中年护士又过来交代楠叶出院事项，三天之后，她右手腕的伤口需要回来换药。楠叶这才感到，白纱布包扎下的手腕，隐隐发疼。这是怎么回事，这个情节，她是真的记不起来了。

7

右手腕的这个伤口，楠叶是在回到住处的时候才恍然明白的。

一路上，楠叶接到了余歌的短信，他说，好好养伤吧，我托丁凡照料你。等我回来。

回到住处，楠叶一眼看到了走廊尽处的那个镜框掉下来了，玻璃碴儿堆了一地。昨天晚上，当她出事的时候，可以想见，丁凡是如何仓皇地抱着她出行。

丁凡把她扶回房间休息。他说今天公司有点手尾事情需要去处置一下。

楠叶躺在床上，听见丁凡用扫帚在清扫玻璃碎片，但玻璃们你碰我我碰你，又吵又挤，不知在吵些什么，声音却越来越大，竟成噪音。楠叶站起来，往走廊望去。

昨天晚上，看完了小说，楠叶也是这样站了起来。

小蜓的结局并没有在小说里出现，而是论坛跟帖的人们在胡乱猜测。她离婚了，她北漂了。她与歌子出了状况是真，但到底什么状况无人得知。

未看小说之前，她对小蜓充满了想象，并把她当成假想敌。但看完之后，她忽然有了一种悲凉感。说不清这悲凉感是对小蜓的，还是对自己的。她打开门，走过走廊，想去取点什么来喝，或者茶，或者酒。走廊尽头的那幅画，就在此时进入她的视野，摄住了她的魂灵。那是一幅杂乱的几何图案，细看了，却似是一条深深的通道，虽然，旁边的干扰物无数，但它一直是通行的，通向无限远的远方。楠叶感到脑门被破开了，魂灵被那幅画吸了进去。她失去了知觉。显然地，这幅画也以同样决绝的激情来向她表达心灵的共振，它砰的一声，碎落了下来，有一片，扎在了她的手腕上。

这个镜框就是如此的魔怔，变成了碎片也还一样。楠叶走出来探望它们，它们倒是噤声了，似乎，它们与其他的玻璃碎片并无任何不同。

余歌在采风的这一天，见缝插针发了许多短信，大都是车在路上时发的。有的是问询楠叶的伤口，有的是说他昨晚在医院守着楠叶时的感受，有的是报告他自己的行踪。傍晚时候，余歌打来了电话。他带着外地诗人在家乡的一个古村落参观，暮色四合，绚烂之极，终于归于平淡。他想起了自己的童年，还想起了在家里等着的楠叶。

电话那端的余歌，语气非常自然平实。这让楠叶有一种错觉，似乎对方就是她多年来一直忙碌晚归的丈夫。

余歌说：

"我很意外你的到来。但有你在家等着，我忽然觉得心里很安稳。"

丁凡果然很早回家，还从超市买回了很多净菜。楠叶在厨房里看了看，还有一瓶百利甜酒，丁凡说，这瓶是专门买给楠叶姐姐的。

丁凡第一次叫楠叶为姐姐，听起来真是亲切。楠叶想起来了，之前，他对她根本就是没有称呼的。可是，丁凡在厨房里做饭，楠叶在帮忙打着下手，他们和谐的身影让人怎么看着怎么觉得更像是一对恩爱夫妻。

花城的夏天比起澄城更加闷热，晚餐后，丁凡早早地把客厅的空调开了。内部世界和外部世界的窗口被关闭了，百利甜打开之后，一种顺滑的甜香迅速地在房间里各个角落逃窜。楠叶呷了一口，那些被她的表演戏服关押多时的心思，一缕一缕地飘荡了出来。

这一次，是她在讲丁凡在听：

"我答应母亲，今年就把自己嫁掉。

"那么多年，我一直都没有给自己做过主。我只是在等，等待着别人来爱上我，然后娶我。我是一株黄雀花，只希望种在松树或者杨树旁边，相互助长，可我什么也等不到，我等到的可能是榆树、栎树、皂角树。年过三十之后，在小城里更难了。有一次，父亲的前同事介绍了他的侄子，人在外地，离婚之后很想在老家重找女友。交往了一段时间，谈不上喜欢，却也没有太大反感，我便不好意思拒绝了。有一次，他向我求欢，得知我还是处子之身，便胆怯了。"

楠叶把百利甜一饮而尽。

"他被失败的婚姻倒了胃口，不敢轻言婚姻。难得他还懂得成全我。从那之后，母亲身边的许多人，走马灯一样给我介绍对象。但我每次听到人家介绍待婚男，眼前浮现的都是市场上肉贩子取过大块的肉，往秤上一扔，然后报出一个价码。我在澄城的同学、朋友、同事，有不少就是这样像卖猪肉一样嫁出去的。丁凡你别笑，姐姐已经不年轻了，我逃出澄城之前，母亲又给我抛出了两块猪肉。"

丁凡的笑声听起来又响亮又迷糊，终于还带有一点哭腔。他给楠叶又续了一杯，声音低得有了磁力：

"我，一直不习惯这座城市。明天我就回老家了。"

这话是什么意思？他今天回公司是被辞退了，或者是他自己递上了辞呈？！

丁凡接着说：

"你还不知道吧。五年前，我是奔着歌子来的，我们同一个村子。"

楠叶望着他阴郁的脸，也给他添了一杯。他们碰上了杯，一同饮下。然后，相对着，无奈地大笑起来，笑得整个客厅都颤抖不已。

楠叶想起克尔凯郭尔说过的一段话，是当年碰到余歌之后，才把克尔凯郭尔关注上的。那段话是这样说的：

在一家戏剧院，碰巧后台起火了。小丑出来把这事情告诉观众。他们认为这是一个笑话，并鼓起掌来。他又把事情重复了一遍，但观众依然欢闹不止。我想，这是世界将被毁灭的方式——在才子们和小丑们普遍的欢闹声中，谁相信这全然不是玩笑。

那一夜，连呼吸的气息都带着浓浓百利甜的楠叶，被丁凡抱回了他的房间。

8

楠叶按照母亲的安排，与待婚男某乙相上了。

从花城回澄城的路上，车到后门，楠叶就从手机里抽出
SIM 卡，丢到了服务区的厕所里，看着水流把它旋进去。那
天下半夜，其实，她的手机一直在孤独地响，只是无人理
会，直到它剩下的两格电池全部用完。谁也不知道，那个夜
晚谁在惦记着她，抑或，只是某一个醉客打错了电话。

某乙实在是一个不错的结婚对象。他自己在澄城把持着
一个好职位。老婆是病故的，去世之前狠狠病过几年，把他
的老情感和道德感都消磨殆尽。儿子已经上了大学。某乙腾
出心来专心致志地追求年轻的女友。

九月的某一天，楠叶在课堂上讲课，突然觉得身体虚弱
了一下，她站稳了，又突然发现什么东西赋予了她一种坚韧
和力量。她怀孕了。

确认怀孕的那天晚上，楠叶辗转难眠。这个意外事件把
一段已经结痂的往事重新揭了开来，它迫使自己面对，不只
面对往事本身，还得面对自己的内心。楠叶很愿意相信，一
切真的只是表象上发生的故事，虽然阴差阳错，但它只是这
么简单这么真实。只是，在某一瞬间，她心底泛起过一个尖
锐而歹毒的声音：它其实未定是某一个阴谋的结果。可是，

她很迅速很果断地放弃了猜忌，就像她当初把余歌和丁凡两个人的名字从她的生活里放弃了一般。

许多年后，关于花城的那段旅途，楠叶还会细细品咂。关于那个夜晚发生的事情，别人是不敢勇敢承认的，只把它推给百利甜。不是的，不是这样。如果说，那个男子把她带到自己的房间，第一次做的时候，大家是借了酒力；可是，等到了凌晨四五点，垃圾车从小区轱辘轱辘碾过时，那一次，是楠叶把手臂揽过了那个男子的肩头，是的，是她主动献上去的。那个时候，她已经酒醒了。他们像真正相爱的人那样，酣畅淋漓地晃动着，她右手腕上的白纱布宛如高洁的礼花，伴随着他们的始终。楠叶相信，她是在那个时候怀上的。

心内做出决断之后，便去娘家。母亲手里在摘着荷兰豆，她手头的事情似乎永远也不曾停歇。楠叶听到几句很熟悉的潮剧，问母亲是什么，母亲抬起头来说：

"是《二度梅》呀。小时候抱你去灯光球场看这出戏，你竟然睡着了。"

楠叶想起了那条签诗。或许，一切皆是天意。

楠叶告诉母亲说：

"结婚了吧。"

接下来的日子，母亲脸上每天都有桐油的光泽。她特地去玄武山问了佛祖，定下几个重要日子。虽然某乙不是头婚，但母亲坚持着，提银、下聘、订婚、完婚，一个环节也没落下。看着母亲一个家庭主妇，操办婚姻大事却指挥若定颇有大将之风，楠叶忽然明白，原来以母亲为盟友是这么省力的事情。

某乙中年得子，有些惊惶无措的欢喜。临近产期了，陪着楠叶这个高龄初产妇去待产。这是新一年的春天了，乍暖还寒，走过医院那条长长的走廊，楠叶走得有些辛苦。忽然，她发现那幅画就在走廊的尽头处。那是一幅杂乱的几何图案，细看了，却似是一条深深的通道，虽然，旁边的干扰物无数，但它一直是通行的，通向无限远的远方。楠叶走得这么久，无非是为了再次进入它。她其实根本不知道，医院走廊的尽头是否真的挂着那幅画。她倒了下去。

某乙在身边呼喊着她。但楠叶知道，自己会坚持下去的。

她的身上有着不为人知的神秘力量，她有一个属于她一个人的孩子。

初稿：2014 年 3 月 4 日

定稿：2014 年 11 月 23 日

绝 处

方一钧

这一天终于放晴了，太阳像一个胸无城府的豁牙丫头，因为太纯正了，反而有了一种生猛的热力。身后的草丛连日来被雨水灌得脑满肠肥，在阳光下，似乎听得到争相蒸腾的众声喧哗。方一钧刚进入大自然悠闲区的时候，还是面带喜气的，可是，在池塘边枯坐将近两个小时之后，他开始坐立不安了。方一钧寻思着，是不是换一个位置，到对岸叶子葳蕤的桃树下面去。他把钓竿收了回来，提拉起一只欧式铁艺椅，招呼着园区内的小妹，替他把鱼饵、喝了一半的矿泉水、纸巾盒等细软东西一并收拾了搬迁过去，迟疑了一下，他示意把池塘里那个空空如也的鱼网兜也解下来。

在桃树下坐定之后，方一钧依然还是坐立不安。他这才发现，不是光线的问题，也不是方位的问题，是自己内裤的问题。发现内裤的问题是在前不久。按说方一钧这样的身家，内裤的质量是不用担心的，方太太为他买的都是高档牌子货：竹浆纤维的、莫代尔的、纯棉莱卡的、冰丝网眼的；抗菌的、U凸囊袋的、明筋腰带的、"枪弹"分离的……各种讲究是方一钓难以应付的，之前，这种事情一直都是方太太打理着。可是方一钓突然觉得，这些内裤都太不称心了。这天，他穿的是棉质含量极高的。方一钓觉得它虽然老实可靠，办事妥帖，对人毫无心机，但它也确实太窝囊了，天气只是稍闷一点，就湿兮兮的，让人想起回南天的厕所，似乎隐藏在各个角落的细菌和不快情绪，随时都会熙熙攘攘地生长起来。方一钓从铁艺椅上站了起来，他发现鱼漂子已经很久没动了，把钓竿一拉，乖乖，饵料果然已被搜刮一空。桃树下，离方一钓不到三十步远，倒是潜藏着一个高手。刚才钓竿一拽又是一场力的较劲，钓丝的弧线划过水面时，池塘边的钓鱼人都眯起眼睛抵挡那鱼鳞反射的银光，口里却不由自主同时发出惊叹。方一钓是戴着墨镜的，这使他可以隐蔽地放纵自己的好奇心。他细瞧了一番，那是一条大鳞鱼，至少有三斤重。池塘边有人坐不住了，远远地跑过来向高手请教，研究他的饵料类型，考究它可以钓到的鱼种。又有人陆续加入了，众星拱月一般。又有谁忍不住了，往池塘里提了提他的渔网兜，几条大鱼相互拍打、翻腾，水珠飞溅起来。高手的笑容深刻而柔和，仿如经过了刀子的雕刻，又经过了砂纸的摩挲。有一个瞬间，高手因为要回答谁的提问，脸庞正正转过了这边，墨镜后的方一钓终于看到了他的真面目。

方一钩心下一惊，此人他虽然不知道名姓，但人是打过照面的，一定是某一个政界朋友的卑微下属，当他与朋友推杯换盏之时，此人曾经过来敬酒，但他没能给人留下更深入的印象，在那些献媚的人群当中，他资质平平。方一钩有些慌乱，怕他在这个场合认出了自己，尴尬的现实就摆在那里，仿佛是为高手当帮衬而存在，他的渔网兜一无所获。这满塘的鱼儿，没有一条是他方一钩的下属，谁也不必看他的脸色行事。

方一钩把鸭舌帽盖上了头，他希望尽快逃离休闲区。

接到巫媛媛的电话，方一钩有些回不过神来。她离开海阳市之后，方一钩觉得那个熟悉的电话号码也该作废了，因此果断地把它删掉。这一别，也有五年了。

巫媛媛说她一周后回海阳市一趟，问方一钩是否有空聚聚。

方一钩想，现如今，什么都没有了，唯一有的，也就是空闲。他愣了一下，一口应承了下来。

方一钩把钓竿和渔网兜交还给园区管理处，因为有了巫媛媛的电话和约会，他的难堪被挽回了一点点。这条鱼虽说有些棘手，但她毕竟愿意上他方一钩的钩。

巫媛媛到来之前，方一钩觉得应该把"寒鸦阁"的事情抓紧了，方太太唠叨这事情不是一天两天。

简 丹

简丹的生活过得简单、平缓。退休之前她刚好学会游泳，与水亲和之后，她发现自己原来就是一条鱼。在池塘这个固定的空间里，她恣意、优雅，甚至充满了前进的力量。

方一钧的到来，犹如一个出其不意的脏手印，碍眼地落在她滋润的生活毡垫之上。

简丹是认识方一钧的。这种认识怎么说呢，不是谁非得让谁认识，也不是谁非得认识谁，而是有人把方一钧推出来，推到人群的前头，他就被记住了。这么说来，有一个事实露出了端倪，方一钧原来算得是一个公众人物。在一个不太大的城市，当一个不太小的官职，时不时在电视新闻上露一把脸，可不就是明星半个。

方一钧当然是习惯于掌控各种场面和事件的老手。简丹意外接到他的电话，只听他约略说明了事情的起因，就毫无商量余地给指定了一个会见的地点。后来，简丹回忆起这个交往的肇始，总是觉得有些怪异。按理说，这么生硬而无礼的社交方式，她是完全可以拒绝的，可是，她为什么竟然答应了呢？或许，是因为听到了"寒鸦阁"三个字。她对这个地方同样充满了好奇。就在她稍微迟疑的当口，方一钧已经像领导布置完任务一样，收了线。

他们在咖啡厅见面，简丹觉得方一钧甫一见面的时候，眉毛跳了一跳。

还是从"寒鸦阁"谈起。

方一钧的第一句话，让简丹觉得仿如遇见了失散多年的亲人。他说的是：

"你的父亲和我的老丈人，都是寒鸦阁的铁杆顾客。"

"寒鸦阁"这个名字听起来孤凄而阴森，但喜欢潮州音乐的人都会知道，它取自一首鼎鼎有名的筝曲《寒鸦戏水》，乐曲风格却是优美轻快的。一群寒鸦在水中悠游自得，相互追逐嬉戏，亦庄亦谐，宜动宜静。简丹以前听老爸弹奏过这乐曲，只觉得，即便心中积有寒冰三尺，也自能大地回春，草长花开。

简丹对此铺名甚是中意，想必老爸也是被此铺名牵引，才涉足温柔乡，难以自拔。

寒鸦阁其实是一间售卖潮乐乐器的店铺。老爸两年余来，从寒鸦阁搬回的乐器少说也有二三十件吧。

方一钧说的第二句话是：

"我们必须联手起来抵制。"

简丹窥视寒鸦阁，本来只有老爸这个唯一的管道。现在，方一钧把这个管道打破了，简丹的视野像一个破碎的玻璃残端，锯齿状的，裂缝无数。

她有些错愕，这是什么意思？听起来好像是谁做了不道德或者不人道的事情，必须大家合力来纠正这个显著的错误，抵制不平等贸易、抵制不合格奶粉、抵制日货……可是，简丹不知道，她需要抵制的是什么。这话听着明明是不对路的，奇怪的是方一钧说起来理直气壮，毋庸辩驳。这种坚定竟让简丹有些怀疑：问题到底是不是出在自己身上。

方一钧继续说下去：

"我太太已经很难容忍下去了，老丈人每天上午早锻之后就去寒鸦阁，坐坐聊聊也就算了，还时不时就往家里领回一件乐器，家里都堆积得不成样子了。据我所知，令尊应该是寒鸦阁的冠军顾客……"

简丹微蹙了一下眉头，这顾客的前头，一会儿冠上的是铁杆一会儿冠上的是冠军，方一钧的用词可谓既苛刻又精准，但简丹心里很不畅快，就如被堵塞的壶口，筛不出一句话来。如果仅仅从买家的角度来看，或许他是对的。但老爸怎么可能仅仅是一个买家呢，简丹向来只是把他当成一个人、一个男人、一个被自己尊为老爸的有情感、有诉求的男人。况且，老爸在寒鸦阁，难道仅仅是一个顾客吗？

方一钧显然不明白简丹沉默背后的缘由，不，他连简丹的沉默都不曾察觉。他继续扬扬自得地说下去：

"我们分成几步来走，一定会有成效。第一步，控制他们的经济。一旦他们没有经济自主权，购买行为就有了顾忌。不过，他们手里有退休金，控制经济得找个合适理由，别招致他们反感。"

简丹拉过咖啡杯，用小勺调了调，眼光只管望出窗外。

方一钧随她的眼光望去，外面是一个十字路口，斑马线上，有一个骑自行车的人，不顾红灯鲁莽地闯了过去。他把眼光收回来，自顾自地说：

"第二步，攻心术。对外，把寒鸦阁的老板找来谈话，让她把握好分寸。对内，我们花更多的时间来陪父辈，让他们疏离寒鸦阁。"

简丹的眼光突然颤抖了一下，闯红灯的骑车人成功地穿越过了车流，但有人替他买了单。一辆摩托车为了回避他，拐了一下车头，右边却有一辆小汽车呼啸而过，摩托车估计是急刹了，轮胎歪了，他自己从车上重重摔了下来，四仰八叉躺在十字路口上。想来不是一个年轻人，这一摔就不见爬起来。小汽车向东而去，自行车往南而行，没有一个是他的责任人。

简丹忍无可忍，站起来对方一钧说：

"方局，您这是在部署工作吗？"

方一钧噎住了。简丹无意一问，却戳中了他的痛处。他半天说不出话来。

方一钧就在不久前被"改非"了。"改非"是一个很特殊的存在——他虽然还未退休，却已经不再担任领导职务。部署工作，对于他来说，已是昨日繁花。

简丹没好声气地说：

"每个人都有自己的生活方式。我老爸八十好几了，他的生活不用谁来督导。"

方一钧喏喏地说：

"可他们在寒鸦阁相互攀比。"

简丹平静地还击：

"这根本不是小学学堂。"

方一钧大叹一口气，像先知一样忧心忡忡：

"难道你没看出来，寒鸦阁就是一骗局?!"

方一钧

以前听方太太聒噪老陈退休后的轶事，方一钧基本是左耳进右耳溜，等到这些天，日子突然松懈下来，方一钧才觉得应该过来看看老陈。

穿过老陈单位的小花园，方一钧电话问老陈在哪，令人大感意外的是，老陈说他的办公室还在原来的房间。这事在方一钧看来是有些不可思议的。像他这样"改非"的人，在单位都觉得碍手碍脚，更何况是退休。方一钧也是过来人，他心里明白得很，虽然面子上大家都和和气气，但继任者其实恨不得把他既往的一切都鲸吞掉。方一钧很识趣，他每周只在单位里待三个上午。

三楼通往老陈办公室是一条长长的花架走廊，正是暮春天气，花架上的三角梅开得像疯了一般，红艳艳一坨一坨的，媚则媚矣，只是花事已老，像夜总会凌晨三四点的舞女，眼神涣散，颓态毕现。方一钧加快了自己的步伐。令人尴尬的是，他的内裤又出来作祟。他今天穿的不知是什么新型料子，绵软而爽滑，方太太说，正适合这天气。可是，方一钧走着走着，发现自己的私处孤独无援，仿佛四面都是可以声援的，却又没有一个地方可以放心落脚，它被这整个世界体面地忽悠了。

老陈肥硕的身躯斜斜地堆在皮沙发上，仰靠着，电视屏幕上有几个满族着装的宫廷女子在刺刺不休，逃不过又是一场明争暗斗。

方一钧想起老陈以前说过的，退休之后有人抢着邀去办什么实业当什么顾问，便问他有什么打算。哪里知道老陈同志支支吾吾半天，说不出个所以然。方一钧算是明白了，所有的许诺是在位之时，如今已时过境迁。

老陈说，他每天依然严格遵守着上下班时间，如在职时一般，上班时间就看看电视。

他说道：

"单位办公楼宽松，这个房间还给留着，家还在的，挺好。"

家还在？老陈这话颇值玩味。

方一钧听太太说过的，陈太太对老陈颇有微词。退休之后，他在家里纯粹就是摆设一件，当帮手还嫌不够格，偶尔让他去接小孙子，竟然也遭嫌弃。那小孩四岁半，是个人精，他对爷爷说，开小汽车的爷爷是不来接送小孩子的，但别人家的爷爷至少开个摩托车，或者骑个自行车也行，爷爷偏偏是坐"11"路公共汽车的……

看情况老陈在家里是做过努力的，但他失败得很彻底。

或许，老陈的今天就是自己的明天。

在家里，这么多年来，方一钧都是一个至高无上的人物。来客川流不息，即便是开门这样微不足道的事情，都需要下线人物先过上一遍，方太太和儿子都曾担当此任。当然，论老到得体非方太太莫属。她知道什么时候需要对客人回绝，什么时候需要把他请出，如果回错了话怎么恰到好处地弥补回来，如果应急回了什么话，需要留下各种小藤儿，给他方一钧到时可以左右逢源援引一下。方一钧想，一个当官者，即便是在家里，尊卑等级还是在呀，他与太太什么时候说过平等的话。

老陈看电视剧正在兴头，指着一个妃子对方一钧说：

"看看这姿娘，像不像庞玲珑，老方你知道那段的吧?!"

老陈说得语焉不详，但方一钧是知道一些的。庞玲珑在本地电视台上过一些综艺节目，有些小名气，更重要的是，她是市里某一个政要传说中的红人，后来，莫名失踪了，成为这座城市重大的秘密新闻。方一钧看了屏幕一眼，不予置喙。这种八卦新闻，就如菜市场上未经除腥的猪下水，要是还在位子，或许还得蝇营狗苟追腥逐臭，到了现在，他方一钧是提不起丝毫兴趣了。

方一钧忍受着内裤的煎熬，从老陈处辞别出来。办公室外墙的职位牌子已经被撬出，四个钉眼丑态毕现地裸露着。

这一程，让方一钧觉出了荒凉。

不过，老陈是方一钧和太太都熟悉的人物，这一天，他们夫妇会有一个丰盛的话题可聊，贬踩也好，悯恤也好，随便扯淡也好，这个话题可以让他们挨得很近，亲密无间。

巫媛媛

方一钧设了一个空前隆重的饭局来宴请巫媛媛一家。

巫媛媛是带着丈夫、儿子出席的。儿子暑期会在海阳市做一个社会实践活动，趁这个机会，她也回来会会旧友。

巫媛媛约会方一钧可谓别有深意，当年离开海阳市，他们之间还有一笔暧昧的旧账未结。巫媛媛的丈夫也好，方一钧的太太也好，都需要一个交代。

巫媛媛用她惯常的走姿走入包厢。气质优雅的女子走起来路大多摇摆的是腰肢，巫媛媛不是，她是用双肩和胸部的扭动来带动的。但她却不浪荡也不张扬，这让见过巫媛媛的女人们半是嫉恨半是费解。

方一钧怎么说过巫媛媛，他说她就是十月的葡萄园。当年，巫媛媛随他去法国南部考察旅游，正是葡萄成熟的金秋季节，人在葡萄园中，酒香四溢。

见到方太太的第一眼，巫媛媛心里五味杂陈。她走过去，首先把方太太拥住了。方太太脸上勉强给了一个笑。比起五年前，她更加显老了。多少年里，巫媛媛一直发自本能地把自己和方太太放在天平双边的盘子上称了又称，现在，她根本就不必再做这个游戏了。方太太的头发染得浓黑，站在近处，却发现她的头皮上生长着的草木稀疏凋零。她脸上扑了厚厚的粉，看起来不只有妖气，还有尸气。她的身材是桶状的，乳罩压勒了一圈，紧身上衣压线的腰型又压勒了一圈，肉团一块一块地暴胀起来。更甚的是，她穿的是玫红色上衣紫蓝色西裙，两个艳绝的色块就这样拼贴在她年近六旬的躯体上。从脸上看，她活像一个日本艺伎；从身上看，她又像一个鼓胀胀的肉粽。这妇人太不聪明，她把自己这个年龄的短板拿出来当了长矛。在这个场合，她也不太懂得讲什么话，只把架势端着。

方一钧倒是热忱过了头，除了客套的话，他只是不厌其烦地为他们推介菜式。巫媛媛是外地人，在海阳当方一钧下属时还是小官猴一个，这家因天价闻名的私房菜她还真无缘一晤。外间传说，此间每个席位动辄千元以上。政要们在这里宴请高贵客人，公费签单是不行的，需要带一个做生意的私密朋友前来付款。

以巫媛媛现在的地位和交际，在这里吃一顿私房菜根本不在话下。但由方一钧出面来张罗，她还是有一种微醺的感觉，虚荣心像夏天的爬山虎，一阵风过处便爬了满壁。

方一钧重点推介的是潮菜中颇负盛名的白灼响螺片。这道菜考验的是响螺的新鲜度，更考验师傅的滚刀片螺法。刀功最好的师傅，每只螺片出来是舒展的一卷螺肉，嚼起来鲜嫩而略带韧劲。巫媛媛的丈夫埋头吃起菜肴，他知道这菜式价格不菲，但他不知道达到何种境地，只有巫媛媛心里有数。

令巫媛媛意料不到的是，除了白灼响螺之外，方一钧点的还有浓汤龙虾、脆皮海参等高端菜。看着方一钧热情得近乎张狂的神态，看着一旁方太太逐渐变黑的脸色，巫媛媛只觉得，这两种截然不同的神情，就像花栗鼠上下颌啮齿碾磨着她的情感纤维。

巫媛媛推了丈夫一把，双双起身敬了方一钧和太太一杯，客观地感谢了方一钧当年对她的不懈提携。这种面子话是必需的，纵使方太太不认，巫媛媛的丈夫却会在参与的过程中把它认下。

方一钧正踌躇着，不知道把自己搁放在哪个位置，听他夫妇这么说，趁势把自己定位为她仕途的伯乐。那蓄积着的激情顿时有了出处，便可劲儿夸奖起巫媛媛当年的办事能力，说他这辈子从未遇过如此能干的手下，他的每一个意旨她都能够心领神会，并把其细化，变成操作性极强的细则实施。更难得的是，她的工作是零差错的。

一盘棋走到这一步，双方都用重要的棋子定下了脉络，棋局才算清晰起来，巫媛媛和方一钧均松了一口气。方太太脸色也已缓和下来。巫媛媛的儿子在席间没有对手可谈，方太太便把电视遥控器给他，怂恿他调自己喜欢的频道。屏幕上有一只猎豹飞腾过去，以它的奔跑速度，跟前的羚羊势必遭罪了。

巫媛媛望了方一钧一眼，他在谈论当年的时候，脸上顿时也有了当年的神气。很难想象，这个男人曾经令巫媛媛高山仰止。

还在小时候，阿妈就告诉过她，一个地方，只要抓住了头儿，事情就好办了。在村里，是村长；在学校，是校长；在家里，是家长。阿妈从未读过书，但这句话，使巫媛媛受用无穷。她来到方一钧单位之后，只抓住了他一个人。

巫媛媛知道，方太太也好，外间好事者也好，对自己是有误解的。她并不是一个为了仕途不择手段的人。不是的。对于他，她曾经有过深深的爱。就像一种信仰那样，毫无理由的。那个方一钧，并不是他自己，而是他和他身上的权力和权谋搅和在一起焕发出来的强烈光芒。他长得面容清癯，还架一副黑框眼镜，在政界，这几乎是绝无仅有的。可是，他瘦削的手腕胜过了多少强劲对手，操控了多大的盘口。在这个弱肉强食的世界，他就是一个成功的嗜血者。

猎豹终于把羚羊绊倒了，它必须以最快的速度把猎物吃掉，猩红的血把猎豹染红了下半脸。黑背胡狼撞见了，只听见它一声长啸，草原里的动物都得到了通报，有免费大餐可以共享了。很快地，最强悍的斑鬣狗来了，猎豹不得已舍弃猎物逃遁而去，黑背胡狼静静地等待着，等待斑鬣狗把自己的胃填满。夜深了，斑鬣狗果然离开，残羹冷炙终于属于她黑背胡狼了，她叼起血肉模糊的羚羊碎件，疲倦而兴奋地往家里赶去。第二天，草原上升起了一轮新的太阳，胡狼和她的孩子们在阳光下很幸福地嬉戏着……

整个包厢沉静得出奇，只有纪录片讲解员的声音。巫媛媛不知道什么时候，大人们都随她儿子一起看起了动物纪录片。

巫媛媛独自起身，给方太太敬了一杯。她的眼角瞥了方一钧一眼，他脸上的纹路再也没有当年的力度了。方一钧看她的眼神，有一种尴尬，也有一种无法与外人道的柔情，她别过脸去，只当没有看见。这一杯，唱的是挽歌，给方太太，也给方太太倚靠着的那棵秋风里的大树。

方一钧

清晨时分，方一钧做了一个梦，因为内裤问题对方太太发了一通脾气。

梦里，方一钧身边摆满了各种颜色各种手泽的青叶粿，桌子上，椅子上，笔记本电脑上，文件夹上，密密麻麻地不留一点空隙。他抓过来啃了一个又一个，却没有一个是他童年时母亲做的味道。那时候，青叶粿是母亲特意为他而做的，这是他与母亲之间的一桩秘密。母亲每次做完青叶粿，就把它们装在小竹匾里，方一钧就捧着这个小竹匾去沿街叫卖。青叶粿的味道甘醇袭人，饥肠辘辘的方一钧经常要用意志来抵抗才不会自己拿来偷吃。一个青叶粿卖得两毛钱，母亲让方一钧自己保管着，他便用纱线把每天卖得的纸币扎成一小捆，装在一个生锈的铁盒子里，铁盒子上面铺盖着杂草和枝丫，哥哥和弟弟们从来也没发现这个秘密。新学期开始了，他便把这些钱一小捆一小捆地拆开了，到学校交了学费。

突然地，有人把一个青叶粿塞到他的跟前，声音充满了蛊惑：

"您试试看，是不是这样的青叶粿——"

正是的，方一钧闻到了丝瓜叶子的清香，还有贫困而喜兴的童年乡村夏天的味道。他眯着眼睛禁不住舔了又舔，却发现，他舔的不是青叶粿，而是一个女人的口唇。那女人也不知道是谁，巫媛媛，还是庞玲珑？

他不愿意睁开眼，任由那双温柔的手在自己身上游走，也放任自己的身体沉浸、兴奋和战栗。当他要褪下自己的内裤时，他发现，他怎么也褪不下来。一开始他只用一只手，但后来，抱着女人的那只手也得腾出来帮忙，再到后来，女人的两只手也掺和进来。他们的身体很快冷了，情欲淡了，他们根本忘了褪下内裤的本意，只是一心一意地要把内裤褪下来。可是，任他们怎么努力，那只内裤就是褪不下来……

方一钧是在此时吓醒的。他摸了一下自己的内裤，用左手拇指往橡皮筋里边插了插，又拔拉了起来。当然，褪下来是没问题的。

方太太也醒了。方一钧很恼怒地吼了一句：

"这什么内裤?! 把人弄得性无能了。"

方太太侧转过脸看着他。

方太太更年期之后，他们已经做得非常少了，他似乎很少有这方面的需求，每天只是扑在工作上。说这话，竟然是在巫媛媛走后的第二天。方太太心里冷笑了一下，这几天，他拼命地讨好自己，找话题聊天，聊老陈，聊寒鸦阁，还不都为了巫媛媛。

方太太把烂花绒薄毯揭起，方一钩身体的所有部件一无掩饰地暴露出来。她一把抓住他的私处，一边感叹：

"男人这东西咋就这么麻烦。嫌无能呀，换一个！"

方一钩从未见过这样的方太太，没趣得很。他洗漱一番，径自驱车前往单位。

简　丹

在繁华的长平路映衬下，寒鸦阁根本就是一爿寒碜的小店，但店里的乾坤，只有进入了才知道。简丹踏入店门，四下瞧了瞧，寒鸦阁内空无一人，只是，里间的乐室，却传来阵阵欢笑声。店主的眼睫毛想必是安装了门铃的，她像变戏法一般已经站在了简丹面前，脸上笑成一个碗糕粿①。然而，这个泼辣的老板却有一个人不如其名的名字，老爸叫她嫣

---

① 潮汕地区七月半节（中元节）家家户户做的一种粿品。表面上从中间裂为数瓣，也称笑粿。

然。她们见过面的，简丹不止一次来这里接过老爸。嫣然回过头要去乐室把简爸爸找出来，却被简丹制止了，她从布包里掏出一张小纸儿。这事情是老爸急煎煎交代下的。老爸前天与嫣然聊天，无意间得知嫣然的两个儿女不会游泳，他算是把心操上了，他拍了拍胸脯，要让自己的女儿把游泳培训班的联系方式找来。在他看来，意外的时候可以求生，居家的时候可以锻炼，一个年轻人怎么可以连游泳也不会呢?!嫣然的儿女是否喜欢和需要游泳，简丹是将信将疑的，她却不愿拂了老爸的意兴。老爸这几天，因为老妈的骨灰在家没少懊恼，能给他开心就别吝啬啦。赶在暑天来临之前，简丹把海阳体校、体育馆等几家游泳培训班的联系电话查上了，给嫣然送来。

简丹打量了嫣然几眼，示意嫣然回乐室去招呼客人，她隔着雕花木窗口看一下就走。

乐室里几个老人想必正在探讨着什么话题，嫣然过去筛了筛茶，爽朗地说：

"这个联是不好对，寒鸦阁都空悬了这么多年了，不在一天两天哈。"

嫣然提壶招待客人的样子，让简丹想起了小时候看过的样板戏，活脱脱就是阿庆嫂一个。尚未见到嫣然之前，简丹对她有过逻辑性想象。一个每天听着《昭君怨》《寒鸦戏水》《小桃红》的女子，没有古典风骨可是不行。不过，谁又给乐器店的老板定了模板呢？嫣然的声音和举止都一样，像一扇敞开的门，门有多大，她便能敞得多开。

简丹在打理老爸物什的时候，时不时就会发现新玩意
儿，一问，都是嫣然送的。一开始是不知道需要问，现在是
心内知道了还问，老爸回答时特别开心呀。年底时，她送的
是一套毛线帽子和围巾。前不久，老爸的钱夹子坏掉了，第
二天就发现他已用上了一款咖色格纹的牛皮夹……

简丹很想知道老爸在嫣然眼里是什么人，"来的都是客，
全凭嘴一张"，这乐室里的客人，她是一视同仁还是亲疏有
别？嫣然送给老爸的那些个礼物，是营销策略还是别有
深意？

"我对一个试试，'秦筝老梅新苔痕'。"

乐室里，大家静了一静，忽地喧哗了：

"老森你这个不对了，'老梅'与'秦'字有乜关系？
人家上联的'古月'是合成'胡琴'的'胡'字的……"

简丹顿时明白了，老爸前些日子专找《笠翁对韵》，要
她把字体放得豌豆大，打印了好一叠，在眠床上特意设置了
一个机关，每天躺床休息时对着诵读，原来为的就是对上寒
鸦阁的联。

"我来把下联对上：

胡琴古月寒鸦影
锦瑟金帛暖阁香"

老爸挺拔的身材在此时显得更加超拔，他的声音，更是气焰压人，大家琢磨着他的下联，然后，以激昂的语调姿态各异地表达了赞意：

　　"这是藏字联哪。"

　　"'金帛'合成'锦'，这个高妙！"

　　叫老森的那人，虽然歪着头有些不服，却也找不出辩驳之词。

　　老爸开心了，他高声演讲开来：

　　"我读李渔的《笠翁对韵》，发现'影'对'香'是他最为推崇的，他写有'高对下，短对长，柳影对花香'，又写有'暖烟香霭霭，寒烛影煌煌'，都是这么对的。高人就是不同呀。我琢磨着，'影'是视觉上的，'香'是嗅觉上的，这意象，啧啧，全方位的呀……"

　　简丹脸上的五官越来越骄傲，她怜爱地看着老爸，想不到他一个国企管理者，八十多岁学起对联来也可以这么优秀。他看起来像一个血气方刚的十八岁少年！

　　蓦然地，简丹发现，雕花木窗对面的墙壁还有设计对称的另一个雕花木窗，窗口后也站着一个人。他有些不好意思。他的眉毛跳了几跳，慢步踱了过来。

　　是方一钧。

方一钓

推拉门拉开之际，方一钓眼前展现的是一个庞大的乐器群像。二弦、椰胡、提胡、二胡、大三弦、小三弦，列队排开，有如兄弟帮，集合起来有威武之气，每一件细看了，却有各自的英俊和各自的心事；琵琶孤寂寂地斜倚着，如意头花，檀木弦轸，看起来是江南的小家碧玉，有点小任性也有点小才情；扬琴和古筝是平放于红木架上的，仿如一对颇有阅历的端雅姐妹，胸中有大气象，只在等待着谁来调音共鸣……当然不止这些，各种不知名的乐器都是简丹介绍的，深波、钦仔、月锣、大钹、小钹、唢呐、洞箫、笛、铜钟……方一钓认得的其实只有一把椰胡，本地人把它叫作"奇（冇）弦"。小时候在乡下，隔壁瘸脚的德叔便拉得极好，方一钓和伙伴们却经常爬在他的墙头，大声唱着工尺谱弦诗"工尺工六工尺工"。这句弦诗在方一钓的口里唱出来，简丹便被逗乐了。

其实，把方一钓带到老爸市郊的老厝，也是一念之间的事情。方才在寒鸦阁重遇方一钓，简丹发现他的神情有了些微的变化，也不知道变化在哪里，眉眼、举止，还是声口？后来，简丹经常会想起她与方一钓交往的一些细节，她觉得自己是必得承认的，老虎即便死了虎皮也还在，他方一钓本来就有一种虎的品质。

简爸爸的老厝是好大的一落。方一钧想，家底不薄呀，不过，凭这份家底，他们父女两代人遭受过的磨难定不会少。

简丹在院子里枇杷树下的石桌旁，开始冲起工夫茶。

方一钧直到此时，才有闲心好好看看简丹。简丹到底有多大？方一钧第一次见她的时候，以为她比自己长了一辈，至少，长了一轮。她已经满头白发了，是的，她的头发雪白而发亮，在人前，方一钧需要稳一稳自己的眼睛才敢与她对视。这个年龄的女子，敢以如此真实的头发示人，大概也只有她简丹了。可是，现在两人对面而坐，方一钧竟然觉得，她其实很年轻，比自己至少还少三两岁。不只年轻，还有一种美。那种美很陌生，很难懂，却又很熨帖，很亲和。在她满头雪发的掩盖下，她的皮肤自有一种不为现代化妆品所侵袭的自然和光洁。她穿着的宽松长袍子，也不是女人惯常的高贵用料，重磅真丝、香云纱、乔其纱，都不是，是棉的，隔着一张石桌子，他感觉得到，她身上的那块棉布是可以呼吸的。虽然，方一钧隐隐觉出，这个女人还有什么掩藏得很深，它甚至可以把这一派乐和翻覆过来。这种置疑只是一刹那，很快就掀过了页。怎会呢？这么美好的一个女人。方一钧从未如此近距离用心研究一个女人，方太太是现实生活塞给他的，巫媛媛是自己贴上来的，庞玲珑是整个世界公共的，而简丹不是，谁想了解她，只有用一颗完整的心细致体察，她才能够给以真相。

"你开始实施攻心术了吗？"

听简丹提起前事，方一钧有些困窘。是的，他连横简丹不遂，只得自己行动起来，他本来准备每天十点前就去接寒鸦阁接他老丈人，省得他逗留时间太长滋生是非。

方一钧拿起茶杯，浅呷了一口。

喝下简丹的茶，他怎么忽然觉得，用心术谋划老丈人的一定不是他自己，而是另有其人。

也是一杯茶之间的事情。

其实，到寒鸦阁之前，方一钧还去过单位上班。新领导刚好有一桩事情商量，他也就落座了。办公室去年新招来的小公务员，连忙过来冲茶。第一杯茶他像往常一样伸出手过去接，却在半空停住了——小公务员把第一杯茶恭敬地捧给了新领导。大家都意外了一下。小公务员讪讪地把第二杯递给了他。这个办公室，他坐了二十年。这头杯茶，他也喝了二十年。

方一钧又呷了一口简丹的茶，觉得那茶算不得特别好，滋味却甚特别。便自己把了把冲罐①，筛了两杯。

他似乎已经很久没有自己把过冲罐。

"老爸六十出头的时候，生过几场大病。经过颠簸，他才重新站稳。他也喜欢拉奚弦，有事没事拉上一拉，人就放松了，纵有纠结也就放下。他在寒鸦阁买的这些乐器，其实

---

① 潮汕人冲工夫茶用的茶壶。

罕得看见他弹奏。我们兄妹几个开玩笑说，老爸百年之后，是不是要把这些乐器当成手尾，每房送几件去纪念，可晚辈这两代人，都没这慧根。"

方一钧听着简丹娓娓道来，心内有些恍惚。这种生活，同样充满了陌生感，却使人陡生向往。简丹的声音甜而不腻，而且毫无年龄感。方一钧惊讶地发现，原来当一个听客也是可以上瘾的。

"妈妈是三年前过世的。老爸很爱她，这几天一直念叨着，怕她的骨灰在陵园里寂寞了，要我们接回来老厝。陵园方面说，要把骨灰盒接走，除非是有墓园接收的证明。这规定大概是为了防止二次土葬吧。找朋友去解释疏通，都未有结果。后来听说陵园里做功德①的人肯定有门路，果然，门路是有的，但需要花钱去买墓园的假证明……"

简丹苦笑了一下：

"老爸在这事拧上了，他说，自己人接回自己人的骨灰，天经地义。买假证明，于他来说，难以过关的不是钱的问题，是假的问题……"

这么肃穆的话题，方一钧是认真地听着的，可是，到了后来，他发现自己有一个更重要的问题必须解决，就是那该死的内裤。连他自己都惊讶不已，与简丹相识时间这么短暂，他竟然认定她就是那可以托付之人。

---

① 潮汕民间为死者超度的仪式，俗称"做功德"。

简丹显得有些无奈：

"我和哥哥商量了，再不济，就拿一个骨灰盒偷偷去陵园换回来，可是，怎么样才能找到一个完全一样的骨灰盒呢，我在网络上找了很久，样式多得根本超乎想象哦，也有与老妈的骨灰盒相仿似的，但我怕规格和细节不一样……"

方一钧拍了一下大腿，说：

"这个我可以解决，找火葬场的朋友帮忙。前两年丈母娘办丧事的时候，有过联络。"

火葬场和陵园是一条龙服务的，简丹想，方一钧走的这路径可取。她说：

"那我下午就去陵园，先把老妈的骨灰盒拍几张相片回来。"

方一钧一直憋着，憋到从简爸爸老厝出来，载简丹回家的时候，才说出了口：

"有一件尴尬事，也不知道找谁说……"

方太太

方一钧行为的怪异方太太是觉察出来了。这几天，突然喜欢用箱头笔练起书法，子丑寅卯写的不知是什么。有一次听他接电话，竟然是火葬场打来的。方太太动问过，但他瞪了一眼，讳莫如深。

陈太太的电话是方太太接的，邀请他们夫妇去聚餐。方太太有责任问明缘由的，只是陈太太言东言西，不给正面回话。那天下午，方太太听到小区里有寒蛄蛐①弱弱的试声，"寒蛄蛐，叫匀匀，五月节，摆龙船"。老陈家的小孙子可不就是五月节前两天出生的。方太太明白了，老陈家这是为孙子庆祝五周岁生日，又怕客人破费了，所以不便明言。方太太即去楼下备办了小礼物，心内很为自己的周全而得意。

老陈家的聚餐规模原来不小，宴请的除了方一钧夫妇，还有旧时政界朋友若干，加上他们自家五口，那包厢便换了一个，一席足足坐了十五人。那一餐，老陈是极尽了兴致的，他站起身子，晃荡着胸前肥肥的赘肉，吆喝着敬酒，把朋友说出的黄段子切下来细细调侃，就如他在位时一般。唯一不一样的，方太太深知，这一餐的昂贵肯定会让陈太太肉疼，不久前，方一钧请过巫媛媛，至今她的疼痛还未回缓过来。陈太太和子媳更是莫名其妙，为小孩庆祝生日的家庭宴会变成了一个应酬会，孩子反而被抹在一边。方太太看到，小孩子几次要踩上餐椅闹腾，都被他妈妈押掠回去，最后他不答应了，从妈妈的怀里冲出来，大声质问爷爷，为什么没有生日蛋糕。大家这才都明白了，幸亏方太太的小礼物解了围。这一出，在座的人都为方太太加了分。

方太太却没有乐得起来，自始至终，方一钧都是极度地厌倦和敷衍，整个人灵魂出窍了一般。方一钧的这个状态方

---

① 蝉的一种，体型小。

太太心里没底。当年巫媛媛的事情虽然闹得颇大，但方太太心里是有底的。方一钧从政有两个原则，一是不在经济上留把柄，一是不沾女色，他觉得，这两点做到了，便没有什么人扳得倒。被方太太逼急的时候，他坦白过，当年去法国南部葡萄园，是被巫媛媛灌下的几杯酒乱了心性，可是，他们刚刚滚上床单的时候，领导便来电话找他叙话了。那一次，确实是一位分管的市领导带队考察的。关于法国那张床单，方太太的想象像一棵茂盛的大树，树上结满了果子，还长满了毛毛虫，但最后她还是选择了不再想象。事实上，方一钧在前往法国考察的前后时光，都不曾有过过分失态的时候。

半夜时分，方太太意外被吵醒。黑暗里方一钧紧紧地抱着她猛啃起来，方太太已经很久没有得到亲近，欲拒还迎，只是身体有些难言的痛楚。事毕，在她的追问下，方一钧说，他做了一个梦，在游泳池，他不知为何被逼上了跳水台，然后嘭的一声，他就栽下水去。水很深，像黑暗一样。梦的后半部方一钧就噤声了。解梦方太太是不懂的，天亮之后，只管自己去药店买了一瓶杜蕾斯润滑剂。

方一钧

灶膛里，柴火噼噼啪啪吵得极为热烈。简丹有着小女孩的小兴奋，似乎事情完成了大半。方一钧坐在灶前却心神不定。难得这落老厝的后院，还找得到一个可以烧火的土灶。

可是，按照方一钧的智商，这根本就是一叶障目。火葬场的火化炉用的是瓦斯和柴油，温度高达上千度，这灶里燃烧的是柴火，又没有特殊的供氧设备，温度超不过四五百吧。这剁碎的一堆猪骨头，何时才能烧成灰烬。

当然，方一钧没有把这些话说出来。

慢慢地，他就忘了，他们是因何聚在灶前的。关于灶前的记忆，他愿意跟简丹讲起的是青叶粿的故事。其实，还有另一段记忆的，当年他带队去凤凰山旅游，正是制作高山茶的季节，去茶农家看到他们正在"炒青"。方一钧出神地望着熊熊燃烧的灶膛发呆，巫媛媛悄悄地把手掌伸入他的大手掌。方一钧当然可以豪气干云地说，我把她的手掌推开了。但他不能逃避自己的内心，从那以后，他对她不同了。现在提这干吗！方一钧内里吼了一声。

简爸爸刚好过来观望，简丹走出灶前，取出手机，播放几首歌曲给老爸听。令方一钧意外的是，却不是潮乐，是流行歌曲。简丹习惯于把这个世界上的东西进行筛选，去芜存精，把最好的东西推荐给老爸。简爸爸很快就进入了意境，踏着节奏拍起节拍。听完了一曲，他说他喜欢一句，"没有火炬我只有勇敢地点燃我自己"，再听一曲，他说他也有喜欢的一句："原谅这世界所有的不对"……

方一钧不熟悉这些流行歌曲，指着灶膛里的火，不搭调地对简爸爸说：

"这东西，神秘！你永远不知道经过它的煅烧，会变成什么。"

方一钩对于骨灰盒事件的热心，出乎简丹的意料。去火葬场买骨灰盒他要同往；把猪骨头烧成灰烬，他非得在现场指导；去文具店买回封条纸和箱头笔，他走在前头；去陵园换骨灰盒，他也坚持要同行。

为了不致陵园工作人员见疑，他们故意拖慢了节奏，时间安排在简丹去偷拍骨灰盒照片的一月之后。

这一个月的时间，方一钩不间断地约见过简丹，大都是以去老厝看简爸爸为由。后来不好意思邀约太频了，就去寒鸦阁看看能否意外撞遇。方一钩觉得自己确实是有些不对头，他不只渴望见到简丹，还渴望时时与她处在一起；不只渴望时时与她处在一起，还喜欢她的老爸和生活圈。

不过，方一钩虽然喜欢简丹，但他并不觉得他喜欢的是一个女人。这话不准确。应该说，他其实是不觉得自己与简丹是普通的男女之爱，与她在一起，他纯洁得就如一个处子，连一点点"爱"的想法都不敢有。

预定去陵园的日子终于到了，简丹约了哥哥一起来帮忙。他们对陵园都不陌生。方一钩和简丹走上二楼，像亲密的家人那样。看门的是一个高颧骨的中年女子，她取过骨灰盒存放证，瞥了一眼简丹，又瞥了一眼方一钩，然后进去屋子里取出骨灰盒。他们小心地把骨灰盒捧到楼下的回廊。这时候，哥哥把已经准备妥当的假盒子也带来会合。回廊里进进出出都是祭拜亡灵的人，大家都无暇顾及其他。他们撑开了太阳伞，两个一模一样的骨灰盒置放在伞阴下比对起来。粗看也没看出问题，骨灰盒是浅玉色的汝窑瓷，有着淡淡的牡丹花纹，大小、纹路都是相同的。但是问题还是来了，骨灰盒上的绢纸封条，裁得太窄了。简丹的手心吓出了一层毛毛汗。那张封条纸，写的是，"丁卯年零四二八"，丁卯是老妈的出生年，这序号大概是老妈在陵园的识别号。方一钧却是成竹在胸，他依着陵园工作人员的笔势练就的"书法"，第二次派上了用场。他低声告诉简丹：就在这里重写一个。

就在方一钧裁开绢纸，准备重新书写封条的时候，高颧骨的中年女子突然来到回廊。

方一钧心内一惊，什么地方露出破绽了吗？其实，这一路，他一直都一惊一乍的，却一直也不敢表露。那天，从灶膛里掏出黑乎乎的成块的猪骨头，他就觉得不对劲。昨晚忍不住去网络上查了一回，吓出一身冷汗。事情正如他所预料的，火化之后的干骨头碎片，是需要骨灰研磨机粉碎的，骨灰骨灰，可不就是成灰了么？这么说来，即便这个高颧骨的女子不去揭开骨灰盒的盖子，她稍微地用手掂量一下，两个骨灰盒的比重也是不同的。

简丹也是面如土色，热汗冷汗一齐挤满了双鬓。方一钧抓住了她的手，轻声说："没事的，没事的。"

高颧骨的女子走过简丹的身旁，要命地把她看了又看。那种看，是往深里看，往缝隙里挖。一干人等像木偶一般僵在那里，不敢喘气。

幸好，她也没有太久耽搁，就从身边走过了。她似乎只是找那家新丧的交代了几句话。

简丹发现自己的手在方一钧的手里，赶紧抽离了出来。这个意外情况下的本能动作，让方一钧和她都有些犯窘。

事情办妥，关于谁去送回骨灰盒的问题，他们俩商量了一番。无疑地，高颧骨女子已对简丹起了疑心，简丹前去的话她的面容本身便是一种提醒，但如果她不去，是不是把一切都默认下来了，做贼心虚的人才需要临阵脱逃呀。方一钧坚持，还是由他和简丹一起去送，就像他们刚才一起去接的那个样子。

哥哥带着老妈的骨灰盒提前走去车场，方一钧和简丹一脸凝重地抱着那个装盛着猪骨头的骨灰盒重新回到二楼，心内却忐忑不安。方一钧不知道，就在昨晚，简丹跟他一样读到了网络上的那些关于火葬的文字。一路上，简丹不停地宽解自己，老妈的灵魂就在天上保佑着呢。

高颧骨的中年妇女对着他们友善地笑了一笑，这使他们有些惊惧，也有些莫名其妙。只见她接过了骨灰盒，说了一句："你们家子女孝顺呀。"转身送回了屋子。

她连掂一掂都没！

简丹终于大叹了一口气，与方一钧相互交换了一眼，两人的瞳仁里分别写着一个"耶!"，却忍住了不敢笑。

一干人等凯旋归来，把老妈的骨灰盒交到老爸手里。老爸卧室隔壁的小间早就打扫干净，老爸捧过骨灰盒，放置在案台上，双手合十，口中念念有词。他的神态，专注而深情。

这若干时日的悬念，终于有了结局。简丹却在祭拜母亲的骨灰时，失态地大哭起来。那种哭，不是女人作态的哭，不是委屈伤心的哭，不是悲情悼念的哭，是从心底里发出，仿佛穿过了五千年阴风而来，哭得人毛骨悚然。方一钧被吓着了。他很想把肩膀借给她用用，却忍住了。

尾　声

方一钧真正退了，他把小汽车送回了单位。

从门房经过，他手中空无一物。

这前半辈子，已经全部归零了。方一钧觉得，自己好像是一个赤身裸体的新生儿一般。这时候，他特别想念简丹。

手机才刚刚摁下了几个数字，门房就大声地招呼他，把一个包裹递了过来。竟然是简丹送来的。

方一钧急不可待地打开了包裹，其实，包装很简朴，用粗纹纸筒形卷住的，只扎了一根麻绳。方一钧很希望那是他所期待的内裤。

不是！是一套麻料的休闲服。

手机微信突然有了信息：

"方：我去省城看医生。患抑郁症有些时日了。"

方一钧回了一句：

"抑郁症？全世界的人患上抑郁症，都不可能是简丹！"

这一次，方一钧等了好久，简丹发回来的信息出奇的长：

"每个人都有自己的生活，别人根本无法理解和洞悉。你看到的，我老爸对我老妈多么一往情深。可是，你想象得到吗，他生命当中，也有过不止一个的其他女人。木秀于林，蜂蝶自来攀附呀。我老妈一辈子过得非常不易，但也只有她，才能获得老爸最真切最长久的思念。这就是真相。内裤的事情，其实我研究过，也挑拣过，但最后，我放弃了。我相信，自己的内裤只有自己才最明白！谢谢你这些天的陪伴和帮忙，希望你会喜欢我的礼物。"

方一钧抱住简丹的包裹蹒跚上路了。走过斑马线时，红灯亮了，他进不得退不能，就在中间停住。前面的车呼啸着冲向左边，后面的车呼啸着冲向右边。他终于在马路中央，放声大哭起来。

初稿：2014 年 4 月 4 日

定稿：2014 年 12 月 4 日

鸟　事

1

　　文竹中午回家的第一件事，就是直奔东北面阳台，把她的鸟们提到西南面的阳台晒太阳。天冷，日头短，也就半个时辰。每天如是。大鸟笼颇高，到文竹眉头了，体型还胖，两个文竹排排站也遮挡不住。看文竹提鸟笼其实挺辛苦的，不是提，是连推带搡。换成别的体力活，家山早就赶在她前头把这功课做了，可是鸟们的事，他是不沾手的。

　　这还是在往日。今日可不同了，家山的母亲阿刁来了电话，语气很有些含混，但话题是关乎父亲的，这却迟疑不得，家山得尽快带文竹回去一趟。

　　从市区回到澄城老家，虽然不到二十公里的路，但市区的路道人多车挤，真正到家也快一个小时。家山搜了几个袋装蛋糕，往文竹怀里一扔，那意思是叫她在车里吃了。文竹边吃边看红绿灯，家山按方向盘的手一松，她就赶紧剥了一个喂过来。熟悉的朋友都调侃过他们夫妻的恩爱，大概看的是这类场景。

老家以前是在草衙门巷，老厝拆迁改建之后，变成了草衙门小区。进入小区有一条长长的弯道，两旁种着大叶榕。这么多年来，这些树深绿浅绿的，除了长个儿，家山从未发现它们有什么变化，连结个果儿都没有。

阿刁站在阳台上等他们。她的面容端淑而平静，头发是经过特别梳理的，衣衫也见出是有过挑选的。与家山、文竹风尘仆仆的狼狈相放在一起，局面有些失调。一路上，家山有过不祥的预感，至此，他方放下心来。面对母亲，他又心生愧疚，焦急和担忧，似变成对父亲的诅咒。

"爸呢?"

阿刁也不回话，径自进客厅泡茶。茶米就在冲罐内，茶叶已虚胖了，这不是头冲。家山想踱进里屋，却被阿刁拦住。文竹挨着家山坐下，两人勉强喝下了茶，却觉得茶味有些不同寻常。

阿刁继续泡了一壶。阳台上风过处，三角梅的枝条沙沙地响，阿刁筛茶的时候，耳郭动了一动，文竹这才明白，她在等人。家山干脆摸出一支烟点上。

茶过三巡，该来的人终于来了，是细妹一家三口。他们就住在澄城，只是细妹夫做生意，时间不由人。阿刁去食厅取了一把瑞士糖塞给四岁的小外孙阿迪，看他歪着嘴巴流涎哒哒，不禁紧锁眉头。

一切安排停妥，阿刁这才坐下开了口：

"恁阿爸走了，昨天夜里。"

以前家里有事，说头句话的向来是父亲。阿刁第一次领了头牌，就把一家人吓得面色全变，坐成一围的儿女们，个个脸上都被土坷子砸中了一般。只有阿迪不知深浅，扬着一颗糖扯住他妈妈：

"掰！掰！"

虽说是生了"物件"①，虽说是转移了，来日无多，家山还是不信，眼睛四下张望。

阿刁顿了顿，加了一句：

"上吊。"

这下信了。疑惑却更深了。

阿刁走在前头，把他们带去父亲的卧房。家山第一个跟上，没人敢与他争这个次序。阿爸躺在地板的草席上，花布棉被已经盖住了脸。

2

遗体告别的那天，出了一桩咄咄怪事。

父亲经过化妆之后，妆容端庄，已与常人无异，这事差可安慰。对外宣称，父亲是心脏病突发，猝死的。只是，父

---

① 癌症，潮汕人讳称为"物件"。

亲的水晶棺上，不知何时凭空多出了一大捧白菊花。是最普通的那种，但花是真多，一个人的怀抱不知道是否抱得来。铺在棺上，父亲的整个下半身都被簇拥了。母亲只看一眼，恨意就填满了老脸上的沟壑。

当时，灵厅上人多，除了家人、亲戚、老乡，还有一些闻讯赶来的父亲的学生。有人在安慰家属，有人在登记纸仪，有人在这里遇到旧知，寒暄上了。家山暗下问过家人和几个帮忙的亲戚，没人知道这一捧白菊是谁给送来的。

细妹抖动着倒竖的凤眼，只觉得摆在那里显突兀，把白菊取下，沿着水晶棺插了一圈。

家山站在厅口迎来送往，用眼睛把文竹满厅寻找。这种事情，唯有文竹的嗅觉最灵。但合该家山遗憾，文竹当时送朋友出了厅门。

接下来的流程，接客、送客、送火化、祭拜骨灰盒、送陵园……家山如人偶一般，只听任"老大"① 的摆布。

那一捧白菊，和母亲脸上江河湖海般的恨意叠合在一起，使他陡然记起那样的一个夜晚。读的初中吧，那时的草衢门巷还是低湿的老厝，母亲带细妹去看戏，家山在里间，读的是语文课本的《杨志卖刀》。

父亲习惯在伸手房冲茶，与家山隔着一间大房。伸手房有一门，通往户外。父亲的客人都走伸手房的这个门。

_____

① 潮汕平原办丧事，指挥道场的人，尊称为"老大"。

杨志身无分文，只得拿了祖上的宝刀街上去卖。到天汉州桥热闹处，杨志站住未久，就见周围人等纷纷逃窜，口里只说"快躲了！大虫来也！"经典就是不同，《水浒传》的故事虽然远了，家山还是爱读。被叫作大虫的原来是泼皮牛二。他不信宝刀可以砍铜剁铁，刀口不卷，去香椒铺里讨了铜钱，一垛儿放在州桥栏杆上。杨志把衣袖卷起，挥刀一砍，铜钱分明剁作两半……

　　家山却在此时，听到了一个碍耳的声音。

　　碍耳的声音，不外乎几种，高分贝、凶声恶气、嘈杂不成规律。却不是，正好相反。声音很低，婉转，有如唱曲儿一般，家山闻到了熟透的水蜜桃味道。

　　是一个女子的声音。

　　家山想，是学生的家长吧。低头继续看杨志卖刀。

　　这时，是父亲的声音响起。父亲的声音也碍耳得很。且慢，这真是父亲的声音吗？往日里，父亲的声音是带威的，有点威严，有点威风，对母亲也好，对儿女也是。可是，他的声音今天怎么了，它是软的，糯的，有风情的，风情里起了轻轻的挑逗。

　　家山心口快迸出血来。他按压住自己。

　　牛二道："怎么杀人刀上没血？"杨志道："把人一刀砍了，并无血痕，只是个快。"

　　家山恨不得挑起杨志的宝刀，冲出伸手房去。

　　这一节，家山不曾与任何人说过，细妹不曾，文竹不曾。

3

文竹的鸟历经了一场前所未有的浩劫。第一个晚上，文竹和家山去守灵，不曾回家，鸟笼搁在东北面阳台，吹了一夜的北风。好在儿子正在期末考，隔天文竹被派遣到住宿学校接他回老家，这才有工夫顺便照料可怜的鸟们。大笼子里有四只文鸟、四只珍珠鸟、六只十姐妹鸟，将近一半被冻得差点丢命。文竹碾碎了几颗四环素片，和在水里，总算把他们救活。此后，文竹只得把鸟笼从阳台放下，取出自己的秋被给鸟笼披盖，剪出几个洞洞通风透气。虽然太阳没晒到，但御寒是可以的。儿子期末考还剩三科，文竹也跟着两地来去。但等到道场完毕，文竹对着鸟笼，还是伤感不已。鸟食完了，鸟身脏了，鸟们喳喳叫得发疯，世界末日一般。

伤感也不敢大于家山。

这天午后，怕辜负了冬阳，趁着家山出门未回，趁早给鸟们洗浴。

文竹最喜欢看阿西洗浴。

阿西其实是一只雄的芙蓉鸟，浅黄色的，顶冠与颈背颜色稍深，渐变，到了尾羽，是嫩嫩的鹅黄。阿西独个儿装在一小笼子里。还有一只橘红的，独个儿装在另一笼子里，文竹叫他西哥。卖鸟人说，其他的鸟可以结伴，芙蓉鸟是需要落单的，落单才会叫。养芙蓉，就为了一声叫。文竹每天早晨煮一只鸡蛋，自己吃蛋白，把蛋黄掰成两半，一半给阿西，一半给西哥。叫声那个婉转。

这两只芙蓉鸟，西哥是身份尊贵的富家子弟，而阿西是普通人家的青年才俊。这富家子弟，却是有过惨痛往事的，不提也罢。

大碟子摆开，加了水，阿西跳了进去，埋住头啄了啄，站起来甩出一条水珠链。终于整个儿钻了下去，嘴里叽叽叫个不停，再站起来，羽毛扇了一圈，水珠儿在阳光的照耀下银光闪闪，像飘飞的珠帘，像凭空而降的皇冠，像一个人的梦想，很久远，忽然触手可及……

家山入门时，文竹正在发呆。赶忙把情绪收摄起来，脱掉鞋袜、卷起裤腿，清理鸟粪，洗刷阳台。

家山脸色铁灰，在等待文竹主动去问话。文竹听说他去医院开药，却两手空空如也，便问：

"药呢？"

孰知答非所问，家山沮丧说，细妹夫去"斫鸡"① 了。在医院里，见他往性病专科门诊奔去，在门口守着。说是陪客户偶然去的，逢场作戏。

文竹心内纠结，又放下。那是没有长情。

"告诉细妹吗？"

文竹觉出了凉意，把卷起的裤腿褪下来。

---

① 潮汕民间把"妓女"叫作"鸡"，"召妓"称为"斫鸡"。

母亲向来以细妹的婚姻为荣。妹夫开工场、做生意赚钱，账簿归细妹打理，还事事任由细妹做强。

"你想他们好下去，还是想吵闹起来哦?!"

家山不语。这么说来，到此为止吧。

有一件事，家山却对文竹说不出。

老家有一个传说，女人的一生幸福，决定于她在新婚之夜的一个关目。她必须等，等到丈夫先上了床，用自己的婚鞋踩上丈夫的婚鞋。这一辈子，她才能骑在他的身上。母亲对此深信不疑。她自己，没有做好这个关目。嫁女儿，才教给了她。

文竹生小孩那时，母亲到他们小家帮过一阵。她与文竹不合。好几次，母亲看着家山，摇了摇头，忍不住说：

"是我不好，忘记告诉你，应该小心女人踩你婚鞋呀。"

4

父亲走后三个月，空气依然像发霉一般，家山呼吸不到新鲜气息。

有时是走神。有时醒转过来，魂灵未曾跟上，变得易激惹。

这天，在单位与"极品"上司吵了一架。"极品"上司谁都知道他是如何上这个位子，谁都知道那样的嘴里会长什么牙，谁都已经丧失与其吵架的热情，家山却是脑门发热，中了他的计。

下班，在办公室的玻璃门看到自己，毛发蓬乱，胡子拉碴，像一只从远古出逃的猿猴。不想回家，在路上乱奔一阵，后来发现，已经上了回澄城的路。却不去看母亲，去工场看细妹。

小时候，家里分成两派，母亲与细妹一派，父亲与家山一派，男女对立。即便分派，兄妹情分也不曾疏离。

家山独自来访，细妹有些意外。文竹与细妹向来关系不错，以往都是一家同来。细妹蒙怔也只在刹那，随即大声吆喝保姆摆上午膳。细妹夫应酬在外，连同小外甥阿迪也只三人用餐。阿迪哩哩啰啰，嘴里说不出一句像样的话，在饭桌上闹腾个没完。这孩子临产时窒息过，留下后遗症。细妹干脆叫保姆抱他下楼去荡秋千。

父亲自杀，他们避讳。

灵厅上的白菊花，他们也避讳。

不是不想聊，是不敢聊。

家山问的是妹夫的生意。生意却是极顺当的，这四层楼的工场，几年来一直没有停过夜班。细妹这个管家婆，即便在阿兄面前，也难免面露得意之色。当日医院撞遇之事，想必已经瞒过了。但家山心有隐忧，这隐忧，也说不出。

"我是劳碌命，不比阿嫂命好，嫁着了好老公，脚干手干。"

细妹这是欲扬故抑。不过，文竹在家，确实不曾沾湿过自己的手，什么家务活都是家山包揽。

"妈的命就更苦了。"

提起母亲，物伤其类，细妹顿改颐指气使的神气。

母亲的苦，家山是知道的。别人家，粗重活是男人做的，在他们家，父亲是教书的文弱书生，向来由母亲顶起来。父亲脾气还臭，那臭架子也只摆在家里，在学校，他一直顶顶受人敬重。母亲的名字很绝，叫作"阿刁"，正所谓人如其名，本地人经常用"刁"字称赞女孩子，有主见，有担当，脚手利落，做事妥帖。只一个字，可谓含义深远。

"阿兄你记得当年，在巷外做蜂窝煤?"

家山当然记得的。草衙门巷的家，当时用的是煤炭炉，每月要做蜂窝煤。黄泥要去南门外的池塘挑来，往返也要一顿饭的工夫。巷外只有一小片灰埕，周日很多人抢用。家山兄妹之所以对此事记忆尤深，因为每次做煤的前夜，母亲都铆足了劲，并顾心着闹钟的响声，第二天天刚蒙蒙亮时就去占地盘。等到煤泥搅拌好了，母亲会回家去喝点米粥，家山和细妹便被指派前来巷外督看。家山小时候怕羞，巷外车来人往，躲不得。况且母亲教过的，见到认识的人就得大声打招呼。有的邻居，还会摸着他的头，夸奖说他长高了，或者懂事了可以帮衬父母了，蹲在巷外的时辰便觉难熬。

"妈的力气不错，越做越勇呀。但那袋煤有百多斤吧。她一人搬不动，只好用扁担，招呼阿爸一起从巷底抬出去……"

这个家山也记得，做蜂窝煤这样的大事件，父亲就借用过这么一个肩头。

　　"妈怕阿爸力气小，还把煤袋往自己身边挪……"

　　这些细节，家山不曾听得了。是母亲说给细妹的体己话。

　　"可是，阿爸一路喋喋不休，不情不愿，一会儿骂的是天时太早，一会儿骂的是煤做得太多……妈每次做煤，不是累哭，是被气哭。"

　　这每月一次的遭罪，听起来像女人的月经。

　　文竹的经期，身体总是虚弱得很。

　　家山眼前浮现的是母亲用蜂窝煤的模具，一个个在地面上把煤块印出来。她的姿势都是低头的，原来每一个低头都有泪。

　　"真受不了妈的这个样子。"细妹重新扬了扬高昂的头。

　　家山有一个错觉，细妹的骄傲和嚣张，是在为母亲报仇。

5

　　文竹爱鸟成痴，在办公室培养同好。今天，终于把两个年轻同事说动。中午，她去鸟店，挑选了两笼虎皮鹦鹉，作为礼物送给了同事。一笼是一黄一绿，一笼是一蓝一白。

　　"你不知道，那颜色搭得多好看。办公室都是灰不溜秋的哦，一提进去，整个办公室都活了。"

文竹的声音像唱曲儿。家山知道，她看自己心情沉重，故意讲些轻快的事儿给他听。

"每一笼，都很恩爱的。我在鸟店试了很久，不是一雌一雄搁一块，就可以成对的哦。"

那声音，听出了熟透的水蜜桃味道。

家山心内一松，捋起袖子做晚餐。

当初爱上文竹，莫非就是从水蜜桃味道开始。这挠到了家山的痛处。虽然杨志卖刀的那个夜晚被他永远封存，连《水浒传》也不再碰，可是，当他一旦碰到水蜜桃味女人，却依然被点中了穴道。

家山不只长得高大，手掌也出奇地大。第一次抓起文竹的小手，不禁惊呼起来：

"这个小手呀。"

话里是怜爱。

文竹把手心伸给他：

"这么小的手，能够洗碗吗？不能哦。"

又把手背伸给他：

"这么小的手，能够拖地板吗？不能哦。"

家山便把她的小手抓握到怀里，说：

"我能哦。"

文竹去倒烟灰缸，整理一下客厅茶几，却发现还是不对。

倚在厨房的门框上，问家山：

"去看妈了？"

"去看细妹。"

停顿一阵。

"挺好吧？"

"挺好。"

这又不对了，问"挺好吧"这句话，得到的回答向来都是"挺好"。

"妈一个人住，总是不好，要不，我们还是接了来。"

这事情，文竹是为难的，当初幸亏阿刁也不愿意同住。

家山心头飘忽过一朵乌云，他害怕与阿刁共处，更害怕独处。

父亲的死其实每个人都有心理准备，第一次被查出生"物件"，便意味着判处死刑，缓期执行。过了四年复发，黑白无常前来执行也不算违情悖理，只是……

家山看过父亲的手机，最后的两个通话记录，是给医生的。一次在傍晚七点，一次在十一点。只是因为病情恶化，对人生不抱希望吗？家山一直不敢去找医生，把谜留着。

"你心里有事。"

文竹干脆撕开了说。

家山问：

"你记得那次吗？陪阿爸去省城做手术……"

"记得哦。妈第一次坐飞机，很兴奋哦，像旅行一样……"

两个人忽然沉默了。

窗外的雨嘎嘎响起。也不知这雨是刚落，就有这般声势，还是已经落了一阵，刚刚加紧攻势。

家山手下停止了切菜。文竹走过去，从身后抱住他。

壁灯照出了两个人影，在地板上拉得很长。

不知过了多久，是急促的门铃把静寂打破。

文竹开了门，是下一层楼的邻居。关系很薄，见面点头而已。

一见面，摆开架势扯开嗓子，说是趁着雨天来讨公道。

文竹听了好一阵，才明白过来，她说的是阳台，阳台上的铁皮雨棚漏水了，她咬定是楼上捣鬼。文竹这就带邻居现场勘察。

往下层雨棚望去，不禁心中大骇。像被抓了个现行，罪犯却在最后一刻才明白自己犯下的错。罪魁祸首原来是文竹所眷爱的这群鸟。

鸟们吃的是稗子，就如淘气的孩子，吃一口甩一口，稗子就掉了下去，一天两天，一月两月，一年两年……下雨了，稗子发芽了，雨棚上长出的稗苗有三寸高。

6

家山的隐忧，像这场春雨一样，毫无征兆地爆发出来，乱抛乱掷。

细妹来电时，文竹正俯身在阳台上，透过栏杆清除雨棚的稗芽层。根须已经缠绕成片，灰尘、落叶也参与构筑它们的家园。文竹的感觉有点奇特，在稗芽层里她感受到了岁月的厚实感。只不过，随着扫帚柄的捅毁，已经支离破碎。

细妹遭遇家庭"政变"，哭着对阿兄说：

"他，在外面有人。"

气焰却丝毫未减：

"他可以做初一，我就可以做十五。"

家山对此没了主意。文竹说，细妹情绪容易失控，事情只会变得更糟。要不，让她出去旅游，散散心吧。家山想想，母亲没出过远门，就让她们结伴同行。问过母亲，她想去的地方是京城。

细妹她们走后，任务就落在家山头上。

他又一次因为细妹的幸福问题，单刀会见细妹夫。

两支烟默默地燃着，烟雾在两个男人之间缠绕。

细妹夫想必被阿迪弄累了，脸有倦色。但横蛮却是前所未有。如果说第一次，他是初犯，或者，是初被发现，还有一点羞报，还有一点急欲掩盖，指望得到原谅，回到当初。这一次，已经撕破了，毫无回旋余地，横蛮也是一种面具，是攻城守池的武器。

这场谈话很失败。家山不够坏，难于被细妹夫引为同盟，他的人品仅仅够格当一个传声筒：

细妹夫爱着的女人，不合适当妻子。他只是愿意跟她待在一起，要娶不现实，要断也不可能。细妹不干预的话，一切如常。

一切如常？！

家山把未抽完的半截烟揿在漂亮的餐盘上，拽起风衣走人。

这事真他妈的窝囊，比当初文竹发动的一场"政变"还窝囊。

家山以为把此事忘了，怎么忽然想起。

刚结婚时候，他们很穷，第一套房是单位分的，要装修，还要房改。卧房的家私是一位亲戚家退下的，文竹当时也接纳下来。数年后，她开始叨念换家私的话题。这件事，他们有分歧，每次都是拉扯两句就停下。有一次，他出差在外，文竹打电话说，家里有点变化，回来的时候不要吃惊哦。那个声音听来有点不自然，莫非水蜜桃是沤熟的。

一回到家，一切都明白了。

卧室的家具换了一套实木的，光洁明亮的。当然，在家山看来，是无比陌生的。

家山心疼的不是钱。

这么大的家具，这么大的花销，这么大的举措，她需要多少时间逛家私城，她需要多少精力测量尺寸，她需要多大的算计才能够在他出差三天的时间毫无差池地更换完成。

在爱着他的那颗心之外，她是否还有另外的心？！

家山却是发作不得，这场家庭政变，连自己的细妹也参与了。她来帮忙收拾，然后，把旧家私载回工场，送给工人们用。家山觉得，文竹干脆去当一个精密仪器设计师算了。想象得出，她就用唱曲儿的声音告诉细妹，等阿兄出差回来，会有多大的惊喜。

7

当鸟们终于在空中飞起来，家山有些恍惚。

他不知道自己置身何地，他不知道为何要打开大鸟笼的门。

其实，鸟们一开始并不知道发生了什么，还紧紧地握住栖木，你瞧我，我瞧你。忽然地，谁明白了过来，所有的鸟都明白了过来，扇扇翅膀从鸟笼的门小心地挤出来。

家山辨析不出雌雄，他经常听文竹说，雄性珍珠鸟不只活泼喜人，还会逗雌鸟开心。他本来很想知道，在逃难时刻，他是否还会如此善解人意。

坦白说，文竹不在的时候，家山也偷偷看过她的鸟。

就像刚才那样。

客厅的窗口正对的就是大鸟笼，双边还有两个小鸟笼。左右分列的若干盆雨兰花，像仪仗队一样齐整。雨后，粉红的花开得沉醉，有烟岚气。坐在客厅只觉满眼鸟语花香。

他请了半天假去咖啡厅会细妹夫，没想到一根烟没抽完，话不投机就散伙了。细妹怎么办？她只能等待吗，像等待走失的老猫摸黑找回来那样？

烟蒂一颗一颗地多起来，心事一层一层地叠起来。

忽然，家山听到了西哥的鸣叫声。西哥一叫，阿西也比赛一般叫了起来。他们站在各自的屋宇之下，双脚紧握栖木站定，昂起首，像绅士一样一声高过一声。他们这是在求偶么？听说芙蓉鸟的繁殖期是在夏末秋初，为何家里这两只，从来也没有放弃过展示自己的歌喉？是因为文竹每天喂给的一颗鸡蛋黄吗？

家山一直关注西哥。他在去年闯过祸的，文竹心里应该还恨着他。因为品种名贵，不舍得把他怎样吧。

西哥原是有雌性伴侣的，繁殖期文竹把他们搁在同一笼子里。恩爱是有的，但很短暂。雌鸟产蛋之后，本能地会去草窝里孵，西哥欲火难耐，一次又一次粗暴地把她赶出窝来。那些蛋真小，鱼皮花生那般，西哥强壮的爪子一踩，噗噗地便裂破了。雌鸟本就虚弱，羽毛不见往日光泽，在那破裂声中被惊吓之后，一蹶不振，多少天不吃不喝，终至一命呜呼。

都走吧。

都走吧。

家山把西哥和阿西的笼子也打开了。

西哥在院子里盘旋了一圈，叽叽喳喳地叫着。阿西以最短捷的方式奔向外面的世界，不曾回头。

8

母亲和细妹旅游未归，文竹说周末去看一下老家吧，阳台上还有几盆花要浇水。

鸟们忽然不见，文竹痛苦辗转了两个晚上，家山差点就把自己招供出来，最后还是忍住。还好，她有事没事，玩上了手机微信。这次她主动提出去看老家，家山心内有感动，也有愧疚。

因为母亲不在，在草衙门小区的这个家，家山显得比以往任何一次都自在。他向文竹建议，中午就在这里用餐。草衙门小区有一小半是以前草衙门巷的拆迁户，从在巷外做蜂窝煤起就打招呼的。一路走一路打着招呼，以前的孩子都长成了大人，以前的大人都长成了老人，以前的老人都不见了，现在的小孩都不认识。

家山在大叶榕树下的饺面店等待买饺子，前面还有顾客三五个。家山是在父亲举丧时才关注上大叶榕的。前几天，一树的老叶子变黄变褐，风一吹，落了个干净。如今，却在一夜之间，嫩绿的芽苞缀满了枝丫，那些芽苞，不像叶子，像碧玉色的玉兰花。在南方，用心应和春天的树可不多。

饺面店门前搭了一块遮阳布，家山觉得字样有些怪异，倒置的，歪着脖子总算读懂了，布条上写的是，某某分公司人事调动宣布大会。回家去说给文竹听，文竹笑得眼角渗出了泪。家山就知道，她喜欢这样的无厘头笑话。

打开母亲家的碗柜，家山发现，所有的盘碗都是不锈钢的。母亲以前说的，就这种，耐摔。家山不喜欢这种不锈钢，拿在手中，轻飘飘的，在眼前一晃，头就晕乎乎的。文竹的碗柜根本不可能是这样。她虽然不做饭，但她爱买盘碗，所有的餐具都是陶瓷的，有质感的，看起来有食欲的。

家山有一个荒唐的想法，自己对母亲的好只是因为她是母亲，如果是一个叫作阿刁的女人，他是不会喜欢的。

饺子吃完时，接到细妹电话，她们今天去爬长城。

"阿兄，我和妈都成好汉了。"

春天的塞外，应该还很冷。但听声音，有阳光味道。细妹比自己想象的坚强。

"阿兄，阿爸的事情，我怀疑过妈。但今天，我们在好汉碑下，聊了一些话。我相信她。"

室外日头幢幢，细妹的声音，换了一种味道。是小时候，母亲在院子里晒棉被，日头和棉被化学反应的味道。每次新晒的棉被盖在身上，家山都会觉得特别的暖和。

"妈说她捂了一整个上午，不为别的，只是为了与阿爸好好说上话。只有两个人，只说心里话。能说的不能说的，都可以说。没有打扰，没有阿爸的不耐烦。我听着好可怜……不过你放心，无爱反而无敌，妈会很好的。"

家山的眼眶有些湿润，鼻子有些发酸。

细妹忽然话锋一转，露出了俏皮：

"我和妈都很想知道，嫂子当年是否踩过你的婚鞋。"

细妹坏坏地笑出了声。家山看着身边的文竹，红着眼眶跟着笑。

文竹不曾问，用自己的小手攥住家山的大手。

出得门来，发现树下的车已被春天装扮一新。以前的小区，不曾预留停车场，家山的车就停在大叶榕树下。每一个小嫩芽，都有一叶苞片。春风一吹，黄绿色的苞片就纷纷扬扬飘洒下来。家山感慨不已，这种奇怪的树，一辈子蓬头垢面，也只有一次短暂的少年。

文竹说，那很值了，人家那是用一整年的平庸和寂寞煎熬，等待数日的浪漫狂欢。

车开上了国道，副驾驶室内的文竹开始说话：

"失去鸟之后，我在微信上悼念他们。有一个朋友给我留言：爱鸟，就走向大自然吧。"

家山想，又有一场政变拉开了帷幕。

"他把我引向一个鸟类论坛，那里有一群可爱的'鸟人'。我这才发现，以前有多么狭窄。我下周就随他们上凤凰山观鸟……上周有人拍摄到了紫啸鸫、红头长尾山雀、赤红山椒鸟……我得配备一个望远镜了……"

声音闻得到熟透的水蜜桃味道。

家山没有回话，他认真地开着车，眼睛望着远方。

初稿：2014 年 4 月 29 日

定稿：2014 年 11 月 23 日

失语年

1

"乌干达女作家蕾恩丝一行抵达海阳，进行为期四天的中非文化交流，据活动主办方海阳大学介绍……"

陆小雪瞥向荧屏，蕾恩丝肥硕黝黑的身躯排闼而来。只一瞥，陆小雪生了近觑之心。

这事情陆小雪多时前听说过，她的闺密绿槿是活动组织者之一，但小雪当时对非洲的黑人作家毫无诚意。

要不，下午就跟杜修文一起去海阳大学。

蕾恩丝来得不是时候，陆小雪正与杜修文小打冷战。夫妻之间，战争大都师出无名。

适才杜修文在卧房，陆小雪与老妈在食厅。每日三餐是老妈的重要事业，午膳向来是提前安排的。她问小雪，午餐是否在娘家用完再回去。

"吃完再回吗?"自从小雪出嫁之后，这话已经说过千千万万遍，就像吃饭本身那般平常。陆小雪看了母亲一眼，未予置答，径自进去卧房。这事还得与杜修文商量。

陆小雪问：

"一起去看游老爷吗？"

老妈家在市郊，离村子近，如果去看游老爷，中午就不回了，在老妈家用餐。

杜修文看书正酣：

"不去了。"

陆小雪有点不甘心：

"研究民俗的学者不去看社日？!"

杜修文根本不答了。陆小雪不是非去不可，只是，杜修文的无视让人恼火。更恼的是，还有老妈在旁观战。

老妈不识势，大声又催问一句，淘米的锅已端在手上：

"吃完再回吧？"

像催命鬼步步紧迫，陆小雪的恼转嫁到老妈头上：

"不吃不吃，现在就回！"

声音把自己吓到。老妈讪讪愣在那里，客厅那边，还坐着她的老闺密。四壁的恼如箭镞一般纷纷射向陆小雪，她自己射出的也倒戈相向。

一套房子就这么大，几个人在这沉闷的砂锅里煲，火也不见得有多大，只是，那恼分明已腾腾翻滚起来。

蕾恩丝很快从屏幕撤下。新闻切换有如万花筒，现在展示的是监控视频，一个疯子手持利器到处砍人。

撞邪了，这几日的倒霉。像刚才，这倒霉是混浊的，稠厚的，像一口咳不利索的痰。这也罢了，它却又像一枚青蛙卵，可以生出尾巴，生出腿，活活地摇摆起来。还有一款倒霉，确确实实在的，却飘忽而吊诡，抓也抓不牢，鬼魂一般出没无常。近数日，陆小雪说话时，发现自己的声音出了状况，一断一断的，跌宕起伏，整个人一会儿被抓提到山峰之巅，一会儿又被抛掷到峡谷之中。问过杜修文，他头也不抬地说，没有的事。问过老妈，她是不可能敷衍的。她说，再说几句听听，结果，老妈也未曾觉出异常。照她的话说，心疑生暗鬼。

老妈多年念叨抱孙未果，自年初更新了念叨概念：今年，你们的罗睺年呀，凡事小心，千万别犯了。人家一人躲罗睺都躲不过来，你们倒好，俩。小雪比杜修文小了四岁，杜修文三十七，小雪三十三。九年一罗睺，每一个罗睺年都双双中彩。

老妈念叨一次，陆小雪心烦一次。都乜年代了，还迷信这个。人家杜修文却上了心，像猎犬嗅到血腥，每次听老妈说起，他眯缝的眼睛就瞪圆了，眉弓足足高了三寸，五官的表情也活络丰富起来。老妈抖出的故事甚为离奇，却是有名有姓，陆小雪且把它当成"世说新语"来听。谁人新厝装修，动土犯了罗睺，一夜醒来发现他全身暴汗，当场毙命；谁人罗睺年的清明节，上山祭扫，回来后膝盖软了，每日汤药不断，再不曾见他出门；谁家女孩正值头个罗睺年，去海边游玩，青天白日被水鬼拖去，虽被救起，终落下了头疼病……罗睺这个恶魔，专挑不顺眼的人吓一吓。杜修文听得入神，还不断发问，上周他算过老丈母娘最近的一个罗睺年是在三年前，他问：

"妈您发生什么了吗？"

"酸痛嘛，风湿膏贴了半身。"

这不常有的吗，杜修文脸上显出失望。

老妈扫了陆小雪一眼，对杜修文神秘地说：

"有神诀可做的，恁后生人不信。妈是正月初八躲过罗睺的。"

杜修文眼里吐出一缕蛇芯，陆小雪心内嗤地一笑，差点笑出了声。

2

杜修文的生活本来波澜不惊。这段日子，过得像坐过山车，常常犯晕。事情从夫妻斗气的那天开始。

那天下午，去海阳大学参加中非文化交流。他是作为地方民俗文化学者受邀的。会上，他的发言很得蕾恩丝青睐。后来，与蕾恩丝去茶室喝茶，却与人口角，遭殴打，夜半鼻青脸肿地回家。这两件事情发生在杜修文身上，颇具戏剧性。杜修文举止温文，却木讷不善言辞，得女人青睐不易，招惹是非却也难能。当然，这中间，还有一个小概率事件，他竟然会带着蕾恩丝偷偷从主会场溜出，去喝私茶……

幸好，只是皮肉之伤，手臂一处瘀青，皮肤数处擦伤，已无大碍。

这几日，新烦恼风潮莫名地来袭，杜修文遇到的尽是异样的眼光，在办公楼下的玉兰树旁，在住宅小区拐弯处的饺子摊，在亲友的暧昧电话里。杜修文后来得到重要启示，是在门房收发报纸的老李伯那里，这一切，缘于陆小雪的专栏文章《越狱记》。

娶陆小雪，杜修文有心理准备。偶像派作家，还专走爱情线，性呀裸呀断臂呀，爱情的汤水里就要不时撒上这些鸡粉、芡粉、胡椒粉。陆小雪设在自家《海阳晚报》的爱情小说专版，每半月一稿，至今延续三年，成为海阳纸媒界的传奇。她的粉丝喜欢把故事讲给她，然后在她的小说里看回自己，似是而非。陆小雪人聪明，专栏第一篇《垂死的肉身》，写一个老教授与妙龄女学生的爱与欲的故事，大尺度，挑战边界。她说，唯有如此，此后才会有足够的创作自由。果然，《垂死的肉身》如一个强台风，在海阳登陆之后，死伤坍塌无数，海阳人由此对热带气旋的认知记下深刻的一画。

《越狱记》写的什么？风力级别多少？

杜修文不看陆小雪的小说。做学问的人重实，小说虚了。这小说还是由陆小雪来写，那就更轻。这次，非看不可。

别人如何看《越狱记》，杜修文不知，他刚看开头心内就吃了紧。

陆小雪的爱情专版，虽多有骇俗之举，写的都是别人故事。这一篇，不是，是陆小雪自己。

陆小雪写那天，在娘家夫妻斗气了，回家途中，她要去医院看望同事，对丈夫说"你先走，我自己坐公车回"。这话是有玄机的。她想，丈夫如果愿意留下来等她，那么，多大的怨恼也可一笔勾销。结果，她蹈空了。刚踏出车门，丈夫的车咻溜一声从身边绝尘而去……杜修文心内叫苦不迭，女人心有如螺蛳，十弯八曲，谁知这里面还有道场。

那天，陆小雪从医院出来，回家心有不甘，临时起意去找朋友。问题不在朋友身上，而是去程的一路上。

陆小雪搭的摩的。如她所写，从医院门口到朋友家，摩的也就三十分钟。三十分钟的车程，摩的司机讲一路话，而陆小雪兜售了一路的笑。那一路话，不是笑话，却囊括了他一生命运，情感起落。依杜修文看，摩的的话句句无假，在短期内编排出完整复杂故事，漫说他不能，就是陆小雪也不易。拎出两条主线，其一是人生命运线。摩的年轻时，在省城做装修工程生意，风光一时。后来招揽大工程误入骗局，才致家道中落，返回海阳。仗着身强体壮，他现在每天做着两份差。延续老本行，做家庭水电装修，生意稀薄时，就去当摩的司机。另一条线，关乎感情。摩的在省城时，泡上了一个小妹。相识的起因只是问路。杜修文相信，摩的虽文化程度不高，但他在口头表达上是个天才。第一夜，他就与小妹上床，而且就在她的闺房。陆小雪追问一句，父母不在吗？摩的说，父母在的，误以为他们已交往多年。这句透露出来的信息颇为丰富，小妹为何愿意替他掩饰，父母为何毫无提防。当时小妹只有二十岁，而他年长两岁。这桩姻缘后来结了果，当他从省城兵败之后，小妹也随他回到海阳。只是，海阳的生活不是小妹的理想。省城郊区还有他当年攒下的一套房子，小妹把儿子培养成同盟，当儿子可以自立时，就撺掇他去省城做生意，她终于又回到了魂牵梦绕的都市。摩的做了一场梦，生活回到原点，只是他已年轻不再。

　　杜修文对摩的有一种天生的厌恶和排斥，像一块磁铁对着另一块同性的磁铁。但摩的的某些天性，他却否认不得。乐于天命，心有常闲。摩的有活儿便去做，没活儿便开摩托车，出来寻春。当然，这说法不是出自摩的自己，不是出自陆小雪，而是杜修文。摩的何止是开摩的，他讲给陆小雪的故事，波谲云诡。有一次，一老姐坐上他的车，一路走一路聊，把她的心事给聊了出来，她是四十多岁才结成姻缘，但老公生不了孩子，更年期像一个不速之客，她的日子已经无多。摩的当仁不让，就把自己卖了。这说法，当然也不是出自摩的，不是出自陆小雪，而是杜修文。在陆小雪心乱智昏之际，小说里，人家摩的那是任侠仗义，宁把个人肉身置之度外。

　　罢了罢了。杜修文全身起了鸡皮，他很难想象，陆小雪会与摩的拌在一起。

可是，一切都是真的。

陆小雪任性使刁的那些事，杜修文不懂，但他有另外的懂。别人看《越狱记》，杜修文相信，看的是情色，情色是最易诱惑人，令人信以为真的。而他不是，他之所以信，是因为他另外的懂。陆小雪对摩的的叙述琐碎而累赘，在小说里这一段体形显得特别臃肿，与其他的段落不相匹配。按陆小雪的写作能力衡量，这是有失水准的。如果不是原型太过强大，她根本不致在此马失前蹄。还有——

陆小雪写道，等公交车时，她喜欢做虚焦游戏。这游戏是她自己发明的。把眼光聚焦在半空中，比如，石栗树的某一枝桠，当路人走过，她的眼角余光会把他筛成一个朦胧的影像，当此时，他没有身份、没有地位，优越或劣势的外衣均已剥离，他用只属于自己的姿态、习惯做人走路……她用这种办法把人打回原形。那天，摩的到来之前，她在医院门口等公交车，正是玩这把戏。

如果你认识陆小雪，你就会明白，这种游戏只有陆小雪想得出来。

3

倒霉事愈演愈烈，现在，陆小雪一开口，声线就颤得不行，自己听来，像荒村野店闹鬼。这等聊斋故事，外人却理会不得，她只好关起门来自导自演，吓自己。

这天，她去找部门主任，要求撤下爱情小说专栏。部门主任说过，小说尺度大点，虽越界，却也是卖点，写份检讨上交就算了。这个专栏年年触礁，年年有人保住。这次，是陆小雪自己去意已决。话说了一半，她听到自己的声音忽地吊了上去，忽地又跌下来，一上一下一颤一断，颤到末了，膝盖似也软了，随时可能扑通跪下去。隔着办公桌，部门主任自己先被她镇住。他说，去看看医生吧。

从医院出来，陆小雪彻底变成一个哑巴。一切都不同了。此后很长日子里，她多次在睡梦里因为一场窒息而惊醒，她快断气了，双手胡乱地向前抓呀抓。这个场景发生在手术前咽喉部做麻醉的时候。

她安慰自己，没太严重，只是声带息肉，只要禁声两周。

医生吓人的话还在。即便手术顺利，即便严格禁声，术后的声音也可能会改变。纤维喉镜检查之后，医生把她的病症放大在荧屏上。陆小雪的第一感觉是，好美。那一刹那，她根本忘记了自己的身份和困境。她的声带薄如蝉翼，是浅浅的可人的肉粉色，屏幕上看起来像一片温馨的河床，博大而圣洁，而那颗红色的疣状物，像珍珠般骄傲地生长在上面。

医生说，其实实物没有那么大，就一颗芝麻那样。

从那么薄的声带把珍珠摘下，可能毫发无损吗？当然不是。手术后，要么声线改变，要么音色改变，几乎鲜有人幸免……最严重当然是，嘶哑。

鬼的烦恼变成人的烦恼。

陆小雪长得不难看，也不惊艳，声音这第二张脸倒是给她加了分。在大学她被选去当播音员，当年大家对她的声线定位，借用现在网络人的分级：萝莉音、少御音、御姐音、女王音、大妈音、太婆音，她是属于御姐音的。御姐的特点，成熟、优雅、智慧、体贴、风情。有一段轶事可兹佐证。班里有一小男生失恋，吞了三瓶安定片之后，躺床上等死，刚好播音响了，陆小雪的声音把他安抚得昏昏欲睡，但心底下，突然有一股坚挺的欲望戳破了死亡的氤氲，他拼尽最后一口气喊：救命——！

绿槿曾经说过，陆小雪在青春期已经是御姐声态，到了御姐年龄却依然是少御心态。

这句话，文字里看不出褒贬，只有用声音说出，有声态有语气，一切才显山露水。绿槿说话惯于揶揄，从她口里说出，当然不是什么好话。闺密俩的情谊，袒胸露臀时就养出来。是好是歹，陆小雪消受得。要说情谊，从俩笔名就可以看出。小雪和绿槿，还是初中办文学社时起下的。那时，她们喜欢唐诗，还喜欢把唐诗曲解和肢解。"甲子徒推小雪天，刺桐犹绿槿花然。"南方无雪，陆小雪就把诗中指代节候的"小雪"据为己有。绿槿更甚，"刺桐犹绿"和"槿花然"分明是断开的两个意象，她偏偏截取了"绿槿"作为笔名。

陆小雪给杜修文发了短信。自打冷战以来，两人之间汪着一个死海，连水草都打捞不着，哪里有话。结婚也有好些年，孩子虽没能生个出来，感情倒还好。以往，冷战也是有的，不超过三日。这次怎么了，因为蕾恩丝的缘故吗？夫妻本是同林鸟，大难来时，还是得说话，这场盛况空前的冷战终被打破。

杜修文脑门不清晰，听说做了手术，第一反应是打电话过来。好吧，人家是关心。陆小雪对着手机张开嘴巴，差点发出了声，幸亏及时打住，在心里骂了一声，TNND，不知骂谁。

杜修文让小雪稍等，在那天他们分手的地方。也是这地方，后来她遇到了摩的。不会再次撞遇吧，陆小雪对摩的犯怵。在这座城市的里衬，《越狱记》传播得有些变形。陆小雪不知道谁在微信上开始恶搞，那些文字被断章取义地一句一句转载出去。每一句都是她陆小雪的文字，但每一句都难以与之相认。据说，该文发表半月后还有人去《海阳晚报》的官方微信求购该期报纸。

消磨时光，陆小雪有拿手把戏。

陆小雪往左手边寻找石栗树，对，半空的那个枝丫就是聚焦点。她的眼角余光可看到进出医院的各色人等。虚焦中出现了一中年男子，银灰色正装，前面有一人群，看来是有人出院。他走路的节奏不乱、心不曾前倾也不曾侧顾，还在它该有的位置。他与病人的关系不亲。随着他往前走动，陆小雪的虚焦也跟着位移，现在，她聚焦在空无的地方。他的走姿显出了破绽，两只手臂有时喜欢舞动起来，似乎为了帮忙走路，其实它们毫无用处。他的头不时地转动并后仰一下，不知在瞻顾什么。陆小雪心想，农村出身给予此人的烙印太深，不管他表面如何体面，他依然没有从自卑中走出。请他去迎宾馆参加重要宴会，他最好是事先把尿撒干净，要不然，愣在厕所里准尿不出来。

杜修文没有让她等太久，他是乖男人，该他出场他不会迟到不会缺席，车很快就到了医院门口。

坐上副驾驶座，陆小雪无意瞥到那个银灰色身影。她本能地又看一眼，这个人她认识，在本地电视台的上镜率奇高，是一个慈善组织的头头。

话不能说，交流只能更加密集。回到家后，陆小雪从包里取出采访本子，开始以新的方式说话。

她交代杜修文给老妈电话。

"妈，小雪去做了个手术，这两周不能接电话。"

陆小雪一听，头炸了。做手术，为何手术？周末还活蹦乱跳的，毫无征兆为何就病了，病了也该先知会老妈一声，为何就做了手术？这么急的手术，术后还不能接电话……听起来行将就木了。

那头当然急了，杜修文结巴解释：

"小手术的，不用急，不用急。"

不能接电话的手术还是小手术?！老妈再不懂也不致这么白痴。没有全麻拿得下来吗？啥景况了，还隐瞒！老妈的话，陆小雪不听也猜得出来。

陆小雪以前没觉出，杜修文说话居然这般弱智。

她急急翻出本子，在上面写上"声带息肉摘除术"，推给杜修文。

杜修文以为什么新状况，看了一眼，却是已知信息。

"妈，是声带的问题，那个东西很小，摘除了就好的。"

那个东西……息肉是小东西，癌症早期也是小东西。为何不直接说明？果然，老妈那边又纠结了。

陆小雪用笔在"息肉"下画了圈圈，反复戳着给杜修文看。

"妈，是息肉，良性的。"

话说到这里，陆小雪以为可停了。哪里知道杜修文接道：

"恶性的可能性不到千分之一，标本虽然送检，但只是排除一下，为了大家放心。"

陆小雪有些崩溃。即便千分之一，老妈能放心？她这不又得做神做诀去。

听一顿电话的工夫，陆小雪腋下汗湿一片。

说话竟然如此重要，陆小雪今天才算明白。码字的人，向来对说话看轻。字在纸上，在屏幕上，可以传播百里，流芳千古。话可以吗？说完了，风一吹，留也留不住。它几乎连技术都算不上，是天生的，本能的，不值一提的。原来不是，每个人说话，不只是说话，是他的灵魂在现实世界的表达，码字比不得。

更糟的是，原以为它是谁也夺不走的，可它不是。它长脚，想走随时可走。陆小雪恍然明白，自己是如此喜欢说话。

4

杜修文早明白，女人这动物可亲密不可无间。现在倒好，亲密到夫妻同用一把声。杜修文痛恨接电话，更痛恨陆小雪在旁指点江山。朋友是你的，可现在你说不了话，说话的是我。

无名的火时常蹿起。杜修文不由感慨：罗睺年呀。

杜修文本以为自己修养不错，当然了，大榕树生长在大地上，自由舒泰，要是装在花盆上做盆景树，把枝条删砍，把脚手拘押，看看，还能是那风姿?!

新火明明灭灭，旧火却似一颗煮不烂的小铜豆，不停蹦跶，不时还有人翻炒，透亮通红。那天，办公室一年轻人说"现在的感情有乜用，女孩子喜欢的是肌肉男。"这话搁以前，杜修文连听都懒得，现在听着，觉得他说的是《越狱记》。

陆小雪的身体是熟悉的，杜修文不熟悉的是那个与摩的交缠在一起的女人。在陌生屋子做爱，不疯狂简直不可能，更刺激的是，两人相识不过几个时辰。陆小雪动用了两块豆腐干大的版面来写，每句都意欲把人点燃。杜修文第一次看到这里，气汹汹跳过，第二次重读，顿时忘了来意，信手抓起一个女人，闭目幻想起来。是蕾恩丝。苍天在上，他与蕾恩丝靠得最近之时，甚至看到她有意无意的暗示，他也未曾有过这种幻想。他很快把蕾恩丝一手推开，睁开的眼睛里有恨。更恨的是，做了也就算了，为自圆其说，陆小雪不惜动用身体哲学。她觉得女人有两个身体，一个是真实的，一个是象征的。真实的身体，有欲望，有幻想，有激情之光，而象征的身体，规矩，呆滞，眼中无神。真实的身体属于她自己，象征的身体是别人塑造的。它根本就是一座监狱，坚硬的躯壳遍布栏杆和镣铐，阴暗的角落钻满老鼠洞。当女人习惯于监狱之后，也就依赖于监狱。

这人，还是写爱情偶像小说、看肥皂剧会落泪的那女子吗？

恨里，糅杂着惊。杜修文严肃起来。

对自己，杜修文也有疑问，幻想，为何会是蕾恩丝？

那个中非文化交流会，杜修文的发言是被逼的。他不在学术界，不为跑课题，不为学术地位，纯粹是个人兴致。绿槿向来喜欢他的刁钻思路，会上硬生生把他推了出来。杜修文嘿嘿傻笑两下，居然就进入了状态。

杜修文从潮汕人的民间习俗说起，长期被简单视为迷信的那些。大到每个人都会遭遇的罗睺年，小到日常的各种避忌。所谓的罗睺年，在印度神话中，罗睺是一个恶魔，它长有四只手，下身是蛇尾，无恶不作。在星占学中，罗睺年是罗睺星当值的年份，男子是虚岁年龄两位数相加为十，女子是相加为六，在祖辈的口口相传，罗睺年几乎处处犯小人，日日是大凶。民间流传着四句诗"行年值罗睺，主人百事忧。男子多灾至，女人也闷愁"。而日常的避忌范围更广，比如，出了红白事的人家，四个月内不得与其他红白事有世情交往；月经期的女子不能与丈夫行房事，腌臜，恐丈夫有血光之灾……他觉得，这些貌似迷信的习俗背后，都有繁杂的心理演变过程，有些举措，根本就是充满了体谅。就如月经期的房事禁忌，本意肯定是为了保护女子。传统的男权社会，科学还不懂得站出来说话，有一个体谅的人编了一套善意谎言，来蒙骗和约束男子。杜修文猜，有此能力和襟怀，那人，势必也是男子。

当交替传译的学生妹话音落完，蕾恩丝举手抢过了话筒。她肥厚的黑唇抿了抿，有点娇羞。这是她示好的开端。蕾恩丝觉得，杜修文的研究非常有意思，他做的既是地域性的，又是世界性的。他的发言，让她想起自己民族的某些习俗，它们定然有着相似的心理演变。杜修文的最后一句，让蕾恩丝在激赏之余，对杜修文有了深入了解，他本身，何尝不是男权社会里走出来的体谅男子。

后来在茶室，蕾恩丝重提罗睺年话题。她说在美国读博之时，导师也对民俗学有深入兴趣。她狡黠地问杜修文：

"罗睺年，是什么体谅？"

罗睽年的体谅……不得上山扫墓，那是让男人节省体力
女人节省精力，潮汕人上一次坟，祭品是需要一只大竹筐来
装载的；不得参与红白事，那是让他远离喜乐烦忧，减少礼
金困扰……

蕾恩丝不解，谁家有乐事前去分享，谁家有丧事前去解
忧，难道不该？为何还要礼金？

杜修文苦笑着，讲给她听。小时候，家里亲友交关甚
多，父母亲几乎用了半辈子的精力在研究礼金问题。他们有
一本精致的册子，专门记录礼金进出。春节给小孩压岁钱多
少、谁家死人送了纸仪多少、谁家搬迁新厝贺仪若干……这
些账目记着，留待参考，宽厚的人，总愿意自家亏一些，今
次人家送你八百，下次你送人家一千。

蕾恩丝眨着白森森的眼睛，终于听明白：

"谁家孩子多，收入也多？"

一提及孩子，杜修文的心微微疼。陆小雪一心不要孩
子，年轻时，他觉得丁克家庭也挺好。近两年，心内终究有
了渴望。陆小雪一直避孕，被老人逼急了，偶尔放一下，至
今未有音讯。

他蹙着眉，回蕾恩丝：

"是，本意也是亲友互助吧。"

"新居搬得勤，收入也多？"

杜修文愣了一下，说：

"是哦。"

"搬新居都是有钱人，再多给钱，这不公道。"

"呵，有钱人他可以把钱压回，就是不收了，送的钱额只是一个关目。"

蕾恩丝的脸皱成一丛酸咸菜，她不懂了，直勾勾瞪着杜修文：

"太复杂，你们中国人。"

眸里，有一种罕见的清澈。

5

绿槿进门，鞋子尚未换下，就说：

"我还是得来看你。"

陆小雪耸了耸肩，笑。

自打失语之后，陆小雪休了假在家上网。她不敢出门，有人的地方，有碰磕的时候，她不担保自己不出声。

她们在客厅坐下，陆小雪忽然明白，这种曲尺型的沙发，她们相互看到的只有四十五度角的脸，无法沟通。去书房吧。

陆小雪把绿槿安排在书桌的那一边，自己坐在这一边。中间是那个代替说话的本子。绿槿看这阵势，噗噗笑个没完。陆小雪跟着笑，皮笑肉不笑。

"《越狱记》我看过，不错。陆小雪你在小说里涅槃了。"

绿槿少夸人，不错，就是很好。

她说的涅槃，指人生还是写作。如果指人生，陆小雪是否该辩解一下。但此类话题，她们的沟通向来止于写作。

　　陆小雪在本子上写下：

　　"蕾恩丝"。

　　绿槿望着她，下颏向右画了一段弧：

　　"杜修文的'越狱记'你知道？"

　　陆小雪做痛苦状，头仰向天花板。她在网上搜到的资料支离破碎，有一张图片，是蕾恩丝在会上的讲话，杜修文坐得远，歪头才能与她对望，似是从电视新闻切下的；有一篇报道倒是详尽，把杜修文的发言和蕾恩丝的激赏全部记下，但很快转换为女性主义话题。陆小雪觉得所谓的中非文化交流活动，主题太过芜杂，结果是，所有元素都沾湿了，却不曾煮透，白花花的肉层还是夹生的。

　　绿槿倒是对蕾恩丝动了兴致。她作为全陪，与蕾恩丝亲密接触了五天四夜。

　　乌干达女人，天生把性作为生活要义。女人成长起来，姑妈要教导她怎么做，获得最大的身体快乐。如果没有姑妈，可以找专职的性爱老师指导。蕾恩丝说，他们有一种单性的"茶话会"，女人们聚集一起，交流各种身体经验。闺密之间，她们可能边聊天，边相互做拉长的锻炼。拉长是什么？哦哦，就是把小阴唇拉长。他们族人都认为，小阴唇越长快感越多。

　　如果只是猎奇，天下的奇谈多了。奇怪的是，因为蕾恩丝的缘故，绿槿对陆小雪谈起了身体和婚姻，童年时她们封存的一层僵冰被打破。

绿槿是再婚的。她的长相属甜美风格，在外地读大学被第一任老公钓了去，留在当地高校。那段才子佳人的婚姻维持了五年。离婚之后，她回到海阳。陆小雪以为她是回来疗伤，其实，当时她已经与第二任丈夫相上，他在海阳任职。

绿槿说，她一直不知道，原来，性是可以这样来爱的。现在回想起来，她对前夫亏待了。她根本把性当成身外之物，当成婚姻的附庸。而非洲在她以往的印象中，文化非常之落后，不料对女性，竟有如此开明之处。

陆小雪却有疑问，她在本子上写道：

"平等吗？"

杜修文当日在会上有一桩感慨，不曾说与陆小雪听。蕾恩丝讲过，当地女作家大多不知道如何挣破束缚而写作。一个女作家这样给小说开头："新婚之夜，我被强奸了。"结果，她丈夫不同意这书出版。他觉得，这会被人家认为是真实的。她必须给"我"起一个名字，改用第三人称叙述。

绿槿刚好把这个例子讲给陆小雪。大的环境如此，夫妻的环境如此，能够平等么？

陆小雪对于乌干达女人的开明，有了另一层想法。

绿槿走后的许多日子，僵冰下埋藏着的那桩荒唐事，经常浮出水面。那时，她们读小学。

绿槿的外婆与陆小雪住在同一院子，每年寒暑假绿槿都寄养在外婆家，外婆叫她照看表弟表妹。表弟很皮，表妹嘴碎。陆小雪后来觉得这小表妹可怜，她是绿槿小姨的女儿，才五岁，外地来的，听不懂潮汕话。她就经常去外婆面前告发绿槿表姐，有时连带把小雪姐姐也告了。那天，表弟爬石榴树摘果子，大腿擦伤了。外婆心疼，找藤条要揍绿槿。小表妹觉得报仇机会到了，旋即向外婆呈上一个铁丝衣架。绿槿被揍之时，陆小雪站在自家门边，不敢出声。老妈常说，前厝人教仔，后厝人仔乖。不管那顿揍跟自己是否有关，总之，有威慑力。

那天下午，绿槿跑来找陆小雪，神秘兮兮地说：

"那衰娼仔，很贱的。"

这称呼从绿槿口里说出，陆小雪觉得新鲜。那是外婆骂绿槿的，现在她用来骂小表妹。

绿槿的右手往下身掏下去，揩了揩：

"她经常这样子，被我偷看到了。"

啊！陆小雪第一次听说这事，脸上红了半边。

"过来，我们来收拾她。"

绿槿从书包里取出一块香蕉味的橡皮擦，送给小表妹：

"给。"

小表妹磨过她，始终不给的。这馅饼怎么就掉下来了。小表妹献给绿槿的笑，真无邪。

陆小雪当时好崇拜绿槿，觉得她很大人了。

"来，姐姐问你，你这里是不是不舒服？"

绿槿指了指小表妹的下身。

她摇摇头，又点了点头。

"躺下，姐姐帮你舒服。"

绿槿从书包里掏出作业本，嘶地撕下一张，对折下去，又对折下去……

"躺好。"

她翻开小表妹的裙子，让她自己褪下内裤，然后，把小小的纸团塞进去。

"姐姐，疼。"

"很快舒服的，不信，你问陆姐姐。"

陆小雪的脸又红了半边。在绿槿的眼光压力下，她慌张地点了点头。这一点头，成了共谋。

绿槿让小表妹自己按压，一下又一下，不许停，然后自己双手抱肩，倚着外婆的衣柜，欣赏着……

陆小雪不知道到底是疼，还是舒服，后来自己撕过一张作业纸，偷偷试过。

但此事，她与绿槿谁也不再提起。

6

接到蕾恩丝电话，杜修文正在办公室发呆。他刚刚又看一回《越狱记》。

她是一个用心之人，算计好了时差，杜修文在下午三点，而她在上午十点。

　　她答应过的，回国后，寄送自己的小说给杜修文，她托快递公司寄出的有三个不同版本。杜修文心里有感动，中国人有句老话，人走茶凉，她蕾恩丝的这杯茶还烫口。

　　与蕾恩丝这样的黑人女子走得如此之近，杜修文压根想象不出。以前，杜修文很浅薄地觉得黑人女子很脏。

　　那夜，他从联欢会上逃出，走到人工湖。奇怪的是，在涂抹不匀的黑暗里，突现了一泡黑白分明的方便面，这泡面，还会走动，一直朝着他走来。近到了眼前才恍然明白，原来是蕾恩丝。那泡方便面，是她头上细细编织的垄沟辫。明白的时候，也是被吓到的时候，蕾恩丝白森森的眼白正对着他笑。

　　去茶室喝工夫茶，本是雅事一桩。却不知哪里来的两只无头苍蝇，隔着竹帘嫘笑不止，对蕾恩丝评头品足：

　　"这黑妹牙膏不错呀，奶大，臀大，哈哈，上了才知舒服。"

　　说的是潮汕话，蕾恩丝不曾听懂，杜修文本可以不理，但他站了起来。

　　"是非洲朋友，请你们尊重些。"

　　嗅到了此两人身上酒气，杜修文后悔接了话。

　　蕾恩丝还在问询："请他们一起喝茶吗?"那人的爪子已经伸了进来，直往蕾恩丝胸前。她的眼里射出两束光芒，有些怯。蕾恩丝并不是未经世面的女子，但显然地，她尚未明白过来。

杜修文的手腕顿时像一枚扣子，把那爪子扣住。那人用力一掀，杜修文被甩出了桌外，桌上的茶盘家伙也倾覆下来……

电话里，蕾恩丝对罗睺年的研究念念不忘，杜修文给她介绍了关于社会调查的设想。研究分为两部分：第一部分，选择不同的年龄阶层，回顾他们在罗睺年和非罗睺年发生的特殊事件，包括身体性因素、社会性因素、精神性因素，统计分析罗睺年与特殊事件的相关性；第二部分，是老丈母娘给他的启示。调查在罗睺年，信神诀而在正月初八进行躲星仪式者和不信神诀者，发生特殊事件的概率，分析神诀作为心理治疗方式在民俗活动中所起的作用。

研究名词有些专业，杜修文先在脑子过一遍中文，再翻译成英文。方案介绍完毕，已满头是汗。

蕾恩丝很惊讶罗睺年还可以这么研究，她说，在民俗研究的社会调查学派中，杜修文会做出极大贡献的，他开启了一种崭新的模式。

杜修文很是欣慰，这个黑女子，竟可以懂自己到达如此地步，也算两不辜负。蕾恩丝说她很想念海阳大学的人工湖，她还会回来的。语气倒是平静得很，像多年旧友的社交用语，貌似一切水过无痕。

电话搁下，案头的报纸还在。

杜修文的手掌刚好放在此处：

"这个房间，我似乎曾经来过。墙上张挂的是四幅西洋风格的原版剪纸。青花瓷的色彩，每一幅，都以一棵大树作为主图，图景暗合着四季荣枯，却是清一色的浪漫温馨。我喜欢夏天的那一幅，圆盘形的大树，只有主干往下插入地层。枝柯上躺着男人，他的双手举起他爱着的那个女孩，裙子和高跟鞋跟着她一起在飞。在双侧的树枝间，悬挂着四根绳子，每一根都晾有一句英文：WE HAD NOTHING.（我们一无所有。）/WO HAD NOT MUCH.（我们没有太多。）/WE HAD ENOUGH.（我们有足够的。）/WE HAD EVERYTHING.（我们有一切。）……"

这个场景如此之熟。杜修文终于想起，是那个大胡子男人的作品，他的名字叫作 Robert Ryan。陆小雪沉迷过他的剪纸。她年轻时，梦想的就是这样的一座房子。

杜修文既开心又沮丧，他错了。陆小雪的虚焦游戏是真，她遇摩的是真，但这个房子是虚构出来的，这个房子里的故事也是虚构出来的。这女人惯于耍花样，三年前《沉重的肉身》可不是借用一个外国人故事，穿上了海阳人的外衣。

不是丈夫被妻子蒙蔽，是文史学者被小说家蒙蔽。

7

陆小雪对着镜子，全身的肌肉绷紧。

她张了张嘴巴，又张了张嘴巴。看起来她想哭。

两周的禁声时限到了。她原以为，一旦解禁，话会说个没完，天知道没能说话的这些天她有多少憋屈。

可是现在，她根本说不出来。

这是怎么回事？口腔的肌肉需要动，声带需要动，气流需要掌握。悲摧的是，陆小雪把这些能力丢掉了。声音没有发出来，陆小雪发现自己恶心了一阵。

这样的状态不好，陆小雪觉得应该进洗漱间，把脸喷洗一番。

现在，她看着镜子里的自己，脸上润润的，有一丝强装的笑。

她让自己放松，又一次张大了嘴巴。这一次，她呼出一口气，但她依然听不到自己的声音。

陆小雪捏了捏颧肌，再摸摸咬肌、颞肌、翼内肌、翼外肌，不对，它们是用来笑的，用来吃的，不是用来发声的。

陆小雪瞪着的镜子，突然之间水银镜没有了，只剩下了镜框。她用双手往前摸去，对面似乎有人同样摸索着把双手摸过来。但陆小雪的双手与他的双手接触不到。她一边摩挲着看不见的那层墙，一边平移着身体。慢慢地，她对着镜框舞蹈起来。她看起来有些迷失，有些焦灼，有些隐忍，有些抓狂，她的舞步一开始是试探性的、缓慢的，但很快地，就变得急速起来、疯狂起来。她的双脚在地板上腾挪跳跃，她的左手似乎是在小心探骊，右手却已是无法获得的苦痛。陆小雪从未跳过舞，她的舞蹈是从内心开始的，然后是身体，最后才是肢体。当她的双手回到镜框里寻寻觅觅的时候，她再次看到了对面的那个人。他们的舞蹈如影随形，但他不是陆小雪的影子，他是一个男人。陆小雪想不起来，他到底是谁。不过，他到底是谁已经不重要，重要的是陆小雪在急速地跳着，跳着跳着，把自己抛出灵魂之外。

突然，她看到了对面那人的一条尾巴。

"啊——"

陆小雪听到了一声大叫。她看了看镜子，是自己的口唇在动。

镜子还在。

陆小雪跌坐在房间里，许久才缓过气来。她给杜修文打了电话：

"亲爱的，我会说话了。"

"嗯。"

"我的声音没变？"

"嗯。"

"怎么总是嗯嗯的，不会说句好听的话？"

"挺好呀。"

没辙，一块石头，你就别指望它开花。

去长平路的粥店吃腌花蚶，是陆小雪倡议的，不是倡议，是她一定要去的。她突然对腌花蚶有一种非理性的欲望。电话两头，陆小雪和杜修文都觉奇怪，她这种调调的女子，怎会突然愿意上大排档。

声带手术后遗症?! 声带和人的口味，会有关联吗?

撞邪了。

陆小雪叫了两海碗粥，一大碟腌花蚶，其他的菜式无所谓，任由杜修文去点。冷战过后，两人第一次这么融洽享受生活。

杜修文提了话头:

"关于罗睺年的社会调查，我不做了。"

陆小雪停筷，想知道他乜意思。

杜修文说，他觉得，罗睺年更应该是一种精神性治疗。民间的"躲星"仪式，只是在正月初八这一天，躲在房间，不出来见人。其实，他躲避外部世界是对的，但必须摒弃喧嚣，进行内省。或许，人会像蝉一样，每九年，蜕一次……

陆小雪就是在此时，呕吐了一地，不只腌花蚶和粥，还有她苦苦的胆汁水。她对杜修文嗔怪说:

"罗睺年，身体性的嘛。"

杜修文急急把她带到了医院。结果，果然是身体性的。陆小雪怀孕了。

午后的阳光照在医院的走廊上，陆小雪望着高大的石栗树发呆。她对杜修文说:

"等下你打电话告诉老妈吧。"

杜修文侧转过头，认真地告诉她：

"陆小雪，你自已可以说话了。"

初稿：2014 年 6 月 14 日 凌晨 3 点

定稿：2014 年 12 月 9 日

花儿锁

1

那男人永远不会知道，他刚一进门，我的心就为戚美玉活动了一下。他长得高大硬朗，五官还俊。戚美玉的心也活动了一下，之前我误以为她不稀罕各式男子，原来不是。

那时节，戚美玉在案前慵懒地做着活。近午了，室内有些烦闷。初春天气，戚美玉竟有微汗，身子与我紧紧相贴，我贪婪她身上轻淡的肉气。

戚美玉做活很少这么没生气。这是不对的。我应该着急。可是急也没用。她阿姑小惠说过，这活，要用气滋养。

戚美玉做的纱灯①是赵子龙，只有八寸高，潮汕歌谣《百屏灯》中说"七八子龙战张郃"，也就是说，这是一百屏

① 纱灯：潮汕地区手工艺品。人物一般是泥头、纸身，布衣裳。一般是做成一出一出的历史故事，尤以潮剧故事为多，类似于立体剧照，用玻璃罩罩住。潮汕地区流行的歌谣《百屏灯》，唱的就是一百屏纱灯的故事。

纱灯的第七十八屏。泥头、纸胚身子都已完成，这道工序是彩贴。喜兴时，戚美玉的十个指头都可以快速糊贴。经她裁剪的布料，增之一分嫌长，减之一分嫌短。每一贴，留下多少贴位，云肩拼多长流苏，裙子打多少褶裥，水袖如何与衣身对接，那都是有分寸的。她做武生的铠甲，常常是随手抓起一把芥菜籽大小的银布片，像抛掷暗器，唰唰唰地就拼贴上去。外人看来，惊叹不已，以为她在变魔术。我是在小惠做活时就看惯了的，论技法，她比不上小惠。当然，她的心比小惠活，不时发出新叶芽。

戚美玉她肯定肚子饿了，可是外卖着实吃腻了。那男人我从未见过，奇怪的是，一看他的样子，我就断定他不只可以带戚美玉去海滨路，边观海景边用餐，还可以发生一点什么。

我瞥了一眼他的名片，什么什么工艺精品公司的老总，姓氏被戚美玉的左手拇指遮挡住，只看到名字"文卓"。

这么说来，是做塑料精品的，澄城的塑料业发达，私家的塑料作坊到处都是，但戚美玉入眼的甚少，她经常用塑料来形容那些不堪的人和事，比如，"这人看起来塑料塑料的"。我替他担心了。

做塑料精品的人，找电脑设计公司、找模具行、找树脂行，文卓他找戚美玉的纱灯行做什么。

戚美玉把观海的位置让给那男子，自己坐在背海的一面。我猜，长长的横窗是他面对的一帧名画，画面上，春日的阳光，闪烁的海，海滨路上匆忙的车流，通通都是为了衬托戚美玉。她不年轻，已经四十出头，可是，她看起来一定娴静而美好，有着单身女人所没有的饱和光泽。上一次清晰看到一个男子眼睛里的爱意，那是什么年代？算来有四十多年了。那爱是给小惠的。但他会把小惠和我一起端详，把小惠和我一起爱。文卓的眼神一直在戚美玉脸上转悠，不瞅我一眼。我有些失望，有些恼火，有些嫉妒。

"是貂蝉罗裙上的那款吗？我把它叫作'插红荑'，是我手工制作的，做纱灯用，从未给过别人。"

"就是手工作品，才觉稀罕。"

原来是求花边来的。人家叫作花边的，到了纱灯这里，尺来高的人儿，一个花边当得半幅罗裙了。我听他说"手工作品"这几个字，心内嗤嗤笑个不停，对菜了对菜了。

文卓的朋友开婚纱公司的，新设计的中式系列婚服，看中戚美玉的手工花边"插红荑"。戚美玉的纱灯行做得有些奇崛，前日有个潮剧戏服行的要来定一款珠花，今天又有婚纱行的来定花边。不过，她的手工活都是重工的。戏服行的生意被她推掉了，这婚纱行的活儿她接是不接？

我看着桌上的菜式，咽了咽口水。究其实，不是这菜式的丰盛，而是这餐桌旁氤氲着的一层风月味，美美的，还带一丝酒气。戚美玉啥也没吃，只顾着与文卓说话。说什么来着，怎么说着说着，给他普及起花边的历史了。他做塑料精品的人，还需要学习花边吗？不过，他倒是有做婚纱的朋友。一个朋友亲密到什么程度，需要他来越俎代庖。这个朋友我必须见识一下。插红莄是用绣花加钩针编织的，戚美玉说，丹麦一位研究者写过，最早的钩针编织来自于南美洲的一个原始种族，据说……

"它是用于思春期仪式的装饰品哦。"

这是戚美玉在说话吗？我内心往下一沉。不对了，一切都不对。怎么可能，她对一个相识不到半个时辰的人讲这话，戚美玉真是疯了。要不是我一直跟她一起，定会怀疑她被谁打了催情剂。

文卓入神地听着，眼眸里闪着亮晶晶的光。现在，我对他充满了敌意。我得提防着，我的戚美玉随时都有可能被他伤害。

饭完了，戚美玉也把插红莄的活计应承下来，这下，文卓没有了继续逗留的理由。我寻思着，插红莄制作流程繁复，纯手工制作供应婚服根本不可能。戚美玉倒是有钩针编织机，把设计编程操作起来，后期效率是不错，但上手慢。也就是说，两人如果需要一个合理的见面时间，那还得等。澄城虽然离海阳市不远，不到二十公里的路，可是，看他们不动声色的焦灼，才会知道什么叫作人远天涯近。

文卓欲言又止，道别之后心事重重。戚美玉把波涛藏在内里，我知道，再回到案前，活儿她根本做不成了，赵子龙不用做，张巡不用做，夏侯渊也不用做了。她还算矜持，把一切藏得好好的，脸上还是平静的微笑，把他送出门口。文卓走了几步，掉转头来，再看了戚美玉一眼。这时候，午后的阳光照在我蓝盈盈的身上，荧光播散开来，他终于看到了我。他对戚美玉大声说：

"你的玉真美！"

戚美玉并没有低头看我，她依然微笑着目送文卓。他像赴难一般，大踏步往前走去，越走越远。

2

对了，我的名字叫作花儿锁，是一枚罕见的蓝水翡翠，据说，已有两百年的历史。我没觉得自己那么老。我佩着一朵小花，妩媚地在锁眼那里招摇。据说，我是同心锁的一枚，另一枚叫作叶子锁，可我从未见过叶子锁的样子。我有时候觉得自己世事洞明，有时候又觉得懵懂无知；有时候觉得自己超然剔透，有时候又觉得混沌下沉，玉身犹如肉身。

戚美玉与文卓的进展，是我始料不及的。戚美玉交往过几个男人，不曾有走进过她真正的生活。她也与他们做爱，但只是做爱而已。我感觉得到，当他们快感来临时，常常是两只青蛙腿一蹬，人就叽里呱啦地叫，然后，趴了。如果之前，戚美玉对他们还是容忍的，到了此时，已恶心无比。那具动物尸体一样的躯壳，被她拎着下了床。我就居住在戚美玉的前胸，我敢保证，她的上半身还是处女之身，连接吻都不曾给。他们中的任一个，于我来说都是面目模糊的，也从未被他们的拉碴胡子扎过。

我不知道，这样的戚美玉，是否与小惠有关。戚美玉还在妙龄时候，每当有男孩子前来找她，小惠总是挡在她的房门口，眼睛像把铁铲一样，看一眼就能把人铲伤。有一个问题我是后来才想到的，小惠把我送给戚美玉，是不是让我随身做一个盯梢。

文卓的身上，是有不同的品质，但我依然难以置信，在他们相识的第八天，他们决定去打结婚证。小惠如果在世，她会同意吗？这是他们第二次见面，不，第三次见面。第二次见面是在……他们第一次分手的三个小时之后。文卓并没有返回澄城，在海滨路兜了几趟来回之后，他重新来到戚美玉的面前。

他们约定了，戚美玉去澄城看一下文卓的工艺精品公司，然后，一起去民政局。

这一天，狄小红出差在外。

狄小红是一个女人的名字。这个名字刚刚出现，我便开始抬头望天。她就是婚纱公司的老板。狄小红的婚纱公司在二楼，文卓的精品公司在三楼，两人各自的办公室在四楼，楼下是两家公司卸货、发货的场所，他们租赁的是同一座工场。我有一种预感，两家公司根本就是嵌顿在一起。文卓说，他们是在租赁工场的时候认识的。

文卓对戚美玉不曾隐瞒，他对这个世界的感受能力和表述能力，在戚美玉面前刚刚够用。是的，刚刚够，不是游刃有余的那款。所以，他的话不滑，偶尔还有点涩，这听起来更加真诚。

文卓还给戚美玉透露了一桩秘密。当他还是懵懂少年，一天午后，被生病的母亲支使去巷口抓一帖中药，药店大敞着，人不在，以前听母亲说，这时节买家少，店员或许正在楼上值班床偷歇。上楼看到的一个景象，把他吓得眼睛直了。在蓬松的药材中，有一个只穿红色小背心的女人，正在满头大汗地剧烈运动着。他猜，那旁边还有一个人。他拼命地逃跑下来，根据回忆和拼贴，他发现，那个红色小背心女人，原来就是药店门口摆摊卖青草药的，母亲经常去她那里抓蜈蚣草、鱼腥草和荷包兰，煮一大锅全家喝了退火。也不知道火气为什么总那么大。戚美玉听到这里，禁不住笑，她小时候，阿姑也是这样，时常逼她喝凉水。文卓关于性的最早记忆，就这样与中药味连在一起。他第一个结婚的对象，是一个中药店的药剂员，他给她买了许多红色的小背心。可是，不到半年，他们就离婚了，他发现自己错了，一切都不是想象的那样。从那以后，他就更懵懂了。

或许，对戚美玉，文卓本来就是真诚的，是我成见太深。

那一天，戚美玉跟在文卓身边，像偷情一样，有着不为人知的甜蜜，随着脚步的临近，也有点脉脉的惊心。

门房伯哈着腰迎接文卓，为他开了钢栅门，对戚美玉例行瞧了一眼。戚美玉看到，门口的对联写着"经营不逊陶公业，生意常怀晏子风"。书法写得很业余，文卓看戚美玉的眼光，有些赧颜，戚美玉回报了一笑，倒有一种踏实的家常感。有情的人，眼前蒙着一层朦胧的糖纸，整个世界都是甘之如饴。

一切如期进行，顺利得让我心内莫名发慌。

打完结婚证，戚美玉带文卓去乡下看戚氏家族的老房子榕荫山房，然后一起回海阳市，在金海湾大酒店开房。现在，他们是夫妻了。当他们成为夫妻之后，我是否该改变主意，为戚美玉开心？

其实，文卓的温存是令人感动的。我几乎不知道男人的温存是怎么样的，或许，就是文卓温存时的样子。他与小强不同，小强是只有十八岁的大男孩，他的爱是奔突的，激烈的，强硬而又稚嫩的，自我的，令人无可适从的。而中年的文卓，他的爱是深婉的，沉甸甸的，令人安心而信服的，一经发起就声势浩大，却又千回百转，天上人间不知今夕何夕，等到缠绵过后，人在床榻，只觉面朝大海，春暖花开。

"美玉，花儿锁我先拿走，去找找她的叶子锁。"

别！别！我心里嚷嚷道。戚美玉出生之时，我就随着她，不曾离开过半步。我这是担心她呢，还是自己心里恐惧？我有一个古老的预感，我们的分离并不是一件简单的事情。

戚美玉听懂我的话，只要她安静下来，便有一颗玉的心。可是，这个重色轻友的丫头，这关头她什么都听不见。

她把我摘下来，交付文卓。

我耸了耸身子，挣扎着，文卓慌乱把我握住。奇怪的是，文卓宽大的手掌像有避震装置，我不再动弹，静默下来。

未来的命运，像敞开在我面前的一条暗暗的长长的隧道，某个地方，或许会有几缕光亮。我有忧心，也有好奇。

3

"这款种老、水好。现在找不到喽。"

"老缅甸玉啊，工艺也老。"

"蓝水蓝得这么正，罕见罕见。"

随在文卓身边，走过的桥比上半辈子走过的路还多。这几天，文卓一直奔波在海阳市周边的古玩店，寻找识货的高人。

这些赞语，说的是我么？在小惠和戚美玉身边，我根本不知道，关于我，还能够有这样的一些评判。原来，在我所熟知的世界以外，还有更大的世界。这个更大的世界，对于一个人、一件事、一种东西的评判是使用标尺的，这种标尺冷面，僵硬，没有人气。我对自己玉的身份产生了极大怀疑。一枚玉的品质难道仅仅因为她的质地和雕工？她的存在难道只是为了炫耀和展示？如果一枚玉没有心，如果她的存在不是为了感知和体悟，那么，生有何欢，死又何憾！

夜晚，我被文卓安置在工场四楼休息间的抽屉里。他还像往常一样，回到狄小红的那个家。独处的时光里，巨大的黑暗像这个世界鬼影幢幢的帐帷，我竟毫无惧色。各种疑虑以更强大的姿势拷问着我：我到底来自何处？欲往哪里？我为何留存世间？像考场中一个没能把题回答的小孩，我想着想着，头壳越来越疼。以往，为小惠失眠，为戚美玉失眠，现在，我终于为自己失眠。

早上，文卓前脚刚进办公室，狄小红后脚就到了。他们的生活对我来说形属玄幻。狄小红的故事，文卓是在第一时间讲给戚美玉听的。戚美玉不以为意，或许竟为他加分。这桩秘密，规模更加宏大。用通俗易懂的话说，他们是一女两男住在同一屋檐下。狄小红的名下，有一个丈夫和一双儿女。当然了，这个丈夫，并不是文卓。家里蓦然住进一个陌生的独身男子，对丈夫，狄小红得有一个说法，潮汕俗话，说是拿筷子遮眼睛。这双筷子显然有些单薄，狄小红说，文卓是她婚纱公司的司机。这个司机好人物，还是塑料精品行的老总！狄小红丈夫的眼睛谅必不大，他把狄小红的说法认下了。这个丈夫很特别，宽厚些说，他是一个极度单纯的人，刻薄些说，他的心智差了一点点。潮汕也有一句俗语，说是只煮了九成火。这个丈夫，我也很想见识，只是文卓不曾把我带回家，至今缘悭一面。因为司机这个身份，文卓每天载着狄小红出双入对，也就顺理成章。这个司机无家无室，就在狄小红家里搭伙吃饭。文卓说，在那个家，他是人不人鬼不鬼。

狄小红熟络地关上门，把文卓推搡进休息间。隔着一个抽屉，我闻得到她的肉气充满了舒张的欲望。他们是一同进厂的，分开不到十分钟，至于吗。她抱着文卓的腰，缠绵起来。文卓警觉地躲着她，开始拿话说：二楼的下水道出了问题，我已经联系了清通，很快会到。狄小红"哦"了一声，又拿胳膊往他身上磨蹭。文卓又说，你那批出口婚纱，海关归类决定编号查到了，稍等，我看一下。他掏出手机报了出来：Z2006－0382。狄小红又"哦"了一声，停顿一下，重新调整了情绪，索性往床上一坐，把文卓往身边拉。文卓说，哎呀时间真不早了，我去三楼工场交代一下，得赶往机场。狄小红终于泄气。是的，潮汕机场已搬迁到邻市，航班延误不得。

如果没有猜错，狄小红今天穿的是一套孔雀蓝的套装，风格庄重，气场颇足，泄露春消息的，是它的低胸设计，一挺胸，一拉肩，便有风情万种。这个女人从一乡下丫头，一路走到现在，她能是省油的灯吗。

文卓向戚美玉介绍过她的发家史。她在几个一线大城市打过工，做的都是婚纱行业。听听，乡下丫头出外打工，赚个温饱，伺机把自己嫁出去，这是大多数人做的事情。狄小红不，她定了心思专门去做婚纱。一件婚纱的程序，她是倒着学的。一开始，她做装饰和缝珠，这都是手工活，在乡下学过，没太大的技术含量。接着，她学着做车工，车缝是高档婚纱定型的关键，走的线条非常讲究，她可以做到，直线从不偏斜，弧线圆顺而通融。做完车工，她请求做整烫。她天生地对各种面料所需要的温度非常敏感，在烫台上，手一摸，熨斗一过，胚衣就整出来了。然后，她学做立裁、剪裁、制版，得了，除了设计，其他的一应流程都学成了。返回家乡后，她凭出挑的技术成为了一家婚纱公司的技术员，后来又升为主管。再后来，她被老板看中，当了他的小儿媳妇。乖乖，这个小儿子，可不就是她现在的丈夫。从此，她以公司为家，业务在她手头不断壮大。

家族式的企业就是这样，复杂的人事关系与复杂的亲戚关系交叉叠加，撕裂争斗。她的心大了，家族企业却没有给她应得的待遇。终于，在某一年的年终岁暮之时，她发动了一场玄武门之变。婆家人都沉浸在拜神过年的氛围里，她却奔跑澄城，租赁工场，购置设备，在春节放假期间，她把在厂里预先囤积的布料和辅料搬走，并挖走了几名技术工。等到大家明白过来，她狄小红的帅字旗已经在澄城的工场高高飘扬。

在这场兵不血刃的政变中，她亲爱的丈夫，站队，默许，支持，他永远与她在一起。

骁勇善战如狄小红，戚美玉哪里是她的对手。听着狄小红高跟鞋嘎嘎嘎渐行渐远，我浑身起了鸡皮疙瘩。

狄小红知道文卓飞的昆明，她却不知道，他意不在昆明，而在大理。文卓没有说谎，他不是善于说谎的人，只是，他把实话说了一半。

4

文卓是在一个玉贩子低矮的小平房里，下定去大理的决心的。那天，他在海阳市区金陵路的一家古玩摊上，不带希望地把我秀出来。哪里知道，那玉贩子神秘兮兮地告诉他：

"算您运气好。我这就收拾，带您回家去看。绝配了。"

玉贩子住在老平房，七弯八绕，崎岖逶迤。文卓竟信在这地方会有奇迹，我是不信的。

缎盒子展开时，文卓和我都有些吃惊。不同的期待，相同的吃惊。

叶子锁！

深紫色的绒布上，蓝盈盈的翡翠锁，在锁眼那里，插着一片叶尖微卷、风流俊雅的叶子。好个玉中男子。看着这么眼熟，却唤不起我任何感觉。我侧耳倾听，听不到他的心跳，我故作矜持地向他打招呼，他却更加矜持，不予回话。文卓一会儿把我们并排放在一起，一会儿又把他放回盒子。

玉贩子一改猥琐，挺直腰杆说：

"找到我是您识货！您知道这对同心锁的故事？是榕荫山房的东西。"

榕荫山房?!

"蚕夫人听说过吧？她是榕荫山房戚老爷的九夫人，戚老爷从疍家花船把她买下的。老爷尽管已有八房夫人，但娶疍夫人，是正妻之礼。戚老爷说，有前人可学的。那个钱……钱……钱什么就是这样。这对同心锁，是戚老爷与疍夫人的定情之物。"

玉贩子话锋一转，把翡翠的品鉴经验"浓、阳、正、俏、和"滔滔谈起。他取过一把聚光电筒，照开了：

"您看，水头这么长……这个的价位不低的，没有大六①可买不到。"

文卓无意听他唠叨，他是被戚老爷打动的，这个故事，连戚美玉也不曾听过。文卓深情地把叶子锁再次端起，我突然看到一道异样的蓝光。

文卓文卓，我们上当了，他不是我们要找的那个人，他是人工注色仿冒的。

完蛋了，文卓不是戚美玉，他何尝听过我说话。

文卓突然把我攥紧了，在左手心，他的右手心同样在用力。我被攥得有些窒息了，他的双手才敞开来。

"师傅，您自己试试。我的玉是凉的，您的玉已经生温了。"

明白人都会懂，高下已分了。玉贩子的话里，汤水中有多少肉沫都没用，相一枚玉，真的并不是所谓的行业标准可

① 大六：购买翡翠的术语，大六代表的是一个价格区间，并不是某个具体的数值。小、中、大分别代表价格数字开头的1~3，4~6，7~9，后面的四、五、六代表价格的位数。大六也就是价格在70000~99999元之间。

以解决的。我对文卓开始刮目相看。戚美玉的眼光不错。他虽然不懂玉，但他会用心聆听。

就在此时，他打开手机，订下了去往昆明的机票。走出玉贩子低矮的房门，他把电话打给戚美玉。

戚美玉正在赶做"插红萸"。文卓心疼她：

"早知道就不强求你接这个单了。"

"不接这个单，你会返回来吗？"

"当然了。我再怎么装，海滨路的海风是骗不了的，还不得乖乖回到你跟前。"

戚美玉便在电话那头笑，然后，坏坏地说：

"你，不对她愧疚吗？算我替你还一个情债。"

文卓怔了一下，心内的柔情层层漫涌，恨不得立刻把她揽入怀中。

"我明天去大理。同心锁的事情得先办了，我才心安。"

三人成虎，在人类的江湖里，这是颠扑不灭的。这些天，文卓面对的古玩高人，说的都是同一句话：去大理找找看吧，兴许还能找到原石。

戚美玉显然也是对此前途未卜：

"没有见你之前，我一直以为，这枚玉是单品，就像我自己一样。"

"放心啊，放心。"文卓的话不知道安慰的是什么。

"你回来以后，我们就去榕荫山房哦。"

"会的，结婚那天答应过你的。我们关掉手机，去那里住一段。"

"好，那我让他们先打扫南楼的小阁楼，阿姑小时候住过，我喜欢那间房子。"

榕荫山房虽是私家园子，但两百年过去，世事变迁，子孙开枝散叶，产权归属变得十分艰难。村里戚姓老人成立了管理委员会，收拾几个房间供给海阳大学美学院的师生来这里写生，赚点小钱用于修缮，戚姓的华侨和族人也不时自发捐款。小惠对山房感情深，常常是倾其所有。过世之后，这个事情是戚美玉在做。

他们年轻人不知道，我对山房的感情，比任何一个人都深。小惠不在了，只有我，还能够诉说对于山房的记忆。小惠怀上小强的那个孩子，也是在山房的小阁楼呀。

为什么一提起小惠，我就忍不住悲伤。

5

我悲凉地倚靠在躺床上，望着舷窗外的白云发呆。白云一片一片的，像戚美玉自己做的云片糕①。我的眼睛一直不曾离开，很快地，头开始眩晕起来。

还是在文卓的身边，还是他带着坐飞机，可现如今，我的悲情有谁能懂。这美丽的牢狱竟是文卓亲手建造的。我轻

---

① 云片糕：潮汕地区的一种糕点，中秋节祭拜月娘的供品。

蓦地瞥了一眼身边的那个人。

是的，他确实是一枚叶子锁。

在大理，文卓觅得一块三公斤重的冰种蓝底老料，无裂，还有手镯位。只是他无意手镯，只为了一枚叶子锁。这么浪费老料，玉雕师实在于心不忍。玉雕师说，手镯位的里面，还有坠子位的。文卓说，这虽是明料，但看到的也只是牌面。况且，做了镯子，叶子锁就得避让。不可能是最好的那一枚。

是的，他确实是最好的那一枚。可是，他怎么可能与我匹配得成。我的心里，山川江湖，沧海桑田，而他，不管外人看来如何与我般配，他的内心，还是天地太初，寸草未长呀。

在这件事情上，如果撇开我的个人悲剧不谈，文卓是应该加分的。作为生意人，很多人天生具有一种价值次序的规划能力，利益永远是排序第一的。文卓不是。这已是我第二次对他刮目相看。或许，我应该抛弃成见，为戚美玉和他祝福。

这些日子，我经常会想起传说中的疍夫人。那天，文卓给戚美玉讲同心锁的故事，戚美玉是知道疍夫人其人的。听说戚老爷作古之后，戚家嫉妒冲天的八位夫人终于可以报得一箭之仇。疍夫人被重新送回疍家花船接客，在风雨飘摇的南海上，不知所终。

如果玉贩子所说属实，疍夫人正是我的第一个主人。我是在她怀里开眼、慢慢成长起来的，还与叶子锁青梅竹马，两情缱绻。这一段记忆也不知是何时失去的。失忆这件事，是外来力量的干预，还是我自己痛苦的选择？

我是在小惠怀里复苏过来的。记忆只从小惠开始。

小惠是一个白胖白胖的女孩。如果你看到的是成年之后她枯瘦的面容和身板，你一定会感慨造化弄人。

那时候小惠不满十四岁，榕叶铺村的人都算虚岁的，所以她十五了。小惠读书时，班里男女同学老死不相往来，但偶尔会听到谁谁喜欢上谁谁。村里女孩儿堆在一起做手工钩花，最爱嚼的就是这些。小惠稍稍有点憨，她还拿不定主意，隔壁的小强是不是爱上她。小惠住在榕荫山房。那时候，榕荫山房住得挤挤挨挨的。她与哥哥堂姐三个大孩子挤在一个房间，就是南楼的三楼小阁楼。小强常常会送给她一些小礼物，中秋节吃柚子时，他送给小惠的是柚皮罐子。他把柚子蒂切下来，还有本事把柚子肉掏出，整个柚子皮却完好无损。蒂子当盖，柚子皮当罐子。做柚皮罐子还蛮费事，要在柚子皮里塞上废纸撑起，然后送去太阳底下晒，在它还没有被晒得坚固之前，不时得跑过去捏形状，圆球形或者柿子形。小惠在小阁楼上远远看得见小强家的院子一角，小强忙活的时候有时会转过身来朝小阁楼张望。等到柚皮罐子晒好了，小强在家门口随手摘下一片榕树叶，卷起来吹一哨。听到号角声响，我和小惠便都有了心事。小惠得瞅准时机，避开哥哥堂姐的耳目，一噔一噔下楼去见他。小惠很喜欢这个柚皮罐子，拿它来装盛体己的小东西。有一次，小强不知道哪里来的贼胆，竟然借了村里人的一辆破单车，跑去海阳市的南生百货公司买礼物。榕叶铺村的人，买东西都去镇上的小集市，最威武的也就去澄城，还没听说有人敢去南生公司。路途遥远不说，还得搭两轮渡船。小强是等到榕叶铺村的人都吃完晚饭，才回来的，小腿上还有点皮外伤，说是进村子时，路黑，自行车冲上沙堆，摔下的。他从内口袋摸出一件小东西送给小惠，是一只缀着珠花的小发夹。小惠心内非常喜欢，但她不敢戴上去，寻思着把它藏在柚皮罐里。

我还记得刚把珠花发夹送给小惠的那个小强，他的双手不停地甩着，好像刚刚参加完一场战役，又立刻会返回战场。小强对人一直非常腼腆，他的腼腆和他对小惠的勇敢构成了一种特殊的魅力。那时候，他们躲在山房南门外的一棵大榕树下，榕树的虬干宽大而有遮蔽性，有人在这里供奉了一尊关公神，初一十五都会偷偷来祭拜。关公红红的脸膛和斜挑的剑眉让我有些害怕，小惠和小强见面时我总是低着眉目。

那个时候我总是莫名地心惊。见关公会心惊，听到大队的广播器里说"红色电波传来了某某某的最新指示"我也心惊，晒谷场那里有什么批斗我也心惊。

不说了，远离那段日子总是值得庆幸。可是，人世间的烦恼哪里有尽头。

跟戚美玉在一起，虽然有孤寂，有无力，但日子安静有致，像山涧的溪流一样，涓涓静好。现在，人随飞机穿行在云里雾里，每天不知道什么时候就闯出来一个不明飞行物。这种惊扰，与小惠时代不同，那个时代惊扰是外来的，现在，惊扰来自人的内心。

最庞大的不明飞行物迎头撞来，却是在文卓下了飞机之后。

狄小红双手抱肩，酷酷地倚在文卓办公室的文件柜，眼睛里透着金属的寒光。夕阳从窗棂射进来，与她的眼光交锋之后，折到了门口。文卓拿着钥匙的手搁在半空。

"你终于回来了。"

"你还是得回来的吧。"

两句话都是狄小红说的。一句说了然后才是另外一句。

"她是谁？"

"就是上周一前来观摩的那个女子吗？"

依然是狄小红在说。

"一起去大理，游蝴蝶泉、看白族歌舞、花巨款……"

"啧啧啧，I 真服了 you。"

文卓杵在那里，我换成他，也是如此吧。狄小红从哪里知道这些消息的。文卓也在脑子里转了几转，对了，是工场门口的监控视频。当然，是她的心先起疑了。然后，她去查他在昆明的业务来往，然后，查他的银行卡花销，然后，她开始掺入想象。

"怎不带她回来呀。让我好好瞧着，这个相好是什么货色。"

听到这句，文卓怒了。是的，我对他的发怒很满意。

"住口，她已是我妻子。"

什么？

狄小红傻了。

狄小红突然变了一个样，她脸上的凌厉之气不见了。她像一个天真的无知少女，脸上慢慢地绽上了笑，她的眼神在向文卓问询，在向这个世界问询：

这是什么意思？

文卓放弃了怒，垂下头说：

"我们登记了。"

狄小红突然又变了一个样，她脸上的天真之气不见了。她像在一刹那间老了，老得像一个得道的高人，世上万事都可淡然处之。她苍老的声音说：

"哦，是结婚了。"

文卓痛苦地闭上了眼。

狄小红突然高尖着声音，像砧板上的切菜刀，一个字接着一个字，源源不断地滚出来：

"你要结婚是不是！我离婚，我们结婚！你不能不声不响地就结婚！你要走，就把孩子领走！是你的，两个都是你的！"

狄小红面无表情地重复：

"两个都是你的！"

6

我是被狄小红裹挟着走进这个家的。她搜过文卓随身的皮包，把一对同心锁搜了出来。像缴获赃物一样，转移到了自己的皮包，斩截地说：

"这个事情交由我来处理！"

狄小红手里有幌金绳，一会儿紧绳咒一会儿松绳咒。她说：

"大宝发烧了。"

说这话，她就是一个无助主妇。

说完这话，文卓就乖乖地开车回家了。

我曾对这个家充满好奇。可现在，我的心已凌乱至极。

狄小红和文卓进门的时候，大宝宝妹挤在门口叽叽喳喳欢迎他们。

"妈妈""妈妈"。

"文伯伯""文伯伯"。

直到这时我才知道，文卓就是姓文，前面再没有什么姓氏了。

大宝虽然发烧着，可是活蹦乱跳，不愿意稍停一下。文卓把他抱起来，感觉他小身子还是滚烫，鼻息也重了些。

喂了退热药。二宝羡慕地问：

"文伯伯，妈妈说，你回来了，明天可以带哥哥去海阳……"

"咋啦？哥哥去医院看病呀。"

"他明天去海阳，不上学？"

"嗯，生病了就不上学了吧。"

大宝围过来：

"宝妹上回牙疼，也是可以上海阳去的呀。"

全家人都笑。

文卓这才明白，原来去海阳是他们心中多么幸福的事情，与去海阳比起来，生病算什么。

大宝喜冲冲地奔向他们的爸爸：

"爸爸，爸爸，我明天可以去海阳喽。"

这个时候，文卓和狄小红才被提醒，两个孩子还有一个爸爸。他一直在大家的身后。

那个叫作爸爸的男人，看起来乐呵呵的，似乎从来也不知忧愁叫什么。他很快与两个孩子打闹起来。大宝把锅盖盖到宝妹的头顶，宝妹把它盖到爸爸的头顶。他蹲下对宝妹说话，宝妹的一只食指，说着说着就戳到了他跟前。他用手掌把那只食指覆下，顺势把宝妹抱了起来。宝妹一蹬，他就滚到了沙发上。宝妹的蛋糕裙平展展地铺在他的身上，像是开了一朵花。

文卓说过的，当时为何会住进狄小红的家，是因为她怀了大宝，希望他去照顾。去医院生产，把她抬上产床的，一头是她丈夫，一头是他文卓。生了大宝生宝妹，日子就像水流一样过下去。狄小红一直说，两个孩子是他的。这事情怎么证明？两个孩子长得像她狄小红，爱玩闹又与他们的爸爸亲。他文伯伯在这个家，终究是外人一个。

夜了。我跟着狄小红进了她的房间，他们的房间大，安放着两张大床。不知道往常这家人是如何安排床位的。这晚大宝发烧，狄小红拉他睡在一床，丈夫睡在另外的一张床。文卓睡在隔壁。二宝跟着保姆是在另外一个房间。

这样的夜晚，不知道有多少失眠之人。与更加艰难的他们比起来，我与一枚不曾相爱的玉同住一个屋檐下，也没有想象的那么艰难。

回想起文卓与戚美玉第一次在一起，哦，是第二天醒来的时候，文卓幸福得找不到北，抱起戚美玉在屋子里又啃又叫。我还记得戚美玉被吓得大叫起来，文卓更加来兴了，把她抱到窗口，对着小区里的人工湖大喊：

"我很幸福——"

现在想来，他的幸福也很简单，醒来时有爱着的女人在身旁。可他这个愿望，一直也没能达成，直到遇见戚美玉。

狄小红的丈夫倒是心底无私，很早沉沉睡去。她半夜爬起来，去敲文卓的门，没得回应，趿着拖鞋蹑手蹑脚返回来。叹了口气，上床睡去。

我在黑暗中，想念戚美玉。

7

　　像一场龙卷风，平地而起，把一切连根拔起，摧毁殆尽之后，呼啸而去。戚美玉看着满目疮痍的世界和内心，不知道如何安放自己。

　　每天，戚美玉会去一个地方，亲子鉴定中心。

　　常常是，她静静地坐在走廊的座椅上，看着各色人等进进出出。

　　一个打扮入时的女人进去，又慌里慌张地出来。一个中年男子从办公室出来，打电话给亲人，小声说，材料太少，会耗尽的，我们犯得着做这个吗？对方不知道叽里咕噜了什么，他一边大声咳嗽一边走了出去。一个老男人蜷缩在角落里，一看到开门就迎上去，可是，没有人搭理他。

　　有些人的故事是紧致的，故事中人是共谋关系，他们来了就离开了，故事封存在他们自己的生活里。有些人，故事是缺裂的，故事中人是拮抗关系，撕裂开的口子长长地敞着，风吹日晒。那个老男人就是。发生纠葛的是他儿子。儿子当年在酒吧与一外地女子发生了一段婚外情，分手之后，那女子把一个孩子扔还给了他。怕影响他们夫妻感情，独居的父亲把孩子接手过来抚养，爷孙一起过了近十年。可是，儿子对于这个孩子的狐疑从来也没有停止过，而且，这个孩子的存在也成了他在妻子面前的死穴，有一天，他终于走进了亲子鉴定中心。鉴定结果不出他所料，他与这孩子并无亲缘关系。他背了近十年的黑锅，终于可以卸下。可是，老屋子长出的榕树根，早就不分你我了，爷爷与这个孩子的感情已胜似亲生。为了留住孩子，爷爷他每天守候在鉴定中心的门口，希望鉴定人员可怜可怜他，给他修改一下鉴定结果。

有一个鉴定，最终却是没有做成。但那个男人进进出出已经好几趟。他是很感激鉴定人员的风险提示的。是的，鉴定结果完全有可能与委托人的意愿不相一致。那个男人是为王奶奶而来的，他是王奶奶的弟弟。王奶奶的儿子在外经商，听说与另外一个女人过起了日子，但她只认家里的儿媳妇。王奶奶怀疑，自己的儿子没有生育能力，家里的孙子哪里来的，她是睁一只眼闭一只眼。媳妇对她好，还为他们家留根，这就够了。问题是，意外发生了。王奶奶的儿子发生车祸死亡了，他的生意全盘操纵在情人的手里。王奶奶最终放弃了鉴定。遗产多少没有关系，这个媳妇和孙子她必须得保全。

戚美玉本不是来看人间百态的。

她心里已有了足够多的苦。

看过狄小红对文卓发动的第一场战争，就知道她用什么策略对付戚美玉。狄小红头次见戚美玉，带来的东西有三件，一件是文卓和她与工场出租方的二十年合同，一件是文卓与大宝宝妹的大尺寸合影，一件就是精美盒子里边的一对同心锁。是的，我就是以这样的方式回到戚美玉身边。

展示第一件物品，狄小红是有温和的火药味的，她的口气里，她才是可以与文卓一起策马疆场，闯荡江湖的人。展示第二件物品，她是含情带哭的。她说她爱文卓，更爱两个孩子的父亲。孩子们出生以后，他们就不是两个人的爱，而是一个家。文卓就是大宝宝妹的亲生父亲。最后，她把一对同心锁展示了出来。我多日未见戚美玉，她竟瘦了一圈。她拥有婚姻的这段短暂时光，文卓不在她的身边，我也不在她的身边。而她，每天都在赶活，赶"插红荑"，赶百屏灯。百屏灯是榕树铺村三月初八游神祭神活动要用的，日子不远了。

"对不起，我只能这样选择。"狄小红接着说：

"这价格不菲的叶子锁，与你的花儿锁果真是一对。算是我们的一点心意。"

狄小红说的这些话，戚美玉听来都是不同频道。她只想听听文卓怎么说。说到底，其他人与她毫无关系，有关系的只是文卓。可是，文卓被狄小红安排在医院照顾生病的大宝。

这么说来，父亲对于孩子，孩子对于父亲，皆是多么重要。

戚美玉说：

"如果两个孩子是文卓的，那么，他走吧。"

这一句话，戚美玉不知道预见到后果的吗？狄小红一听，整个人变得不同起来。她杂沓的焦灼顿然间停下，脸上的表情肌和顺地归拢一处，很快地积聚了一种力量。她用尽所有的力量把这句话抓牢：

"一言为定！我们立刻去做亲子鉴定！"

戚美玉与亲子鉴定中心的缘分就是在此时确立的。她多次看到鉴定办公室的大门被推开，取鉴定结果的三个人从里面走出来。男人紧紧地抱着孩子，亲着，贴着，不愿意须臾离手。女人高昂着头，像女王一般。

戚美玉想，或许，那个男人就是文卓，那个女人就是狄小红。只不过，他们的孩子有俩。

狄小红把司法鉴定意见书拿给戚美玉看过。那份有着红盖章的鉴定结果写得果然专业。结论：文卓和狄小红是大宝和宝妹的生物学父母，从遗传学角度已经得到科学合理的确信。前面还有一段数字分析，"经计算，累积夫权指数（CPI）为 $1.28 \times 10$①，相对父权概率为 99.9999992% 。"

戚美玉向来对数字不敏感，想不到这次却一下子印入脑海。在这个结论上面，还有他们父母孩子四个人并列的大头像。与狄小红作为利器出击的父子三人合影比起来，这一张，无疑地更具震撼人心的力量。

文卓难道能够不被击中吗？

戚美玉有些感慨。以前看过太多的女人，必须依靠儿女

---

① 双忠公：唐朝为平息安禄山之乱而战死的张巡、许远两位忠勇将军，潮汕地区把其当成神来祭拜。

来确立自己的尊严，如此看来，原来男人的人生，也是需要凭此确立。

回到了狄小红的那个家，文卓所有的感觉是不是通通改变了。在这个家，女人是自己的，两个孩子是自己的，平畴万里的江山，一转瞬间，已经易姓了。

戚美玉是决绝的。当狄小红把同心锁留下，转身离开之时，戚美玉把我拿起来，戴回身上。然后抓起那个盒子，连同那枚叶子锁：

"请带回吧，它于我没有任何意义。"

狄小红说：

"让它留下吧，我的心会稍安。"

狄小红尚未走出戚美玉的小区，身后传来了人工湖溅起的水花声。

8

农历三月一开始，戚美玉的百屏灯就被接到了榕树铺村，制作成一百支大型的香烛，阵容盛大地插在双忠公祠④后面的山脚下。海阳周边的几个城市，喜欢民俗的朋友奔走相告，过来看热闹。

"韩江两岸是名城，街头巷尾尽歌声。"有人边看纱灯，边把《百屏灯》唱了出来。以前的纱灯，是为元宵节观灯做的，等到小惠时代，是做成工艺品，用玻璃橱罩着，摆放在家里当摆设。文卓说，狄小红给他讲过，小时候家里有一屏纱灯，是八宝与狄青的，但她们姐妹每次走过那屏纱灯，都戏谑地嚷嚷：飞龙刺狄青。好像一提起狄青，如果没有飞龙来行刺，多么不够刺激。可惜到了戚美玉时代，纱灯业已经衰颓，不管她做得多么精妙，游神活动过后，这些工艺品都会作为供品，付之一炬。

因为纱灯身上的悲剧色彩，人们对其珍爱更胜往昔。有游人把戚美玉的纱灯拍下来，制作成视频，在网上和微信里展播。戚美玉那些精致超微的手工，被大家在屏幕上一点点地放大。不论放大到什么程度，它们都是同样的精致。开始有人建议人肉搜查纱灯的作者，开始有人抖出戚美玉的名字，戚美玉的手工故事开始变本加厉地传播，越来越变形。在传说里，戚美玉更像是一个孤胆英雄。只不过，她挑战的敌人不知是谁。有媒体多方联系采访，一连几天戚美玉干脆把手机关上了。

戚美玉还是经常去亲子鉴定中心，似乎成瘾了。在那些悲欢离合的故事中，戚美玉有时会把自己代入其中，问自己，如果是她，或者是他，愿意如何选择，能够如何选择。她发现，所有的角色，可以选择的路径非常少。她更发现，在自己之外，不幸的人何其多！

初七那一天的夜晚，榕树铺村盛大的游神活动敲响了开场鼓。在别人看了千百遍之后，戚美玉自己来村里看百屏灯。也只是远远地看，然后，她回到了榕荫山房的小阁楼。

这一天，她甚觉倦怠，看日子，却是对的，原来例假应该到来了。突然，手机响了起来，她因意外而受到惊吓。出门前，手机倒是开了的。

是文卓的声音：

"美玉，让我见一面吧……"话没能说完，早已泣不成声。

狄小红给戚美玉下战书的那段时间，文卓不是没有联系过戚美玉。他每次打的电话、发的短信，说的内容大致两类。一类是"不要做出承诺，等我"。戚美玉的简单理解是，他在徘徊。另一类是"我在医院照顾大宝""我发了烧，头晕脑涨的，宝妹也病了，正在看她输液"。据说那段日子，他们家大人小孩四个先后都病了。戚美玉知道，他是真忙。

劫后，这是戚美玉听到文卓说出的第一句带感情的话。

我已经沉默多时了。在戚美玉独自疗伤之时，我不愿意聒噪不休。但此时，为了戚美玉不再受到伤害，我不得不断喝一声：

"戚美玉，不要再见他了！"

我老了，戚美玉听不到我的声音，她定了定神说：

"我在榕荫山房。"

榕树铺村早已人山人海，村里的八个壮汉，用两乘大轿抬着双忠公的神像，从村南游到村西，又从村西游到村北，最后在当年的那个晒谷场停下来，大型的民俗表演开始了。榕荫山房远远地观望到晒谷场，有不少人找了关系，进来寻找合适的观景台。戚美玉从山房的南门把文卓领进了小阁楼。

文卓一步一步地踏上小阁楼。

这个阁楼不大，只是屋檐和栏杆的木雕花牙做得古朴雅致，小惠时代，这些花牙是被水泥糊住的，后来才重新修复。

这是他们办结婚证分别之后，第一次见面。恍如隔世。

文卓的眼光一步都没离开过戚美玉，戚美玉的眼光一直在栏杆外。

晒谷场的人海发出一阵阵的波涛声，整个世界都在对此回应，天和地似乎都动了起来。

戚美玉先开的口：

"天地真大，有时候觉得，每一个个体的人，根本就是可以忽略不计的。"

文卓的眼泪大滴大滴嗒嗒地落下来，戚美玉听来，以为是落雨。

戚美玉望了望阁楼：

"这个阁楼，是我阿姑住过的。"

我很怕戚美玉把小惠的故事讲下去。但是，她已经开讲了。

小强来阁楼看小惠的那天，是一个闷热的夏天下午。小惠因为右脚外伤，请假在家。小强是逃学前来看望她的吧。小惠穿着吊带娃娃裙，白嫩白嫩的肩膀和胳膊像莲藕一样，让人恨不得啃其一口。对小强小惠有很多好奇，疑问一个接着一个，去海阳有多远，曾经迷路吗？一个人去怕不怕？南生公司都卖什么东西，与镇里的小店是不是一样？海阳也有小镇上的那种遮遮掩掩的照相馆吗？小强问，为何没看她戴过那个珠花发夹。小惠移过柚皮罐，啪啦啪啦把它找了出来，小强就势帮她别了上去。他们靠得那么近，小强一下子就把小惠抱住，抱住了就亲，亲了就更冲动……

五个多月之后，天已经冷了，小惠穿夹层裤的时候，发现裤腰头根本提不起来，让堂姐帮忙堂姐也帮不了，只好去找妈妈。妈妈被惊呆了，女儿的身孕掩也掩不住……

"爷爷奶奶为了挽回戚家面子，起诉小强强奸，阿姑还未满十四，小强的罪名更大，他犯的是强奸幼女罪。"

戚美玉讲的是久远的故事，但文卓听来寒风阵阵。

"宣判大会就在晒谷场，小强被押着游街，从村南到村西到村北，走的就是今晚游神的路线。阿姑闭了窗户不敢往外看。第二天，阿姑终于搭了两轮渡船去了海阳。她被送往医院，剖开子宫取出胎儿。从此之后，小阁楼的这些窗户不曾为谁开过。"

戚美玉转向文卓：

"阿姑把手艺传给了我，连同她身上被加上的锁。"

文卓绝望地看着她，她安慰道：

"我不是阿姑。上工艺美术学校之后，我把阿姑的纱灯工艺进行改造，一同改造的还有其他。我怎么还可能是她。"

戚美玉走过来，脱下文卓的外套。文卓一把把她抱住：

"美玉，给我时间，让我想想办法。"

戚美玉挣出两个肩膀：

"大宝宝妹需要你，你也需要他们。过了今夜，你就安心走吧。我只是需要一个仪式来帮助自己下定决心。"

戚美玉觉得下腹的深处已经暗流涌动，可是，有什么事情，是可以让这庄严仪式停止的。她一层层地脱下自己的衣裳。到了最后，她抓起胸前的花儿锁，咚的一声抛了出去。

9

我是在被抛出的时候忽然恢复记忆的。

当年，我正是在被抛出的时候忽然失忆。

那时，我已经快落地了，顷刻之间粉身碎骨，可是，我的叶子锁哥哥冲到了我的前面，他落地有声，珠玉迸溅。我坠落在他破碎的玉身之上，得以保全。戚老爷过世，蛋夫人被遣送回花船之时，所有人都对我们这对同心锁恨之入骨。他们恨的，是他们没能够得到的，是爱情。

这一次，没有谁能够保护我。

我在空中画了一个美丽弧线。

我的眼前，是红闺雅器，湘帘低垂。

我的眼前，是小阁楼被水泥糊住的木雕花牙。

我的眼前，是戚美玉被抱起时，窗外那一湖平静的水。

时空倒错，我终于要落地成灰，归于静寂了。

晒谷场疯狂的人潮已经退去，天地安静下来。文卓很累，他已睡去。这一场高强度的运动，他是从未有过地用心用力，却又力不从心。戚美玉睁着眼睛，脸上有一种被平刮过的洁净，这使她的秀丽有点险峻，似乎一脚踩空，就万丈深渊。她任由经血从身体这口泉汩汩流出。红流浸渍了床单，又弥漫开来，把两个人的身形勾勒出来。她一动不动，红流又一阵汹涌而来，竟成了海，波浪翻滚。

戚美玉是否熬得住？"插红荬"还没有做完……

初稿：2014 年 9 月 20 日
定稿：2016 年 10 月 9 日